BANDITI

Antoine Albertini est le correspondant du *Monde* en Corse et rédacteur pour France 3 Corse. Il est notamment l'auteur de *Malamorte*, des *Invisibles* et de *La Femme sans tête*, un roman fondé sur des faits réels.

Paru au Livre de Poche :

MALAMORTE

ANTOINE ALBERTINI

Banditi

ROMAN

JC LATTÈS

AVERTISSEMENT

Ceci est une œuvre de fiction.
Toute ressemblance avec des personnes ou des événements ayant réellement existé ne saurait relever
que d'une parfaite coïncidence.

© Éditions Jean-Claude Lattès, 2020.
ISBN : 978-2-253-24184-3 – 1re publication LGF

À Francis Albertini (août 1954-août 1991).
 « La vérité est ailleurs. »

1

Le 6 mai 2019, vers quinze heures, une piqûre d'abeille déjoua quarante années de pronostics sur la mort de César Orsini. L'homme, qui venait de fêter ses soixante-quatorze ans, était en train de tailler les rosiers de sa propriété de Campanella en fredonnant un air de la *Tosca* lorsque l'insecte se posa sur le côté droit de son cou, vagabonda un instant sur la peau semée de taches de vieillesse puis, son dard planté, injecta dans le sang d'Orsini cinquante microlitres de venin, à peine le volume d'une petite goutte de pluie. Après quoi, l'abeille mourut.

César Orsini ressentit d'abord une vive douleur autour de la piqûre et, immédiatement après, une sensation de nausée. Son rythme cardiaque accéléra, ses membres se mirent à trembler et il comprit que quelque chose ne tournait pas rond lorsqu'il tenta d'atteindre la porte de la cuisine, à moins de dix mètres, d'où lui parvenait le son mat et régulier d'une lame heurtant le bois d'une planche à découper : ses jambes refusèrent de répondre et la rose qu'il tenait entre ses doigts devint floue. Aussitôt après, ses intestins se relâchèrent dans le fond de son pantalon. César Orsini en éprouva une vague honte puis paniqua tout à fait lorsqu'une idée traversa son esprit : on venait de l'empoisonner. À mesure que ses pulsations cardiaques s'emballaient, cette idée le tourmenta à tel point qu'il fut l'artisan de son propre trépas. Son cœur épouvanté pompa de plus en plus fort le sang chargé de venin, accélérant sa diffusion à travers l'organisme, foie, reins et tissus. Sa peau se couvrit d'une sueur grasse. Un flot de bile lui remplit la bouche, un ruisselet d'urine coula le long de sa jambe droite et il se mit à bredouiller des mots que personne ne pouvait comprendre. Dans la cuisine, le claquement du couteau sur la planche avait cessé : quelqu'un venait d'allumer la radio.

Vingt minutes plus tard, lorsque les pompiers l'emportèrent sur une civière en plastique orange sous le regard terrifié de la cuisinière, une matrone marocaine de cent vingt kilos, César Orsini était à 3 sur l'échelle de Glasgow, plongé dans un coma profond. Il cessa de respirer en arrivant au centre hospitalier de Calvi, où son décès fut officiellement prononcé à 15 h 51. Une heure et dix-sept minutes plus tard, une dépêche AFP annonça la « Mort du Dernier Parrain Corse, César Orsini, dit L'Empereur ».

*

L'événement reçut un écho assez considérable à travers la presse nationale, à la mesure des bouleversements qu'il était susceptible d'engendrer dans l'île.

Deux chaînes d'information en continu jugèrent la nouvelle suffisamment importante pour dépêcher dans l'île leurs envoyés spéciaux, d'assez jeunes gens qui confondaient le nord et le sud et se livrèrent le soir, attablés dans un restaurant de Calvi, à d'assez déplaisantes imitations de l'accent corse qui leur valurent quelques ennuis. On fit assaut, dans les reportages qui suivirent, de métaphores assez convenues sur les notions d'« Empire », de « batailles », de « stratégie » et, parfois, de « Mal ». Un journaliste qui intervenait régulièrement dans un talk-show radiophonique, et dans lequel le pays voyait un grand érudit, qualifia même César Orsini de « Bonaparte du crime », double confusion qui faisait oublier, sans grand risque de représailles désormais, que le « criminel » en question n'avait pas été condamné une seule fois à raison de ses activités, menées pendant vingt ans sur cinq continents.

C'est qu'à la notable différence de Napoléon Ier, Orsini ne s'était pas contenté de conquérir l'Europe et de brader les Amériques. De l'Asie aux États-Unis, du port du Havre aux faubourgs de Wellington, il avait étendu son empire aux dimensions du planisphère sans tambours ni canons, mais avec quelques cornues, un lot de bassines, un ou deux becs benzène et les conseils de Jo Cesari, le magicien capable de transformer la morphine-base turque en poudre à rêves, *purissima* à 98 %.

La rencontre entre les deux hommes avait eu lieu au début des années 60, une époque où « Jo le Chimiste » dînait souvent à La Rascasse, un restaurant marseillais tenu par un compatriote. Orsini y officiait comme serveur après avoir suivi sur le Continent son père, veuf à la santé fragile que rien ne pouvait consoler de la perte de sa femme. Le moignon de famille – le père pleurant chaque jour le clocher perdu de son village de Campanella, le fils qui commençait déjà à fréquenter de mauvaises personnes – vivait assez mal des appointements versés au premier par une administration quelconque où l'avait placé un quelconque chef de clan bien qu'il lût mal et n'écrivît pas mieux.

Jo Cesari, en revanche, portait beau ses costumes d'alpaga, ses panamas du bon faiseur, une étincelante collection de bagues au petit doigt de chaque main. Il disposait aussi de sa propre table à La Rascasse et avait eu tout loisir d'évaluer, depuis ce poste d'observation, la mentalité du jeune Orsini, sérieux dans sa tâche et dont le bon état d'esprit s'était manifesté à l'occasion d'une descente inopinée de la police, lorsque Cesari l'avait aperçu poussant du pied, sous une table, le revolver tombé de la ceinture d'un client.

Pour le récompenser de cette initiative, on avait bientôt confié à Orsini la responsabilité du service dans la « salle de derrière », sorte de restaurant bis où n'était admis que le gratin du Milieu, dans un décor plus opulent encore que celui de la salle principale : murs lambrissés de bois exotique sculpté de dragons d'Annam, cadres dorés figurant des scènes pittoresques et des gravures de villages de pêcheurs méditerranéens, et deux imposants lustres en cristal que l'on n'allumait jamais car certaines affaires doivent être discutées dans la pénombre.

C'est dans cette atmosphère de secret feutré et de messes basses qu'un soir, après le service, Jo Cesari avait proposé à Orsini de devenir son assistant. «Il y a, avança-t-il, beaucoup à gagner. Et de l'influence, aussi.» Le patron du restaurant, petit bonhomme sec et noir comme un raisin de Corinthe, s'était trouvé à ce point flatté de la proposition qu'il l'avait béni sur-le-champ en donnant son congé à son employé le plus efficace, fier de contribuer ainsi à son élévation sociale. Plus tard, lorsque la réputation de La Rascasse déclinerait inéluctablement jusqu'à transformer le restaurant en une attraction pour touristes, le propriétaire passerait entre les tables pour jouer les Corses affranchis du temps jadis en pérorant: «Finalement, c'est grâce à moi qu'Orsini est devenu ce qu'il est devenu.»

Au côté de son mentor, le jeune Orsini avait en tout cas appris vite et bien. En quelques semaines d'une observation attentive, l'élève attrapa le tour de main pour chauffer l'anhydride acétique au bain-marie pendant six longues heures, obtenir une solution d'héroïne impure puis filtrer le produit en cristaux qui deviendraient de la poudre. Orsini se montra non seulement capable de reproduire le processus sans perdre un gramme de matière mais trouva, en outre, une solution assez efficace pour évacuer les eaux usées de cette tambouille à l'aide d'une dérivation des canalisations et cinquante mètres d'un banal tuyau d'arrosage – une difficulté sur laquelle avait toujours buté Jo Cesari.

«Il faudrait aussi que tu trouves comment nous débarrasser de cette horrible odeur de vinaigre, quand on tourne la sauce », avait aussi suggéré le chimiste mais le jeune Orsini n'eut pas le temps de se pencher sur la question. Au mois d'octobre 1964, alors qu'il venait d'embarquer à bord du *Napoléon* pour assister à l'enterrement d'un oncle en Corse, il apprit que Cesari s'était fait dégringoler par les flics dans sa villa-laboratoire du Clos Saint-Antoine. Orsini, pas davantage que les commanditaires du vaste trafic, n'eurent à craindre de Joseph Cesari : le Chimiste resta muet tout au long de sa garde à vue et prolongea son silence en se passant la corde au cou sitôt enfermé dans sa cellule de la prison des Baumettes.

N'ayant laissé derrière lui ni livre de recettes, ni carnets de notes, ni mémoires, Cesari avait fait d'Orsini l'unique légataire de sa science, le seul chimiste capable de reproduire avec fidélité les procédés qui lui avaient assuré réputation et prospérité. Sitôt revenu à Marseille, le jeune homme apprit qu'on le cherchait partout, non pour lui passer les menottes ou lui tirer une balle de revolver dans le dos mais bien pour s'attacher ses services, ce que fit Maurice Pasqualini, dit *Ciccione*, Gros Bide, en lui confiant son labo de Saint-Tropez, où Cesari devait officier deux années, le temps nécessaire pour améliorer encore la technique héritée de Cesari. Puis, par l'effet d'une aubaine que le hasard ne suffisait pas à expliquer tout à fait, il regagna son île natale à la requête expresse de son employeur : *Ciccione* assurait avoir obtenu, en haut lieu, la garantie formelle que la Corse se trouverait exclue de la juridiction de la brigade des stupéfiants de Marseille, qui commençait à porter de rudes coups aux trafiquants. Pourquoi le gouvernement avait-il pris cette décision ? Nul ne posa la moindre question à ce sujet, les affranchis comprirent simplement que le moment était venu de faire de la Corse un laboratoire géant de transformation de la morphine en héroïne.

Orsini installa donc son matériel près d'Ajaccio, dans un ancien hangar où l'on avait longtemps remisé les autocars de réforme. Le propriétaire, un riche commerçant de la ville, se contentait d'un loyer misérable : il avait beaucoup à se faire pardonner de certaine attitude entre les années 1942 et 1943 et n'avait pas hésité longtemps lorsque les trafiquants lui avaient placé sous le nez un rapport circonstancié rédigé sur son compte par les agents de l'OSS après la Libération de la Corse.

Pendant trois années, des tonnes de came turque avaient donc été raffinées sur place puis expédiées aux États-Unis dans des cales de paquebots. À quelques reprises et pour de bien plus modestes quantités, on en avait aussi livré dans le nord-ouest de la Sardaigne, près de la base secrète de Capo Marrargiu où les services de renseignement américains et italiens œuvraient à contrecarrer les menées des Rouges.

À vingt-deux ans, Orsini avait déjà gagné suffisamment d'argent pour se la couler douce le restant de ses jours en fréquentant la bonne société locale. D'un naturel sobre, il vivait cependant à l'écart des réceptions, ne fréquentait aucun endroit à la mode et, quand il n'organisait pas le travail de ses chimistes dans la fournaise de l'ancien hangar à bus, passait le plus clair de son temps à observer la mer depuis la terrasse de sa villa isolée sur les hauteurs du golfe d'Ajaccio, à lire des traités d'histoire dans lesquels il espérait comprendre la nature des forces souterraines qui gouvernent le monde. De telles lectures aiguisèrent suffisamment son esprit pour qu'il soit le premier à saisir, au volume déclinant des livraisons, les signes d'essoufflement du marché turc. Aussi demanda-t-il à ses supérieurs la permission de faire le déplacement jusqu'au Bosphore, où il s'aperçut que les trafiquants locaux ne se contentaient plus de fournir leur morphine aux raffineurs corses mais la transformaient dorénavant par leurs propres moyens, triplant ainsi leurs bénéfices avant de les quintupler lorsqu'ils prirent la décision d'abandonner progressivement le transport maritime de la marchandise *via* les ports d'Istanbul, d'Izmir ou de Bandirma pour l'acheminer par camions entiers à travers la Bulgarie, la Yougoslavie puis l'Adriatique et l'Italie du Nord, Marseille et les ports du Havre et La Rochelle, enfin, d'où l'héroïne prenait la destination de New York et Philadelphie à bord de cargos ventrus.

Quelques mois suffirent à réduire l'intervention des Corses dans cette chaîne commerciale à une peau de chagrin, les insulaires se limitant désormais à assurer le transport de la came vers les États-Unis, parfois au simple prix d'une confortable commission, parfois en doublant cette livraison d'une négociation directe avec les grossistes américains. Ce qui aurait pu apparaître comme une franche perte d'influence ravissait au contraire la plupart des contrebandiers corses, pleinement investis dans ce nouveau rôle d'intermédiaires. À l'heure où se durcissaient les lois antidrogue, cette nouvelle position présentait l'avantage de leur éviter non seulement les descentes de police dans les laboratoires clandestins et des années de prison et de mauvaise réputation mais, aussi, la fréquentation de brutes turques avec lesquelles il fallait palabrer des nuits entières en trempant les lèvres dans un abominable café. Les Corses se firent donc logisticiens et commissionnaires, ne parlèrent plus que de tirants d'eau et de tonnages de navires, de routes maritimes et de mètres linéaires de *roll*. Désormais simples armateurs à la tête d'une flotte dépareillée de cargos, de voiliers, de crevettiers et de remorqueurs, d'un ou deux paquebots de croisière, d'autant de vraquiers et de chalutiers de haute mer, tous battant d'exotiques pavillons, ces messieurs à chapeau mou goûtaient la volupté d'un embourgeoisement dont la plupart rêvaient en secret depuis longtemps.

César Orsini, lui, continuait à bander pour la chimie et avait profité de cette période de chômage forcé pour prendre le large, vadrouiller au Liban, pousser jusqu'à la province afghane du Nangarhar, sillonner l'Iran et le Pakistan puis, en août 1970, mettre le cap sur Saïgon où de vieux coloniaux corses, très attachés aux formes traditionnelles du trafic d'opium, le convièrent à une réunion au sommet dans un salon privé de l'hôtel Continental. Le *ghjuvannottu*, le jeune homme, les impressionna tant par ses connaissances techniques, son enthousiasme et sa vision novatrice des formes futures que devrait prendre leur commerce, qu'il se vit confier une mission de la première importance : former les médiocres chimistes chinois qui gâtaient la moitié de la production d'héroïne laotienne. Orsini avait aussitôt traversé Cambodge et Thaïlande pour gagner le nord du pays noyé sous les bombes des B52 américains et y installer trois laboratoires à vingt kilomètres de Ban Houei Sai, sur la rive gauche du Mékong. En deux mois, il mit fin à la gabegie chinoise après avoir logé une balle dans la tête du chimiste en chef le jour même de son arrivée, pour l'exemple, avant d'expliquer aux autres comment ils devraient désormais doser l'éther pour produire en masse de la N° 4, le puissant nectar qui rendait accros les camés, dès leur première injection. Sans surprise, la production doubla, le déchet fut réduit à presque rien, on félicita le prodige.

Sa réputation encore confortée par ces succès, Orsini suggéra aux vieux *boss* d'oublier les largages de drogue dans le golfe du Siam et leur habituelle clientèle de dockers de Hong Kong pour se concentrer sur le marché américain, où proliféraient les vétérans du Vietnam défoncés jusqu'aux prunelles et, affirmait-il, des « milliers de nègres désespérés ». Les vieux avaient applaudi, donnant toute licence à Orsini pour appliquer sa stratégie. Une nouvelle fois, leurs bénéfices s'envolèrent.

Après deux années passées à cuisiner la morphine au fin fond du Laos, à arroser des agents de la CIA et les guérilleros communistes du Pathet Lao, à enrichir son vocabulaire de quelques mots de cantonais et de laotien, Orsini décida que les temps étaient venus de se mettre à son propre compte. Mais il se trouvait à présent dans la situation de qui s'est rendu indispensable. On le réclamait comme chimiste, en voudrait-on comme parrain, qui plus est à un si jeune âge ? Il avisa de son projet les caïds de Saïgon en costumes immaculés et souliers vernis, leur promit de ne pas leur faire la moindre concurrence et, mieux encore, de les associer plus tard à ce qu'il annonça comme la première multinationale du négoce de drogues – héroïne, cannabis, herbe mais aussi cocaïne, dont un marché frémissant lui laissait deviner le potentiel. Dubitatifs, vaguement inquiets mais refusant d'insulter l'avenir, les caïds approuvèrent.

Au printemps 1972, César Orsini s'envola donc pour le Mexique, exalté par les promesses d'échanges fructueux et la poursuite de partenariats noués avec plusieurs intermédiaires américains en Asie. Il connut sur place son premier revers, doublé par un Yankee qu'il soupçonna trop tard de collusion avec des policiers locaux corrompus : comment expliquer autrement la fusillade essuyée au volant d'une Cadillac Sedan alors qu'accompagné d'un complice, il se rendait à un rendez-vous clandestin avec un sénateur de la majorité ? Le conducteur de la Cadillac, un autre insulaire du nom de Sauveur Tardi, reçut deux balles en pleine poitrine et une autre dans la tête. Le visage couvert d'une bouillie de matière cervicale, César Orsini était parvenu à s'en tirer par miracle. Il se fondit plusieurs jours parmi les mendiants du marché de Tepito puis franchit neuf frontières sous autant d'identités et crut trouver un asile sûr en Argentine.

Dans sa fuite, il ignorait que son nom venait d'être cité dans un rapport circonstancié rédigé par une commission d'enquête du Sénat américain, au milieu d'une cinquantaine d'autres patronymes, corses pour la plupart, tous présumés barons de la drogue et associés d'une mystérieuse « Union corse » qui n'existait pas mais fit couler beaucoup d'encre. Quelques semaines plus tard, une escouade de six agents du BNDD, le Bureau des narcotiques américain, l'avaient arrêté dans un appartement cossu du barrio San Telmo, à Buenos Aires, avant de l'extrader illégalement par avion clandestin vers le pénitencier de Starke, en Floride, où il avait passé presque une année, récoltant un coup de poinçon dans l'aine – un Hell's Angel, le cerveau rongé par un cocktail de gnôle de contrebande et de liquide vaisselle, avait fait fondre le manche en plastique d'une brosse à dents avant de le tailler en une pointe aussi dure que du métal pour piquer le premier venu – avant d'en sortir par la grande porte lorsque, par une lumineuse matinée de mars 1974, un avocat new-yorkais payé en cash par un mystérieux attaché culturel à l'Ambassade de France dénicha dans son dossier un vice de procédure inespéré.

Entre-temps le monde avait eu le temps d'accomplir sa révolution et les caïds corses de Saïgon, considérant comme perdus les rêves d'Orsini, lui avaient tourné le dos en revenant à des conceptions moins révolutionnaires de leur négoce si bien que les dix années qui suivirent, L'Empereur ne fit plus parler de lui. On assura l'avoir croisé en Afrique de l'Ouest et en

Nouvelle-Zélande, en Colombie, au Maroc, à Culiacan et à Phuket, à São Paulo et même dans son village natal de Campanella ; on le disait retourné par les Américains et désormais expert à l'ONU sous une fausse identité et un nouveau visage travaillé au bistouri, ce qui aurait été fort dommage car il entretenait une ressemblance certaine avec Alain Delon. Mais lorsqu'il refit surface à Marseille vers la fin de l'année 1983, il avait seulement gagné quelques kilos et affichait la même figure racée qu'autrefois, que la tendance du moment ombrait d'une assez forte moustache.

Orsini parvint, en quelques semaines d'âpres discussions, à convaincre les ennemis Zampa et Imbert d'investir ensemble dans un consortium voué à l'importation de trois cents kilos de morphine-base depuis Beyrouth jusqu'à Ajaccio, Marseille, Saint-Barth et Palm Beach enfin, d'où un ancien GI de la 1re division de cavalerie avait convoyé la dope jusqu'à Phoenix, Arizona. Là, quatre Laotiens formés par Cesari avaient œuvré nuit et jour pour en extraire cent quarante-huit kilos de produit de qualité supérieure, livrés en un temps record au clan mafieux des Benevento – bénéfice après déduction des commissions : 109 millions de francs.

Après ce coup de maître Orsini aurait pu devenir le premier prince intercontinental du trafic de drogue si son grand œuvre, le raffinage d'une tonne de morphine afghane, n'était tombé à l'eau avec l'arrestation de deux complices en train d'installer un système d'aération très sophistiqué dans un chalet fribourgeois. Jeté en prison, l'un des deux hommes se mit à bavasser sur l'identité des commanditaires et des exécutants de l'assassinat du juge Michel. L'information remonta vers les hautes sphères et on fit bientôt savoir à Orsini que les protections entretenues de longue date à coups de millions, de manteaux de fourrure, d'invitations aux courses et à Marrakech, ne vaudraient plus rien sous peu. Pour la seconde fois de sa vie, il jugea plus prudent de s'évaporer et présenta un passeport portugais au nom de Nuno Ribeiro Pinto au comptoir d'embarquement d'un vol à destination d'Abidjan.

Personne ne sut jamais ce qu'avait pu faire Orsini en Côte d'Ivoire, ni s'il y était resté. Pour la seconde fois de sa carrière, il s'appliqua à ne laisser aucune trace derrière lui et ne fut pas étranger à la rumeur qui ne tarda pas à circuler sur son propre compte : L'Empereur était mort, cueilli dans la fleur de l'âge par une maladie tropicale. Deux ans plus tard, une fuite dans la presse révéla le lieu de sa retraite, dans un endroit où le secret de son retour avait été soigneusement gardé le temps nécessaire à l'organisation de sa nouvelle vie : à quarante et un ans, César Orsini s'était installé dans son village natal de Campanella, bien à l'abri d'une villa bâtie au milieu d'un parc de douze hectares semé d'oliviers, protégée par des systèmes d'alarme très perfectionnés et une armée de vigiles logés dans des dépendances. Depuis ce confortable asile, L'Empereur s'employait à satisfaire les apparences d'une fortune prétendument acquise par suite de judicieux investissements dans la pierre. Son casier était immaculé.

Tout au long des trente années qui venaient de

s'écouler depuis son retour au pays, il avait peu voyagé, s'était contenté de jouer le rôle d'un juge de paix, dispensant ici un conseil d'ami, donnant là son sentiment sur quelque affaire de politique, sans oublier pour autant de prélever une assez forte dîme sur la plupart des activités illégales de la région : un projet de braquage, d'extorsion, une carambouille immobilière ou l'achat d'un élu ne pouvaient avoir lieu sans son quitus. Une armée discrète d'hommes de main, d'obligés, de politiciens et quelques policiers compréhensifs veillait sur son confort et ses intérêts, qu'il mettait un soin particulier à mêler aux leurs en accordant largesses et appuis, avec une grande sagacité et un goût très sûr dans le choix de ses parrainages.

César Orsini vivait ainsi lorsque la mort l'avait surpris, il ne buvait pas un verre d'alcool, veillait rarement après dix heures du soir et consacrait l'essentiel de ses loisirs à ses rosiers. Il se levait avant le soleil, interdisait l'usage de mots tels que « drogue », « flingue » ou « voyou » en sa présence et refusait même de s'approcher d'une arme. Un jour, pour le remercier d'avoir affrété sur ses deniers deux Caravelle d'Air Inter bourrées d'électeurs rapatriés du Continent, un député RPR lui avait offert une carabine de grande chasse, arme splendide exécutée pour une somme exorbitante par un armurier liégeois. La crosse portait les initiales C.O. en lettres d'or couronnées de lauriers et, sur la culasse, une scène de chasse au sanglier avait été finement ciselée. « Le scrutin te doit tout », avait chaleureusement remercié l'élu de la Nation tandis qu'Orsini découvrait son coûteux présent. Sans un mot, L'Empereur avait invité l'élu à le suivre dans un appentis au fond de son immense jardin et mis en route une meuleuse électrique avant de scier la carabine en trois morceaux, qu'il jeta dans un coin de la cabane à outils. On racontait que le politicard avait mis trois jours pour arrêter de trembler de la tête aux pieds.

2

Il aurait été vain de chercher de telles précisions dans l'édition du jour de *Corsica-Matin*. La nécrologie de César Orsini s'y résumait à deux colonnes reléguées en page 8, entre le programme de la foire rurale de San Stefanu – « Vous y goûterez les meilleurs fromages de la région » – et l'interview d'un auteur du cru, acharné à courir après un destin d'écrivain qui le fuyait obstinément.

Sous le titre « CAMPANELLA PERD UN ESTIMÉ CONCITOYEN », une photo du défunt illustrait l'articulet privé de signature : sur un arrière-plan de maquis artistement flouté, le visage d'un fort beau vieil homme aux traits de sénateur antique souriait à l'objectif. La famille Orsini avait probablement fourni le portrait au journal en accompagnant cette délicate attention d'un coup de fil passé en toute amitié au directeur de la rédaction pour lui rappeler combien « tous les amis de notre César » seraient heureux de lire à son sujet un « bel article, bien comme il faut », précaution superflue puisque, avant même de recevoir ces consignes, l'intéressé avait fait savoir à la rédaction du quotidien qu'il n'entendait pas cracher sur la mémoire d'un mort et préconisé l'écriture d'« un petit truc sans polémique » où l'on mettrait en avant les qualités de feu César Orsini, sans mention de son passé de marchand de mort.

C'est ainsi qu'un tâcheron de permanence livra, fort tard dans la soirée du lendemain et avec beaucoup d'angoisse, un article truffé d'approximatives formules où il apparaissait que le « tragiquement disparu », personnalité très appréciée dans le village de Campanella « et même au-delà », était surtout connu pour ses dons « très généreux » à une association de lutte contre le cancer et son titre de « président d'honneur de l'US Campà », le club de football local. De sa « vie autrefois mouvementée, qui se trouvait derrière lui depuis de très longues années » (sic), le lecteur n'apprenait rien.

*

Je reposai l'exemplaire froissé sur la table bancale, près de la tasse à café vide. Les pages étaient déjà cornées, chiffonnées d'être passées de mains d'habitués en mains d'habitués, le papier maculé d'auréoles d'encre grise bavant autour du noir plus soutenu des titres. Presque effacés, les mots les moins lisibles disaient l'intérêt du lectorat local : un article sur une élection partielle dans un village de dix-neuf habitants, un autre sur la circulation devenue impossible à Bastia. Le reste, vierge de toute salissure, tenait de l'habituelle chronique locale, avec un fort penchant pour l'escamotage de mauvaises nouvelles.

La terrasse du café était déserte. Poussés par une légère brise, les mâts des voiliers du Vieux-Port se balançaient mollement dans un entrechoquement de lances avant la bataille. Derrière la jetée du Dragon, une mer d'huile renvoyait le reflet de l'aube, rose et doré, qui chassait l'ombre attardée aux façades des vieilles maisons génoises.

J'écrasai la clope dans le cendrier Casanis, commandai un autre café à la serveuse en goûtant le calme du matin de printemps.

Elle déposait la tasse devant moi lorsque je vis arriver le type depuis la rue du Colle, une main sur l'oreille, l'autre fendant l'air en gestes tranchants. Il se rapprocha, faisant profiter les quelques passants de sa voix de stentor, s'installa à la table située derrière la mienne et claqua des doigts pour appeler la serveuse, sans interrompre sa conversation :

«... J'avais demandé du bleu pâle et je me retrouve avec trente mètres de mur rose ! Tu le crois ? Du rose, rose, hein, pas du rose normal. Le peintre me dit : *Je suis désolé !* Votre ouvrier, il me fait un mur de pédé et vous êtes désolé ? Le type me dit : *Ouais, je suis désolé, ce couillon d'ouvrier, je viens de l'embaucher et il m'a pas dit qu'il était daltonien, comprenez. Alors le rose il l'a vu bleu.* Quoi ? je lui fais, il est quoi ? *Daltonien*, il me répond, *ça veut dire qu'il confond les couleurs.* Vous vous foutez de moi : vous avez embauché un peintre daltonien ? *Ouais, mais je pense que je vais le virer*, il me dit. OK mais avant ça, le sang qui va couler de son nez, il va le voir de quelle couleur à votre avis, votre enculé de peintre daltonien ? »

L'horloge de mon portable, posé sur la table, indiquait 7h40.

Déjà, un de mes semblables menaçait un autre d'aller casser la gueule à un troisième.

Tout allait pour le mieux dans le meilleur des mondes.

*

Je ne possédais ni badge, ni macaron, ni diplôme rédigé en lettres gothiques à accrocher derrière mon bureau dans un beau cadre en bois laqué. Je ne disposais d'ailleurs d'aucun bureau à l'exception d'une tablette en pin où poser un thermos de café et mon carnet de notes lorsque je devais planquer dans ma Saxo vert bouteille millésime 1998, devenue mon deuxième domicile depuis ma démission de la police et la décision d'essayer de gagner ma vie en faisant la seule chose que je savais faire : enquêter. Comme détective privé, je me posais là.

Je n'acceptais qu'une affaire de temps en temps, histoire d'encaisser suffisamment de pognon pour tenir une semaine ou deux en fonction de ma consommation d'alcool du moment. Ces dossiers n'avaient rien d'exaltant : des histoires de fraudes à l'assurance, d'arrêts maladie bidon, quelques expertises de sécurité payées au black pour le compte de proprios de hangars de la zone industrielle, sans compter une poignée de tuyaux grattés contre quelques billets auprès d'anciens collègues, sur un cousin guignant un héritage de trop près ou le casier d'une employée spécialisée dans les tours de passe-passe avec le fonds de caisse de l'épicerie du coin.

Ces derniers mois, mes seules missions d'intérêt avaient consisté à aider des familles paumées à récupérer leur progéniture. Dans le premier cas, une gamine de seize ans s'était fait la malle au bras d'un DJ après une soirée mousse dans une boîte de la Plaine orientale. Je lui avais mis le grappin dessus dix jours plus tard, dans une chambre d'hôtel sordide près de Toulouse, où l'avait abandonnée le Roméo des platines. La deuxième affaire avait failli mal tourner : une petite frappe à peine pubère, métis de pharmacienne et d'assureur, s'était donné le frisson en carottant cinq cents grammes de shit à ses fournisseurs et s'était retrouvé pendu par les pieds dans la cave d'un bâtiment désaffecté des quartiers sud de Bastia. Je connaissais ses ravisseurs pour les avoir croisés du temps où j'étais flic : des gosses pour lesquels dealer n'était pas jouer. Ils m'avaient autorisé à le détacher moi-même à condition que je me porte garant du règlement de sa dette, trois mille euros supplémentaires facturés illico aux parents, une jolie somme que nous avions partagée autour d'une canette de Fanta citron assis sur les sièges en parpaings de leur QG, une agence bancaire fermée depuis dix ans qui servait de squat à la bande. Notre pacte scellé, ils m'avaient indiqué l'endroit où récupérer le colis, au fin fond des caves de la Cité Speranza, furoncle de béton suppurant la misère et la drogue où les élus se bousculaient chaque veille d'élection en promettant sa réhabilitation prochaine et qu'ils oubliaient sitôt le dernier bulletin de vote dépouillé.

Au bout d'un dédale jonché de capotes moisies et de boîtes de Subutex vides, j'avais poussé la porte d'un box couvert de graffitis et coupé la corde à laquelle pendait le Tony Montana des beaux quartiers, lequel s'était aussitôt mis à sautiller sur place, son élégant ensemble de jogging blanc taché de pisse à l'entrejambe en répétant *Tsékichui?* Ses poings avaient fouetté l'air comme ceux d'un mauvais boxeur en plein shadow, garde trop haute, jambes trop écartées, buste trop penché en arrière et le môme, épuisé, avait fini par tomber dans les pommes, le nez dans une peluche éventrée qui se révéla fourrure de chat crevé.

Ces épisodes constituaient à peu près les seuls morceaux de bravoure de ma carrière depuis le jour où j'avais rendu ma plaque de flic après le désastre de l'affaire Mattei[1]. De toute façon, je ne risquais pas de prétendre à d'autres gloires. Mes seules compétences tenaient à l'addition d'un indice et d'une déduction, à passer des coups de fil à droite et à gauche, à traîner un peu partout et converser avec des gens bizarres sur des parkings déserts au milieu de la nuit.

Au commissariat, la plupart de mes anciens collègues étaient au courant de mes activités et en éprouvaient plus de pitié que d'envie. Plutôt que de trafiquer des écoutes téléphoniques pour savoir si bobonne tenait le coup sans eux pendant leurs interminables nuits de filature, certains avaient même eu la bonté de recourir à mes services avant que je ne décide de mettre un terme à ce petit business dégueulasse en découvrant que l'épouse d'un type de la PJ s'envoyait en l'air avec

---

1. Voir *Malamorte*, éditions JC Lattès, 2019.

son propre frère, leur père et un cousin éloigné – elle s'était justifiée auprès de sa meilleure amie en affirmant que tant que ça ne sortait pas de la famille, ce n'était pas vraiment une tromperie. Toutes mes observations avaient été consignées dans un «rapport d'enquête» de six pages que j'avais foutu à la poubelle avant de téléphoner au cocu pour le rassurer: «RAS, mon pote. Ta bonne femme, elle est aussi fidèle que Lassie.»

N'ayant rien à tirer de tout ce cirque qu'un peu de pognon, je mettais dans mes rapports toute la conscience professionnelle dont j'étais encore capable en feignant d'oublier que ma prose, mes constatations, les photos au téléobjectif que j'y annexais scrupuleusement, les dates et les heures, tout ce jargon et ces habitudes d'ancien flic n'avaient aucune valeur légale et ne servaient qu'à alimenter ma nostalgie masochiste envers le métier qui m'avait tout donné, tout repris et laissé sur le carreau.

Aussi, entre deux affaires miteuses, lorsque je n'avais rien d'autre à faire que traînasser dans mon appartement en ruine en éclusant des bouteilles de Colomba, j'entretenais la douleur d'avoir perdu la femme que j'aimais, effacée de ma vie cinq ans plus tôt sans un mot, sans une explication. Dans ces moments-là, j'ouvrais ma boîte de Pandore personnelle, un carton à chaussures rangé sous la table basse de ma salle à manger, et je passais des heures à contempler les souvenirs de ma vie d'avant, quelques photos d'elle et autant de babioles, des reliques conservées après sa disparition soudaine en me disant que le jour où elle s'était tirée, le bonheur avait simplement décidé de ne plus perdre une minute avec un type dans mon genre.

*

Je quittai le Vieux-Port après avoir réglé mon café, laissant derrière moi le gros type éructer dans son téléphone portable en promettant mille morts au peintre, à l'ouvrier daltonien et quelques autres malfaisants qui lui avaient manqué de respect, puis je remontai par la rue Napoléon déserte. Il n'y a pas si longtemps, c'était encore un canyon étroit et sombre où les noms peints en larges lettres sur les devantures des boutiques racontaient l'histoire des juifs d'Alep qui avaient fui les persécutions ottomanes, les Cohen et les Hassan, les Abben, accueillis dans cette île comme dans une patrie de toujours au point de s'y assimiler tout à fait et perdre en chemin leurs traditions : ils n'étaient pas même dix, aujourd'hui, à se serrer à l'office de la minuscule synagogue de la rue du Castagno, si peu nombreux qu'ils ne pouvaient réciter le Kaddish quand l'un d'eux mourait et avaient dû obtenir, d'un rabbin de Marseille, la permission de remplacer les absents par une Torah. Aujourd'hui, après des millions de travaux et la fermeture des vieilles boutiques juives, la rue Napoléon avait pris l'aspect d'une longue allée dallée de pierre claire, très propre et très vide, jalonnée de magasins de souvenirs et de boutiques de déco.

Je gagnai le boulevard Paoli, coupai par la rue Miot pour rejoindre la Saxo garée dans la rue César-Campinchi en slalomant entre les sacs-poubelle entassés sur le trottoir. La ville croulait sous les ordures depuis que les deux seules décharges de l'île encore en activité étaient arrivées à saturation. Sous la pression des hôteliers, des patrons de camping et des restaurateurs, le préfet avait consenti à autoriser l'augmentation de leur capacité de stockage au moment où les premiers touristes avaient commencé à débarquer des ferries, attisant la colère des habitants des villages voisins, que traversait chaque jour une noria de camions venus de toute la Corse, semant dans leurs cahots des centaines de sacs-poubelle éventrés, de morceaux de carton déchirés, souillés, de pneus glissés discrètement dans un chargement et même, des photos avaient circulé sur les réseaux sociaux, quelques appareils électroménagers désossés.

Depuis deux jours, les villageois excédés bloquaient les accès aux centres d'enfouissement et les employés du district urbain de Bastia chargés de la collecte des ordures avaient répondu en appelant à une grève dont personne ne comprenait l'origine et les motivations. Des tonnes de déchets encombraient les rues de monticules multicolores où s'entassaient des sacs jaunes, verts, blancs, bleus, à l'intérieur desquels fermentaient l'impuissance et la corruption parmi les couches pour bébé maculées de purée brune, les yaourts à moitié pleins, les serviettes hygiéniques usagées et des milliers de saloperies de capsules de café arôme volluto corsé numéro 4. Chaque fois qu'un de ces tas de poubelles crevait, une puanteur de décomposition montait du fumier urbain pour se mêler aux panaches noirs crachés par les cheminées des ferries amarrés au port. Pour venir à bout du problème, les élus nationalistes, majoritaires à l'assemblée de Corse, avaient pris les choses en main en commandant un rapport sur la question, le septième depuis leur arrivée au pouvoir quatre ans plus tôt, lequel serait inscrit à l'ordre du jour d'une session extraordinaire dont la date devait être urgemment fixée à l'issue de trois réunions préparatoires prévues, sauf changement de dernière minute, d'ici la fin de l'année.

La Saxo ajouta ma contribution personnelle à cette catastrophe générale en crachant un nuage poisseux lorsque j'écrasai l'accélérateur pour faire chauffer le moteur, direction la mairie de Palestra, banlieue-dortoir au sud de la ville, en plein cœur de la principale zone industrielle de l'île.

Après trente minutes de trajet pour cause d'embouteillages, je m'annonçai auprès de la secrétaire du maire, qui m'indiqua d'un geste le premier étage et, après une nouvelle demi-heure passée à poireauter en contemplant des affiches fanées appelant au dépistage du cancer colorectal, la voix grave d'Alphonse Santucci me signifia que je pouvais entrer dans son bureau, vaste pièce dont l'ameublement semblait provenir des pires fantasmes d'un dealer zaïrois en pleine montée d'acide. À droite de l'entrée, deux lampes en forme de guépard assis encadraient un canapé en velours bleu roi festonné d'orchidées blanches et de palmiers, devant lequel une table basse d'inspiration gréco-touareg supportait un échiquier en marbre rose aux pièces rappelant des animaux de la savane grossièrement ouvragés. Sur la gauche, une palmeraie de plantes artificielles dressait contre le mur du fond une muraille d'un vert unanime d'où jaillissaient, en taches colorées, six perroquets en plastique maintenus par des baguettes.

Assis derrière un imposant bureau d'authentique style faux Empire encombré de chemises de couleur et d'un cadre le montrant enfant au côté de son père, administrateur des Colonies au Gabon, Alphonse Santucci tendait la main vers le dossier cartonné contenant les quatorze pages de mon rapport. Sans me proposer un siège, il ouvrit le document, se pencha sur son bureau, les coudes appuyés sur le sous-main en skaï vert décoré d'une frise dorée, ses longs doigts manucurés massant son front.

« *'Nculatacciu*[1], murmura-t-il au bout d'un moment. Depuis quand ça dure ?

— Son arrêt-maladie date du 12 février. Le 13 au matin, il travaillait déjà au garage nautique. Ça a duré pratiquement deux mois, ce qui était convenu avec Terrazzoni, le patron. Ensuite, il est parti en vacances à Cuba le 9 avril, est revenu le 21 et a donné un coup de main pour mettre en ordre la paillote, où il a pris son service le 28 : la soirée d'inauguration. Vous trouverez des photos en page 7, il y avait du beau monde. Depuis le 3 mai, il y assure le service du déjeuner et donne des cours de jet-ski l'après-midi à partir de 15 heures. La plupart du temps, c'est le centre de vacances Rena Bella qui lui envoie des clients. Ils le trouvent très pro.

---

1. Sale enculé.

Certaines clientes lui trouvent encore plus de qualités mais je ne pense pas que ça puisse vous intéresser.

— Le tout, avec une… comment il a écrit, ce connard de toubib ? »

Il parcourut le dossier.

« Voilà : une *lombalgie aiguë*.

— Et une périarthrite scapulo-humérale. Le médecin lui a prescrit des anti-inflammatoires, de l'Apranax essentiellement. Les trois boîtes se trouvent dans le tiroir de sa table de nuit. Il n'y a pas touché. »

Santucci leva les yeux.

« Vous avez fouillé son appartement ?

— Une chambre qu'il occupe au-dessus de la paillote. Le propriétaire en a fait construire trois pour les saisonniers, plus une salle de repos qui fait office de baisodrome et une buanderie qui rejette les eaux usées sur le parking. Le tout, sans permis, évidemment : le maire est un intime.

— Et ?

— Dans la chambre ? Rien à signaler à part deux pochons de cocaïne. Par les temps qui courent, c'est de ne pas en trouver qui aurait été surprenant. »

Alphonse Santucci se frotta les yeux d'un air las puis, d'un mouvement lent du buste, se renversa dans son fauteuil ergonomique, le regard tourné vers le plafond.

« Bien, fit-il. Vous savez qui est ce gosse ?

— Votre neveu.

— Le fils de ma sœur. Un champion. Dernier de la classe de la maternelle à la Terminale. Même mes excellentes relations avec le recteur ont été inutiles pour lui obtenir le bac : beaucoup trop con. Après avoir quitté l'école, il est tombé deux fois pour coups et blessures, dont la dernière à vingt et un ans pour avoir tabassé un handicapé moteur qui lui aurait refusé la priorité en fauteuil roulant. Sa mère est venue me supplier à genoux. J'ai fait rentrer ce petit con au service de la voirie il y a trois ans. Depuis, son responsable a dû le croiser six fois, dont cinq à la machine à café du rez-de-chaussée. »

Je me foutais pas mal des sordides histoires de famille de monsieur le maire, de son neveu débile et de sa conne de sœur, une poule parvenue qu'un veuvage inespéré avait propulsée à la tête d'une petite fortune. À ce stade, seul m'intéressait le pognon que je m'apprêtais à soutirer à Santucci en juste rétribution de mon labeur et aux Colomba que je pourrais m'envoyer derrière la cravate que je ne portais pas.

Alphonse Santucci se mit à sourire d'un air mauvais puis il poussa un long bâillement, se frotta de nouveau les yeux et se redressa sur son siège.

« Combien on avait dit ?

— Mille cinq cents, plus les frais.

— Trois cents de plus si vous lui cassez un bras, dit-il en ouvrant un tiroir de son bureau. Pas pour le punir puisqu'il ne changera jamais. Juste pour me soulager.

— Sauf votre respect, je connais des gens qui feraient bien pire à votre neveu. Et gratuitement. »

Il sortit un chéquier du tiroir.

« En liquide, si ça ne vous ennuie pas. Mon comptable est un vrai casse-couilles. »

Alphonse Santucci remit le chéquier à sa place et se

pencha en arrière pour tirer de sa poche une liasse de billets. Il mouilla son doigt, en compta douze, de cent euros, qu'il empila sur son bureau.

« Dans ce cas, dit-il, ça nous fait mille deux cents. Je ne vous propose pas un café, je ne voudrais pas vous faire rater l'heure de l'apéro. »

Dans son dos, même les perroquets en bois semblaient se foutre de ma gueule.

3

En fait d'apéritif, deux heures de route m'attendaient pour rejoindre le coin perdu de Balagne où vivait Fabien Maestracci depuis près de vingt ans, en priant pour que la Saxo ne m'abandonne pas en chemin. Au téléphone, il m'avait donné les indications pour parvenir jusqu'au trou où il avait relevé une bergerie de ses ruines, du côté de la plaine de Monteminore : « Tu prends la Balanina jusqu'à l'embranchement qui monte au village et tu roules sur deux kilomètres. Ensuite, tu guettes un portail en métal rouge sur la droite de la départementale et, deux cents mètres plus loin, il y a une piste signalée par un panneau de bois à moitié effacé. » La piste en question s'enfonçait dans un paysage de rocaille et de maquis pelé sur trois kilomètres de poussière et de nids-de-poule. Après un bouquet d'arbres morts, le chemin crevassé d'ornières s'inclinait vers le lit d'une rivière asséchée dont il fallait suivre l'ancien cours pour gagner le couvert d'un sous-bois de chênes verts. « À partir de là, avait dit Fabien, tu roules encore vingt minutes et tu ne peux pas rater la maison : il n'y a rien d'autre. »

Bercé par les secousses, je revoyais son visage coupé de rides, avec son teint de terre cuite et cet éclat presque surnaturel du regard, d'un gris très clair frangé de jaune, le même que j'avais aperçu pour la première fois dans l'entrebâillement d'une porte en mars 1998, lorsque, avec une quinzaine de collègues enfouraillés comme des cow-boys, nous nous apprêtions à satisfaire la statistique policière et les lubies du ministère. « Pas la peine de tout casser avec votre bélier, avait dit Fabien au flic cagoulé qui allait la défoncer. Entrez : j'ai fait du café. »

À l'époque, il avait beau avoir accroché sa cagoule au clou depuis des lustres, il savait qu'on le prendrait un jour ou l'autre dans les filets trop larges de l'enquête sur l'assassinat du préfet Jean-Charles Marnier. Il ne s'était pas trompé. Son nom, parmi des centaines d'autres, était sorti de la grande machine à fabriquer les coupables, une mécanique implacablement alimentée par des tonnes de notes confidentielles et de rapports, des dénonciations anonymes, des tuyaux percés. Fabien avait beau avoir quitté le mouvement nationaliste au moment de la guerre fratricide entre factions rivales, cinq ans auparavant, sa fiche mentionnait toujours ses qualités : « Individu dangereux de la mouvance indépendantiste, artificier du FLNC-Canal opérationnel et adjoint de LECA, Paul-Louis, responsable présumé de la structure clandestine. »

Cela avait suffi pour décider Paris à employer les grands moyens. Six shérifs de la 6e division centrale de la police judiciaire et huit bonshommes de la PJ locale, gantés, cagoulés, avaient pris position devant la petite maison que Fabien occupait alors dans le quartier de

Toga, au nord de Bastia. Il nous avait repérés bien avant ça, s'était habillé à la hâte puis avait ouvert la porte. Humiliés et déçus, les collègues l'avaient quand même plaqué au sol en hurlant et s'étaient précipités dans le deux-pièces, tous calibres dehors, à la recherche d'on ne sait quoi. Je m'étais avancé, l'avais doucement aidé à se remettre debout puis installé sur une chaise de la cuisine. La perquisition avait révélé le lot habituel d'ouvrages politiques, deux tracts rédigés en langue corse froissés dans un vide-poches de l'entrée et une douille de 22 long rifle qu'un gros flic avait reniflée pendant dix minutes entre ses doigts gantés de latex. Fabien eut beau expliquer qu'il pratiquait le tir sportif, disposait d'une licence et d'une autorisation de détention en bonne et due forme, qu'il laissait même son arme dans un coffre au stand pour ne pas avoir à la garder chez lui, les juges d'instruction l'avaient expédié au trou lesté d'une mise en examen pour «complicité d'homicide en relation avec une entreprise terroriste». Menotté, un casque antibruit sur les oreilles et le visage dissimulé par un masque opaque, il s'était retrouvé sanglé aux sièges d'un Transall en compagnie d'une demi-douzaine d'autres suspects dont certains n'étaient même pas nationalistes, avant d'atterrir dans une cellule du quartier d'isolement de la prison de la Santé d'où, huit mois plus tard, les matons étaient venus le tirer en pleine nuit pour le foutre dehors en jogging et en claquettes avec les compliments de l'administration pénitentiaire. «Puisque tu es innocent, tu sors», avait ricané un surveillant.

Lorsque nous nous étions revus par hasard, deux ou

trois ans plus tard, Fabien avait eu vent de mon coup de sang, peu après son arrestation : la bagarre avec un policier de l'antiterrorisme dans l'ascenseur du commissariat et ma mise au placard au Bureau des homicides simples, chargé des enquêtes sur les meurtres entre poivrots et les coups de folie au fond des caravanes. Il m'avait remercié de l'avoir correctement traité le jour de son arrestation et nous avions passé une longue nuit au comptoir d'un bar du Marché, à discuter du passé, du nationalisme et de la police, de l'histoire de notre île vouée à ne connaître jamais le moindre repos, des erreurs des gouvernements et de notre faculté à nous sentir agressés au moindre mot, de nos espoirs qui n'en étaient pas vraiment car il fallait croire que nous aimions la violence, que le soleil nous chauffait trop la tête et que nous étions finalement le contraire du roi Midas : tout l'or que nous pouvions toucher, nous le transformions en merde. « Deux Corses ensemble, trois avis différents, comment tu veux en sortir ? » avait demandé Fabien.

Depuis cette odyssée nocturne, vingt ans déjà, il me passait un coup de fil de temps en temps, les rares fois où une obligation administrative le contraignait à quitter la Balagne pour Bastia. Il m'avait invité à son mariage, où n'étaient présents que des intimes – une cuite carabinée – et me présentait ses vœux à Noël. Une fois par an, à la date anniversaire de notre rencontre, nous dînions à la Scudella en nous empiffrant des meilleures tripettes à la bastiaise du monde connu.

*

Fabien m'attendait sur le seuil de la vieille bergerie relevée mur après mur et agrandie au fil des années jusqu'à se transformer en coquette maison de campagne, paumée au beau milieu d'anciennes vignes dont on pouvait encore deviner l'alignement des rangs étendus sur trois hectares. Je garai ma guimbarde devant la maison, sur un rectangle de gravillons blancs au bout duquel un olivier penchait son ombre.

« Toujours cette épave, dit Fabien.

— Et tu n'as pas vu l'état de mon foie. »

Il mit une seconde à comprendre, sourit en hochant la tête d'un air navré et s'approcha pour m'embrasser. Sa tignasse brune était désormais tissée de cheveux blancs, son corps encore plus sec et noueux qu'autrefois, comme si d'homme, il cherchait à devenir végétal, adapté à l'environnement aride dans lequel il avait choisi de vivre. Il me regarda un moment pour sonder mon état – bourré, à moitié bourré, pas encore bourré ? – puis, rassuré, me fit signe de le suivre tandis qu'il se dirigeait vers l'entrée de la bergerie.

La pièce à vivre était une vaste salle à manger très claire, meublée d'une grande table en bois blond et d'un canapé écru recouvert de plaids à motifs écossais qui faisait face à une belle cheminée à l'ancienne. Un couloir, sur la gauche, menait à la cuisine et se prolongeait vers une chambre. Dans le reflet d'un miroir, Marie-Thé apparaissait le combiné d'un téléphone coincé entre sa joue et son épaule tandis que ses mains s'affairaient dans le tiroir d'une commode.

On l'entendait chuchoter quelque chose à propos d'une «sortie pédagogique».

«Caffè? demanda Fabien.

— Caffè.»

Il déplaça une chaise à mon intention et disparut dans le couloir où il croisa Marie-Thé qui me sourit en traversant la pièce, murmurant toujours dans le téléphone, qu'elle reposa sur son socle près de la cheminée après avoir pris congé en promettant de «régler ça dès demain».

«On aura peut-être du réseau mobile d'ici la fin 2050», soupira-t-elle en m'embrassant avant de s'asseoir près de moi. Fabien revint de la cuisine avec un plateau sur lequel étaient posés deux tasses, un mug d'où dépassait la ficelle d'un sachet de thé et un paquet de canistrelli. Il posa une tasse devant moi, prit la seconde et offrit le mug à Marie-Thé.

C'était une belle femme au corps plein, au visage volontaire, avec des cheveux poivre et sel coupés court et des yeux presque aussi clairs que ceux de son mari. Elle paraissait dix ans de moins que ses soixante ans. Comme Fabien, elle avait milité pendant des années dans les rangs nationalistes, avait même publié plusieurs recueils de poésie et écrit quelques tubes de la chanson engagée locale. Comme Fabien, ses convictions n'avaient pas résisté aux affrontements fratricides entre militants, au milieu des années 90. Lorsqu'il avait décidé de quitter le mouvement, épouvanté par la tournure des événements et refusant par avance d'avoir un jour à tirer sur l'un des siens, elle l'avait suivi. Depuis, le couple vivait éloigné de tout sur le seul salaire de Marie-Thé, animatrice culturelle à la médiathèque de L'Île-Rousse. Ils ne roulaient pas sur l'or, se satisfaisaient de peu, s'offraient de temps à autre une escapade en Toscane et faisaient de leur mieux pour ne pas regretter le passé.

Le café était très léger, précisément ce qu'il me fallait. La discussion roula sur la crise des déchets, dont ils avaient des échos par des cousins habitant à Bastia, puis Fabien ne put s'empêcher de dire tout le mal qu'il pensait de l'an IV du pouvoir nationaliste à l'assemblée de Corse, à quoi Marie-Thé, sans se montrer pour autant convaincue du changement, rétorqua que les natios présentaient cet avantage sur leurs prédécesseurs de ne pas s'en mettre plein les poches. Le ton monta lorsque Fabien se mit à ricaner, prétextant que la seule vraie différence entre les élus nationalistes et ceux des partis politiques traditionnels, qu'il persistait à appeler les «clanistes» comme au temps de son militantisme, tenait au fait que ces derniers ne prétendaient pas agir au nom du peuple corse lorsqu'ils mentaient et trafiquaient les marchés publics. «Leur malhonnêteté était plus honnête», dit-il avant que Marie-Thé, d'un regard froid, ne mette un terme à la discussion qui menaçait de s'envenimer. Vaincu, Fabien plongea le nez dans sa tasse de café. «On s'en fout, finit-il par dire. De toute façon, on ne s'occupe plus de politique.»

Un long silence de gêne suivit, à peine troublé par les trilles d'un oiseau, dehors. À travers la baie vitrée, on pouvait voir le soleil se désagréger en milliards de grains de poussière flottant entre les arbres du jardin.

Fabien se racla la gorge pour dissiper le malaise.

« Comme je ne t'ai pas demandé de venir pour arbitrer nos engueulades politico-conjugales, je vais te la faire courte. Mon oncle a disparu. Baptiste Maestracci. Quatre-vingt-cinq ans.

— Quatre-vingt-six, rectifia Marie-Thé, le visage encore fermé après la dispute.

— C'est pareil. Il vit à Azzella.

— Connais pas.

— Personne ne connaît à part les habitants de Santa-Lucia. C'est un hameau du village, le dernier sur la route du Monte Tortu. Mon oncle habite dans la vieille maison de famille. Il a disparu depuis quatre jours.

— Sans donner signe de vie ?

— Aucun, répondit Marie-Thé.

— En temps normal, dit Fabien, je passe le voir une fois par semaine pour lui apporter de quoi manger et m'assurer que tout va bien. Mais la semaine dernière, je suis resté couché avec une fièvre à 40 pendant trois jours. Il ne m'a pas vu et depuis, il ne répond plus.

— Tu as essayé de l'appeler ?

— Sur son espèce de téléphone de secours, un appareil avec des grosses touches. Mais il ne s'en sert jamais, il dit que ça lui envoie des... Des trucs dans la tête.

— Des trucs ?

— Des ondes, des vibrations. Faut pas chercher à comprendre. Il est âgé. »

Marie-Thé leva les yeux au plafond. Sa colère ne passait pas. Comme Fabien restait silencieux, elle prit les devants.

« C'est un très vieux monsieur, dit-elle. Mais il a toujours eu le cerveau d'un enfant.

— D'accord, dit Fabien : il est un peu léger.

— Léger à quel point ?

— C'est un homme adorable, dit Marie-Thé. Il connaît toutes les plantes, les herbes et les chemins de montagne autour du village. Il adore les animaux, il a longtemps aidé un berger du coin. Mais il peut aussi piquer des crises de nerfs pour un oui ou pour un non, il a des manies, des tocs. C'est un gosse dans un corps de vieillard. »

Fabien paraissait s'intéresser de très près à la mention « au vin blanc » figurant sur l'emballage des canistrelli.

« Explique-lui pour les Russes », dit Marie-Thé.

Il reposa le paquet en soupirant, se gratta la tempe.

« Pendant des années, tous les soirs, Baptiste s'est mis devant sa vieille télé pour regarder les infos régionales avec un fusil de chasse rouillé sur les genoux. Il n'avait même pas de cartouches, je les lui avais enlevées. Quand le journal télévisé était terminé, il soufflait de soulagement et éteignait aussitôt le poste. Après ça, il m'appelait au téléphone, chaque soir : *Un sò sbarcati sta sera, serà per dumane*[1]. Puis il rangeait sa pétoire et allait se coucher.

— Il a fallu des mois pour le convaincre que les Russes ne viendraient jamais déranger son univers, dit Marie-Thé. Avant ça, c'étaient les Arabes. *I mori*, il disait.

— Mon père a été tué en Algérie quand j'avais

---

1. « Ils n'ont pas débarqué ce soir, ce sera pour demain. »

trois ans, dit Fabien. Ma grand-mère répétait que c'est ce qui avait rendu Baptiste…

— En réalité, il est né comme ça, le coupa Marie-Thé. C'est la seule famille qui reste à Fabien à part moi. Il n'a plus personne.

— Vous avez prévenu les gendarmes ?

— Ils ont fait un tour dans le village avec un chien, dit Fabien. Je les ai accompagnés. Aucun indice, zéro. Le chien avait l'air encore moins intéressé qu'eux. Il a reniflé la route, s'est arrêté devant deux ou trois maisons où il a dû sentir de la charcuterie et ils sont repartis.

— Et la maison de ton oncle ?

— Comme je l'avais trouvée la dernière fois où j'y suis monté.

— Aucun détail inhabituel ? »

Fabien écarta les mains.

« Et aucune idée de l'endroit où il a pu aller ?

— Si c'était le cas, tu ne serais pas là. »

J'avalai une gorgée de café, au goût amer de ma propre connerie.

« Il voyait quelqu'un d'autre, au village ?

— Personne.

— Xavière, dit Marie-Thé. Xavière Cinquini. Elle s'occupe de lui de temps en temps. Elle garde même un double des clés. C'est une voisine un peu excentrique qui vit dans une maison du hameau, un peu plus bas sur la route.

— Vous lui avez parlé ?

— Elle n'a rien vu, dit Fabien. Aucun intérêt. Et elle est pénible. »

Le téléphone ulula à l'autre bout de la pièce et Marie-Thé s'excusa en se levant de table. Je pris quelques renseignements auprès de Fabien – description physique, vêtements manquants dans les affaires de l'oncle Baptiste, signes particuliers, habitudes – sans oser lui avouer ce que l'expérience m'avait enseigné : un vieillard fugueur à moitié sénile qui n'avait plus donné signe de vie depuis près d'une semaine avait toutes les chances de reposer au fond d'une crevasse.

Les sourcils froncés, Marie-Thé raccrocha le combiné.

«Un problème ? » demanda Fabien.

Elle s'approcha de son mari, posa ses mains sur ses épaules.

«Ils m'emmerdent avec le programme de cet été. Un chanteur fait le siège de la médiathèque pour qu'on lui organise un concert et il réclame un cachet de star. Comme s'il ne bouffait pas suffisamment de subventions.»

Fabien posa ses mains sur celles de Marie-Thé, qu'il serra entre ses doigts sans me quitter du regard.

Son regard gris était voilé.

4

Santa-Lucia, 1 115 mètres d'altitude, quatre hameaux dont deux pratiquement déserts, vingt-neuf habitants à l'année. L'hiver, trois flocons suffisaient à couper le village du reste du monde, auquel le reliait l'unique ouvrage architectural notable du coin, un pont génois du XVe siècle ; l'été, la population ne variait pratiquement pas : seuls quelques irréductibles citadins originaires du village y passaient du temps, rarement plus d'une semaine, histoire de rester fidèles à la tradition et effectuer les menus travaux de réparation qui maintenaient encore debout leur maison de famille.

À la sortie du village, après la chapelle San Cosimu où l'on ne célébrait plus la messe depuis longtemps, la route s'étrécissait encore sur deux kilomètres d'épingles à cheveux jusqu'au hameau d'Azzella, sept maisons et deux habitants : l'oncle Baptiste et la voisine farfelue dont m'avaient parlé Marie-Thé et Fabien. Je garai la Saxo sur le bord de la route, m'étirai en sortant de la bagnole.

La visite ne me prendrait pas plus de quelques minutes, une question de parole donnée à Fabien

– j'avais promis de m'occuper de tout ça séance tenante et il restait encore une heure ou deux avant que le jour ne décline. Entre-temps, il recevrait peut-être le coup de fil d'une gendarmerie lui signalant que le corps d'un vieillard correspondant au signalement de Baptiste avait été découvert par un promeneur ou une paire de braconniers dans un coin de maquis.

La serrure résista puis la porte s'ouvrit dans un crissement de bois fatigué, laissant passer un souffle de renfermé. Elle donnait sur un vestibule de la taille d'un placard à balais et, immédiatement à droite, apparaissait la salle à manger, meublée d'une table rustique et de trois chaises à l'assise en paille tressée, d'un vieux buffet sur l'étagère duquel deux assiettes décorées de motifs floraux reposaient sur de petits chevalets de bois, près d'une lampe à huile de l'ancien temps. Le tiroir renfermait quelques médailles pieuses, un lot de piles électriques, un rouleau de ficelle et quelques autres bricoles.

À gauche de la pièce, une ouverture occultée par un rideau donnait sur une petite cuisine sans aération. On avait laissé une poêle à frire dans l'évier, avec une assiette et des couverts. Je retournai sur mes pas, vers une pièce située dans le prolongement de la salle à manger, un simple débarras encombré de cartons, de balais, d'un étendoir et de plusieurs tabourets empilés de travers. La salle de bains était minuscule et très propre et la chambre, située sur la droite de la salle à manger, au fond d'un couloir de trois mètres de long, ne révéla rien de plus : un lit à deux places sans la moindre table de chevet, une imposante armoire munie d'une porte à miroirs à l'intérieur de laquelle je comptai une parka bleu foncé, deux pull-overs, deux pantalons en velours côtelé, quelques maillots de corps et trois chemises de flanelle.

J'allumai une cigarette en regagnant la cuisine. La fumée ne dérangerait plus personne. Je fouillai, un peu honteux, à la recherche d'une bouteille d'alcool mais ne trouvai rien, pas même un fond de vin. La baraque de l'oncle Baptiste n'était qu'une triste et vieille maison de célibataire, sans âme ni souvenirs. On n'y trouvait pas même les habituelles images pieuses de Vierge en oraison, les portraits naïfs de saints quelconques ou une simple *crucetta*, ces petites croix de palmes que les vieilles tressent encore à Pâques. Seul un mur, le plus proche de la porte, était orné d'un large cadre rectangulaire derrière la vitre renflée duquel on devinait la photo d'un jeune homme en tenue de soldat, accompagnée de trois médailles épinglées à un carré de feutrine verte et d'un courrier officiel, une citation décernée à «Mathieu Maestracci», sergent au 11e Bataillon de tirailleurs, tracée d'une écriture fine et déliée : «Sous-officier d'élite et plein d'allant, s'est illustré du 8 juin au 15 juillet 1959 au cours de l'opération Étincelle dans les djebels de Hodna, département de Sétif.»

Le 15 juillet 1959, moins de trois ans après la naissance de Fabien, le sergent Maestracci avait tiré son groupe d'un mauvais pas «dans le secteur des mechtas Bitam et Taglaït». Une balle l'avait touché au poumon droit, il avait continué à tirer sur «un fort parti de rebelles» pour couvrir le repli de ses hommes et s'était «conduit dans cette circonstance comme un véritable héros». Pour ce fait d'armes, Mathieu Maestracci s'était vu décerner la croix de la valeur militaire.

À titre posthume.

*

«Je peux vous aider?»

Sur le seuil de la maison, une silhouette se tenait enveloppée dans un long châle en crochet dont les pans, qui touchaient presque le sol, dessinaient à contre-jour les ailes membraneuses d'un monstrueux insecte à forme humaine.

«Xavière, je suppose.

— Madame Cinquini, veuve Acquatella, si ça ne vous dérange pas, dit la vieille dame après un moment.

— Toutes mes condoléances.

— S'il s'agit d'un trait d'humour, il tombe à plat. Et si vos condoléances sont sincères, elles arrivent un peu tard: Ambroise Acquatella, receveur principal des postes, est mort d'une mauvaise chute le 12 du mois de novembre 1987. Avant cet imprévu, il m'a mené une vie impossible pendant trente-trois ans. Je ne l'ai pas regretté.»

Xavière Cinquini, veuve Acquatella, restait immobile sur le pas de la porte. Sa silhouette semblait taillée dans un bloc de matière sombre et sans nuance, d'une telle densité que la couleur s'y absorbait tout entière. Le demi-jour laissait cependant deviner un visage noble et très blême, planté d'un nez fin et droit que l'âge n'avait pas affaissé, presque pointu, piquant par-dessus une bouche aux lèvres effilées. Le regard fixé droit devant elle, la vieille ramena ses bras sur sa poitrine et fit un nœud de ses longs doigts pâles à l'endroit où, épinglée sur sa robe, la tache dorée d'une broche en forme de libellule ressortait sur le tissu noir.

Je fis un pas vers elle. Elle eut un imperceptible mouvement de recul.

« Madame, dis-je, Fabien Maestracci…

— Le fidèle neveu.

— C'est ça. Fabien est un ami. Il m'a demandé d'essayer de retrouver son oncle.

— Parce qu'en indécrottable séparatiste, dit-elle, votre ami estime sans doute que dix gendarmes flanqués d'un chien spécialement dressé ne sont que des bons à rien incapables de mettre la main sur un vieillard fugueur ?

— Ils ont arrêté les recherches. Le disparu a quitté son domicile par ses propres moyens. Légalement, il est impossible aux gendarmes de rechercher une personne majeure. Baptiste Maestracci a le droit d'aller où bon lui semble. »

Elle eut un soupir de mépris.

« Baptiste, majeur ? Il est resté innocent toute sa vie, cher monsieur. Ce qui n'a jamais empêché les habitants de ce village de l'accepter sans réserve comme l'un des leurs. Sa place à la belote est réservée le premier mardi de chaque mois à la même table du café, qui ouvre tout exprès, avec ses partenaires habituels. Jusqu'à très récemment, Baptiste faisait pousser de magnifiques légumes dans son petit potager, les meilleurs que vous pourriez manger de toute votre vie. Mais majeur? Ne soyez pas ridicule. Soit le neveu vous a dissimulé son état, soit vous jouez les ânes pour avoir du son.

— Avez-vous une idée des raisons pour lesquelles Baptiste aurait pu quitter sa maison?»

Elle hocha doucement la tête.

«Peut-on avoir la moindre idée des raisons qui poussent un enfant de dix ans à agir comme il le fait, monsieur l'ex-policier?»

Elle avait prononcé la phrase sur un ton naturel, sans paraître savourer son petit effet. Je tâtonnai dans la poche de mon pantalon à la recherche de mon téléphone portable.

«Quelqu'un vous a averti de ma visite?

— Personne n'a éprouvé ce besoin, ni celui de me préciser vos qualités, assez évidentes puisque vous partagez ce trait commun aux policiers: poser sans détour des questions qui heurtent le sens commun. En revanche, aucun fonctionnaire de police digne de ce nom n'accepterait de fureter comme vous le faites dans la maison d'une personne disparue et, par-dessus le marché, sans aucune autorisation. La conclusion me paraît donc assez logique: vous n'exercez plus. Peut-être à cause de votre penchant pour la boisson. Peut-être pour d'autres raisons que j'ignore et qui me laissent parfaitement indifférente.»

Par réflexe, je soufflai dans ma main pour vérifier mon haleine, avant de me rappeler que j'avais beau être assoiffé depuis le matin, je n'avais pas avalé une seule goutte d'alcool de la journée.

« L'odeur de votre transpiration, dit-elle enfin après un long silence. Vous suintez l'alcool. »

Du dehors nous parvint la plainte brève d'un animal.

Les mains de la vieille se détachèrent pour lisser les pans de la longue robe noire dans un geste presque coquet. Ses doigts, aussi fins que des brindilles d'os et de peau, glissaient lentement sur l'étoffe et, l'espace d'un instant, les pans ajourés du châle se balancèrent doucement avant de retrouver leur fixité de toile d'araignée dans la lumière déclinante.

De l'index, je fis glisser le menu de mon téléphone portable.

« Et les gendarmes ? Vous les avez vus ?

— Ils étaient une dizaine, je vous l'ai dit. Avec un chien. Ils sont venus ici même, dans cette maison. L'animal a reniflé dans tous les recoins puis il les a guidés tout droit devant le palazzu Angelini, à l'entrée du village, où ils sont restés un petit moment devant la grille, à se gratter le képi.

— Et c'est tout ? Ils sont repartis ?

— Comme ils étaient venus. Avec leur attirail inutile et leur chien amateur de vieilles pierres. »

Mon portable à la main, je m'approchai d'elle, suffisamment pour entrevoir le tremblement de ses lèvres. Un frisson traversa son corps et elle redressa ses épaules, le menton levé.

« Plus un pas, cracha-t-elle. Je déteste la promiscuité, surtout lorsque des inconnus braquent la lampe de leur saloperie de téléphone portable sur le visage d'une vieille dame aveugle. »

5

Toute sorcière aveugle qu'elle fût, la vieille Xavière avait tout de même consenti à m'expliquer où trouver le palazzu Angelini à la condition que je débarrasse aussitôt le plancher de la maison du vieux Baptiste. Après quoi, elle avait refusé d'un geste ma proposition de la raccompagner jusqu'à sa propre maison, trois cents mètres plus bas sur la route qui retournait à Santa-Lucia, et son étrange silhouette drapée de dentelle noire, plantée près de la maison de Baptiste, avait rétréci dans mon rétroviseur avant de disparaître au premier virage.

Un beau jour, dans une semaine ou dans dix ans si Dieu me prêtait vie, notre rencontre me fournirait une anecdote supplémentaire à servir à un comptoir, entre deux tournées de gnôle et trois chansons à boire. Année après année, beuverie après beuverie, j'avais étoffé le répertoire de ces bouffonneries tirées de vieilles enquêtes alambiquées, de légendes urbaines revisitées et de contes à dormir debout dont m'avaient abreuvé deux générations de flics et d'employés de pompes funèbres. Le plus souvent, j'allongeais la sauce de détails inventés et de fanfaronnades, jusqu'à gonfler en d'énormes fables le récit de sordides faits divers, récoltant ma part d'éclats de rire, de regards indignés, de grimaces d'effroi. Mon public ordinaire, composé d'invétérés saoulards, appréciait particulièrement «Le suicidé qui commentait le match du Sporting», «Le chien à trois pattes et le cadavre du pizzaïolo» et «L'ADN introuvable de la pute édentée», à condition de ne pas raconter celle-ci après un dîner trop copieux. D'ici peu, le temps d'en peaufiner les détails, l'histoire de «La vieille foldingue aveugle de Santa-Lucia» enrichirait mon catalogue – succès garanti.

Il fallait cependant avouer que Xavière Cinquini, veuve Acquatella, s'était montrée d'une grande précision : sept minutes exactement après l'avoir quittée, soit le délai qu'elle m'avait indiqué à la seconde près, j'avais traversé en sens inverse les quatre hameaux de Santa-Lucia pour prendre, sur la droite de l'itinéraire principal, un embranchement qu'aucun panneau ne mentionnait et qui conduisait tout droit au palazzu Angelini, un kilomètre plus bas le long de la route conduisant au fond de la vallée.

La bâtisse se dressait derrière les barreaux d'une grille à doubles vantaux cadenassée de trois chaînes. De chaque côté de l'imposant portail, un haut mur s'étendait sur une vingtaine de mètres qui laissaient apparaître, à travers les écorchures des intempéries, un damier de brique rouge au mortier rongé d'humidité. Le palazzu lui-même était posé au milieu d'un grand parc, au bout d'une allée de terre qui rejoignait la grille.

C'était un édifice de trois étages, inspiré vaguement du style toscan mais dénué de toute grâce, de tout équilibre, comme rendu à l'apparence d'un cube couleur de cendre. Les trois marches du perron, les hautes fenêtres privées d'ornements, l'absence de balcons démontraient les préoccupations de ses propriétaires : ériger, à l'écart du village, une demeure suffisamment massive pour imposer la distance de leur richesse aux habitants du cru. Faute de moyens ou du goût approprié, le palazzu Angelini avait été réduit à la fonction purement utilitaire d'une baraque pour parvenus des temps anciens, dépourvue des raffinements que les grandes familles de l'île mettaient dans leur débauche de colonnades, de marbres, de niches sculptées par les meilleurs artistes italiens. Le nom même de *palazzu* donné à cette construction sans cachet paraissait usurpé. Les chaînes de la grille étaient couvertes d'une épaisse couche de rouille, la peinture bleue des grands volets génois n'apparaissait plus qu'à la jonction des deux battants, à l'emplacement où le bois avait été préservé de la pluie. Entre les dalles disjointes du perron, visibles à travers les barreaux de la grille, des touffes de misère avaient poussé jusqu'à soulever les coins des larges plaques de pierre lisse. Comme le parc envahi de mauvaises herbes, et que semblait veiller un couple d'arbres secs, la bâtisse prenait progressivement la couleur indéfinie du crépuscule, jusqu'à se fondre dans le décor en une masse trouble.

Pourquoi le chien des gendarmes avait-il marqué à cet endroit précis ? En mettant l'épisode sur le compte d'une odeur de charogne ou d'une fantaisie canine,

Fabien se trompait. J'avais déjà vu ce genre d'animaux à l'œuvre et leur flair n'était jamais pris en défaut : si le chien des gendarmes était resté à l'arrêt devant les grilles du palazzu Angelini, le vieux Baptiste y avait forcément fait une halte. Cela avait paru curieux à Fabien, au moins autant que la fugue inattendue de son oncle, car il avait toujours entendu dire que sa grand-mère interdisait à ses enfants de jouer dans les parages du palazzu, de seulement passer devant. Gamins, Baptiste et le père de Fabien étaient même privés de réjouissances le jour de la fête patronale de Santa-Lucia, lorsque les propriétaires conviaient tous les habitants du village à un pique-nique organisé dans le grand parc, où l'on faisait rôtir des veaux entiers à la broche.

D'une secousse, je testai le jeu de la grille, fermement tenue par les trois chaînes rouillées, et évaluai entre zéro et peau de couille mes chances de l'escalader sans me retrouver empalé sur les piques qui coiffaient les barreaux, à deux mètres cinquante du sol. Le seul moyen de trouver un passage consistait à explorer le mur d'enceinte dans l'espoir d'y dénicher une ouverture ou un portail moins haut. Du côté gauche, il suivait le tracé de la route sur une vingtaine de mètres puis formait un coude et longeait un chemin pierreux qui bordait une forte déclivité du terrain. Sans échelle, il était impensable de le franchir. Je tentai par le côté droit, le long duquel le mur rasait la route principale avant de s'enfoncer à angle droit dans la végétation d'un sous-bois.

Après avoir vérifié qu'aucune voiture ne risquait de me surprendre, je m'approchai, écartai les branches basses des arbustes et, après quelques pas, devinai une sorte de percée à travers la végétation, un étroit sentier parallèle au mur. Environ trente mètres plus loin, l'enceinte, écroulée, avait été remplacée par une palissade dont les planches étaient assemblées grâce à un long tenon horizontal. Plus loin encore, alors que des bouquets de broussailles et d'arbrisseaux de plus en plus rapprochés rendaient toute progression impossible, cette clôture laissait place à un grillage métallique serré, qu'on avait cisaillé de haut en bas pour libérer un passage vers le parc.

*

Je traversai l'immense jardin vide jusqu'à l'escalier de pierre menant au perron dont la porte en bois massif, ornée d'un heurtoir en métal sombre à tête de lion, était fermée à double tour. Sur la façade, de larges plaques d'une peinture beige sale, invisibles depuis la route, paraient la bâtisse d'une livrée galeuse. Le tour du propriétaire ne révéla rien d'autre qu'une porte aux carreaux de verre martelé, verrouillée aussi, située à l'arrière de l'édifice et donnant probablement sur les cuisines.

À présent que le soir tombait tout à fait, le palazzu Angelini renvoyait une onde encore plus sinistre, étendant son ombre au perron puis au parc tout entier, où elle avala bientôt la silhouette des deux arbres morts. Quel indice avais-je espéré trouver au beau milieu du jardin de cette baraque esseulée, au bord d'une route déserte sur laquelle trois voitures ne devaient pas circuler chaque jour, à la recherche d'un vieillard perdant la boule ? Pour la dix millième fois de ma merdique existence, je m'interrogeais sur l'irrésistible force qui me poussait à mener les plus merdiques expériences en témoignant d'un goût aussi merdiquement certain pour l'échec.

C'est à ce moment précis que je remarquai l'abri de jardin, tout au bout du parc, à l'endroit où la végétation se confondait déjà avec la nuit.

6

Il avait fallu moins d'une heure pour voir la petite route déserte s'animer. Le premier à arriver sur place avait été le maire du village, poussé par l'instinct propre à cette espèce particulière de mammifère à écharpe tricolore qui leur permet de détecter le moindre intrus sur le territoire de leur commune à des kilomètres à la ronde. Petit et gros, un regard de bedeau derrière des culs de bouteille, il avait garé son utilitaire Peugeot de manière à barrer la route à la Saxo.

Les bras croisés, le dos appuyé à sa camionnette, il attendait que j'émerge du sous-bois, où je tentais de me frayer un chemin à l'aveuglette, repoussant en jurant les branches qui me cinglaient le visage et retenaient mes fringues comme des doigts griffus. La chemise en lambeaux, le front égratigné, j'avais fini par émerger de cette jungle hostile pour atterrir sur la route, que monsieur le maire avait immédiatement traversée dans ma direction d'un air de qui s'apprête à exiger des explications, avant de s'entendre gratifier d'un «Toi, ta gueule» et juger plus prudent de battre en retraite vers sa camionnette. J'avais composé le numéro de Rochac sans quitter des yeux le maire : ce genre d'énergumène était capable de me balancer une décharge de petit plomb dans le dos. Au lieu de quoi, dès qu'il m'avait entendu décrire la trouvaille du jour au téléphone, il avait empoigné son portable et bondi derrière le volant de sa camionnette pour réapparaître vingt-cinq minutes plus tard, flanqué de trois gendarmes auxquels il me désigna d'un doigt vengeur.

En déclinant mes anciennes qualités de flic, j'avais expliqué le coup à l'officier en charge, un type avec une gueule de franc baroudeur probablement monté du rang. Il avait bien vingt ans de plus que l'âge requis pour faire un lieutenant avec des perspectives de carrière acceptables. Tandis que les TIC[1] de la gendarmerie se trouvaient déjà à pied d'œuvre et que le « lieutenant Frémiaux, brigade de recherches de Corte », m'invitait à le suivre à la caserne pour de « petites questions de simple routine », le commissaire Rochac fit son apparition sur les talons de la nouvelle procureure de Bastia, grande et belle fille blonde, glaciale, que n'étouffait ni la politesse ni la modestie.

Rochac était mon ancien supérieur, il avait pris du grade depuis l'affaire Mattei, bombardé numéro 3 de la police judiciaire corse, désormais chargé de belles procédures et assuré que son nom avait suffisamment circulé au ministère pour qu'on se souvienne de lui le moment venu. Il me salua et se présenta au gendarme

---

[1]. Techniciens en identification criminelle.

tandis que la proc, à l'écart, allumait une cigarette longue et fine.

Ne manquait au tableau qu'une voiture de la télévision, qui déboula finalement au moment où la proc rejoignait le gendarme et Rochac. Au volant, je reconnus un journaliste croisé jour et nuit sur des scènes de crime pendant près de vingt ans, un type solitaire et très bien informé qui en connaissait un morceau sur la vie souterraine de cette île. Il sortit de la 308 grise accompagné d'une jeune camérawoman aux épaules aussi carrées que la mâchoire, et Rochac murmura : « Encore lui… Ce type est au courant de tout, pratiquement avant nous. »

Éric Luciani donna ses instructions à la jeune femme, qui extirpa une lourde caméra du coffre de la voiture siglée et, sans prêter la moindre attention aux gendarmes, à Rochac, à la procureure, hissa l'engin sur son épaule et commença à tourner dans l'éclairage cru de la lampe montée sur l'engin : plans larges sur le fourgon blanc des TIC, sur le Duster des gendarmes, panoramique sur la petite route et le palazzu Angelini, plan serré sur le profil de la proc s'entretenant avec Rochac et l'officier de gendarmerie.

« Lieutenant Frémiaux, BR de Corte », commença l'officier à l'intention de la proc, sur un ton très réglementaire, avant de désigner d'un geste énergique le tandem d'uniformes qui se tenait à l'écart, un petit moustachu replet et une jeune femme plutôt mignonne : « Adjudant Berthier, gendarme Tanasio. »

La procureure lui serra la main distraitement, sans quitter du regard la silhouette de la jeune caméraman.

« On a pris soin de geler la scène, poursuivit le lieutenant Frémiaux. J'ai deux TIC sur place, d'autres arrivent. C'est pas banal. Ils m'ont envoyé ça. »

Sur l'écran de son téléphone portable, figée sous différents angles et rendue plus hideuse encore par la lumière brutale des flashes, apparut la momie telle que je l'avais trouvée, dissimulée dans une armoire en fer appuyée au mur de la cabane, au fond du parc. On l'avait installée en position assise. Son crâne, couvert de poignées de cheveux sans couleur, reposait sur ses genoux repliés. Ses vêtements avaient été lacérés par le temps, l'humidité, les coups de dents des rongeurs. Ils mettaient à nu les os, où s'attachaient encore des restes de tendons et de muscles sous l'écorché d'une peau aussi fragile que du parchemin. Le corps ressemblait à une sorte de fœtus adulte, desséché.

« On est certain que c'est un homicide ? interrogea la proc.

— Si c'est un suicide, on tient un ancien acrobate : important fracas osseux du crâne. Et les poignets sont liés dans son dos. »

La procureure cligna des yeux puis ordonna, d'une voix indifférente :

« OK. Terminez et transmettez tout ça à la PJ.

— Je vous demande pardon ? »

L'officier nous regarda, Rochac et moi, comme pour nous prendre à témoin de l'injustice. Mais Rochac se mit à feindre l'indifférence avec beaucoup d'application, les lèvres affaissées dans une moue dubitative, les mains enfouies dans les poches d'une affreuse doudoune jaune qui lui donnait l'aspect d'un poussin géant shooté aux hormones. Quant à moi, je me foutais pas mal que l'enquête soit confiée à la police judiciaire, aux gendarmes ou à l'amicale des philatélistes de Porto-Vecchio. Je voulais juste me tirer de là au plus vite.

Luciani, le journaliste de la télé, profita du répit pour esquiver les deux autres gendarmes et me serrer la main d'une poigne vigoureuse.

« C'est vous qui avez découvert le corps ?

— Les nouvelles vont vite.

— C'est un métier. Alors ? Une sorte de momie ? »

L'un des gendarmes s'approcha en levant une main : « Monsieur, on commence à peine. Je vais vous demander de bien vouloir…

— Ne me demandez rien, ça m'évitera de vous répondre. C'est une voie publique, nous filmons : où est le problème ? »

Puis, s'adressant à moi :

« Vous n'êtes plus policier, vous pouvez parler.

— Monsieur Loutchany, fit Rochac, s'il vous plaît…

— Ah, fit mine de s'extasier Luciani : le numéro 3 de la PJ en personne. Des gendarmes, des flics, la proc : l'affaire doit être sérieuse. »

Quelques mètres loin, la camérawoman braquait son objectif sur les grilles du palazzu, derrière lesquelles s'agitaient des lumières vacillantes de feux follets à l'endroit où les TIC poursuivaient leur ouvrage.

« Excusez-moi, reprit le lieutenant Frémiaux en s'adressant à la proc, on est en zone ru…

— ... rale. Merci pour ce point de procédure, lieutenant. Puisque cela semble vous intéresser, sachez que j'ouvre une enquête en recherche des causes du décès. Je verrai la suite après l'autopsie. Dans tous les cas, l'affaire partira à la PJ. »

Le lieutenant Frémiaux se contenta d'acquiescer, les mâchoires crispées, puis il s'excusa et passa en trombe devant ses gendarmes qui le rejoignirent près du Duster. On entendit l'écho assourdi d'un « Fait chier », puis le claquement de trois portières. Sous la lumière de l'habitacle, portable collé à l'oreille, le lieutenant rendit compte à l'autorité supérieure tandis que la proc cherchait la camérawoman du regard. La jeune femme avait disparu lorsqu'un pinceau de lumière se mit à balayer les alentours du mur d'enceinte à l'endroit où j'avais découvert le passage à travers le grillage, éclairant par intermittence la forme distendue des arbres, allongeant leurs branches en longs filaments, animant les bosquets de mouvements désordonnés comme si, soudainement douée d'une énergie propre, la végétation s'ébrouait avant de regagner l'ombre.

La proc grommela mais n'ordonna pas pour autant à la camérawoman de virer son cul des ronces. Rochac rompit le silence en me prenant le bras.

« La personne dont je vous ai parlé, madame, dit-il à la proc. C'est un ancien collègue du Bureau des homicides simples. »

La magistrate ne cilla pas. Son profil de médaille tourné vers le palazzu plongé dans l'obscurité, elle se contenta de lâcher, en même temps qu'un mince filet de fumée : « Un ancien collègue qui sera poursuivi pour violation de propriété privée. Je vous écoute, monsieur. »

*

Rochac avait eu beau essayer de convaincre la proc, je m'étais tout de même retrouvé placé en garde à vue face à un OPJ de permanence ensuqué, au quatrième étage du commissariat de Bastia, avec vue sur les quais du port de commerce où les touristes rembarquaient dans la nuit à bord des navires jaune et blanc de la Corsica Ferries, leurs portables bourrés de photos souvenirs près de tas d'ordures hauts comme trois hommes.

Rochac nous avait apporté deux gobelets remplis à ras bord du café pissé par le distributeur du rez-de-chaussée. La recette secrète du breuvage, au délicat arôme de shampoing à la chicorée, n'avait manifestement pas changé depuis mon départ de la police. « Nous nous verrons plus tard », avait-il marmonné en refermant la porte derrière lui, m'abandonnant au jeune flic continental. Avec sa barbe taillée au millimètre, sa chemise étriquée à carreaux, son jean slim et ses baskets New Balance, il ressemblait davantage à un hipster qu'au flicard de caniveau que j'avais été à son âge. L'une de ses manches, retroussée, laissait apparaître sur son avant-bras gauche un tatouage minimaliste aux formes compliquées symbolisant une tête de cerf.

« Domicile ?

— Résidence Les Pommes, deux ter. 20200 Bastia. »

Le flic leva un sourcil, parut réfléchir un instant et se remit à taper sur le clavier de son ordinateur.

« C'est en centre-ville ?

— Pas très loin. »

La lumière aveuglante d'une rangée de néons éclairait trois bureaux à la couleur administrativement grise. Aux murs, des cartes postales punaisées à des panneaux en liège voisinaient avec d'interminables listes de numéros de téléphone et une collection complète de prospectus pour livraisons de pizza. Derrière l'OPJ, un gilet pare-balles suspendu à un portemanteau évoquait la forme d'un tronc humain démembré.

L'interrogatoire ne dura pas plus d'une heure au cours de laquelle le jeune flic accepta la version des faits que la fatigue et l'absence d'alcool me permettaient de débiter : je connaissais le vieux Baptiste de longue date et j'avais décidé de lui rendre une visite impromptue. En apprenant de la bouche d'un villageois de Santa-Lucia que mon vieux pote avait disparu, mes réflexes d'ancien flic avaient repris le dessus et je m'étais mis à sa recherche. Puis on m'avait expliqué que le chien des gendarmes appelés en renfort avait marqué devant le palazzu Angelini. Je m'y étais rendu pour découvrir, au fond d'une cabane de jardin, le cadavre d'un bonhomme qui n'était pas Baptiste. C'était aussi simple que ça.

« Le nom de cette personne ? demanda le flic.

— Le cadavre ?

— Le villageois.

— Aucune idée, un bonhomme qui passait par là.

Vous savez, dans les villages corses, les gens vont et viennent sans qu'on leur pose beaucoup de questions.

— Ça tombe plutôt bien, répondit-il : ils n'ont pas beaucoup de réponses, pas vrai ? »

Il se mit à glousser puis, devant mon absence de réaction, son sourire se figea. Après de menues précisions, le jeune flic torcha le procès-verbal aussi rapidement que ses doigts le permettaient en s'abstenant de chercher à connaître les circonstances dans lesquelles j'avais connu le vieux Baptiste et les raisons qui m'avaient poussé à m'introduire, à la nuit tombée, dans une propriété privée.

Il se contenta de reporter scrupuleusement mes foutaises sur le logiciel de saisie de procès-verbal puis proposa de me raccompagner. En s'entendant répondre que je connaissais le chemin, il se souvint que j'avais été flic et n'insista pas trop.

À trois heures du matin, de retour dans mon grand appartement aussi vide que mon paquet de clopes et, plus grave, que mon frigidaire, j'en avais été quitte pour me rabattre sur le bizarre, ma réserve de secours en cas de coup dur. J'ouvris un placard et choisis, parmi les excentricités accumulées au cours des années, une petite drôlerie d'alcool de pêche distillé par Annonciade, une ancienne catéchiste reconvertie dans la gnôle de contrebande auprès de laquelle je me fournissais en breuvages exotiques. L'étiquette portait la mention 45 degrés, ce qui était largement suffisant pour m'aider à rouler une pelle à Morphée et oublier la momie du palazzu Angelini.

Au moins pour la nuit.

7

Au téléphone, la voix de Fabien s'était étranglée puis il avait retrouvé un semblant de contenance en entendant mes explications : « Le corps est là depuis un bout de temps, Baptiste a disparu depuis quelques jours : aucun risque que le cadavre soit le sien. »

À l'autre bout du fil, Fabien répétait *Mà cosa serà st'affare?*[1] avec une intonation sourde, comme si l'idée d'un corps abandonné au fond d'une cabane de jardin, dans le parc d'une masure condamnée depuis des années, lui était inconcevable. Puis je griffonnai sur une feuille ce qu'il me précisa de l'histoire du palazzu : le dernier propriétaire en date, Jules Angelini, riche cultivateur de la région, avait cassé sa pipe à la fin des années 50 sans laisser d'autre héritier connu que de lointains cousins dont les parents eux-mêmes avaient essaimé entre Paris et Lyon au début du XXe siècle. De génération en génération, la tradition locale de l'indivision avait fractionné l'héritage en dizaines de propriétaires dont la plupart ne

---

1. « Mais qu'est-ce que c'est que cette histoire ? »

mettraient jamais un pied au palazzu et quelques-uns en ignoraient même l'existence.

Fabien était d'accord avec moi : la seule raison susceptible d'expliquer la halte du vieux Baptiste devant le portail en fer forgé tenait à sa mémoire brouillée par l'âge. Il avait dû s'y arrêter au hasard de sa fugue, avant de se remettre en route pour une destination connue de lui seul.

Après vingt minutes de conversation à passer en revue toutes les hypothèses possibles, je ne m'étais pas senti le courage de taire à Fabien ce qui relevait de l'évidence : il y avait peu de chances de retrouver son oncle vivant. Il encaissa le coup mais, comme si son esprit refusait de céder devant ce constat, il me demanda de continuer à chercher malgré tout. Je promis et raccrochai. Puis, toute honte bue, je passai quarante-huit heures à claquer les billets d'Alphonse Santucci dans les bars de la ville ensevelie sous les détritus.

*

Au matin du troisième jour, je n'avais pas ressuscité mais je tenais une magistrale gueule de bois qui ne me permit de répondre à Rochac que par monosyllabes.

Après m'avoir donné rendez-vous sur le port de Toga, il m'avait précisé : « Il va falloir que l'on éclaircisse un ou deux points », l'une de ses formules préférées, synonyme de questions à n'en plus finir, de chicaneries et de « Redites-moi ça » répétés comme un disque rayé. Je filai sous la douche en laissant Deezer sélectionner la bande originale de mes ablutions parmi mes titres favoris et me retrouvai à savonner mon corps épuisé sur *Coward of The Country*, un titre de Kenny Rogers où il était question d'un trouillard de première qui finit par se rebiffer lorsque des voyous s'en prennent à sa chérie.

Une fois propre comme un sou neuf, je m'habillai en essayant de goupiller une histoire convenable à servir à Rochac, quelques sornettes un peu mieux ficelées que mon concert de pipeau au jeune flic du commissariat. Fin prêt et élégamment vêtu d'une chemise à fleurs d'un rouge éclatant, d'un pantalon de toile marron trop large acheté dans une solderie et d'une paire de Vans à damier gagnée à la suite d'un pari alcoolisé, je pris la route du port de Toga à bord de ma guimbarde.

Le commissaire était déjà attablé au soleil, sa silhouette boudinée dans l'un des costumes crème mal coupés qu'il affectionnait. Une cravate à motifs géométriques passée sur une chemisette jaune pâle, des chaussures de curé et une affreuse paire de lunettes de soleil aux verres rectangulaires complétaient sa panoplie de flic en civil – je m'abstins de jeter un coup d'œil à ses chaussettes de peur d'y reconnaître un personnage des Simpson ou lire une formule du genre «C'est le pied!».

«*Résidence Les Pommes, deux ter…* commença-t-il alors que je prenais place face à lui, à la terrasse du Gauguin.

— Juste un peu d'humour potache.

— Sacrée blague. Le flic qui a pris votre déposition vous cherche partout. Il fait de la boxe thaïe.

— S'il veut me casser la gueule, qu'il prenne un ticket : la file d'attente est assez longue.

— La proc vous a à l'œil, elle aussi.

— Je l'intéresse moins que la gamine à la caméra. »

Rochac se renfrogna.

« Allons à l'essentiel, dit-il, j'ai suffisamment à faire avec les macchabées du moment pour m'encombrer de squelettes oubliés dans des abris de jardin. Que faisiez-vous là-bas au juste ? Évitez le baratin. »

Rochac et ses expressions surannées. *Baratin* et *drôle d'oiseau*, *bigre*. Une fois, je l'avais même entendu dire à un flic qu'il ne comprenait rien à son *galimatias*. Le type avait pris ça pour une insulte et s'en était plaint aux syndicats.

« Vous avez lu mon PV.

— Justement.

— Tout y est.

— Arrêtez de mentir, ma patience a des limites et la proc, je vous le dis…

— Elle m'a à l'œil. »

Le serveur apporta deux cafés, mit une joie exagérée dans le simple fait de poser les tasses sur la petite table ronde et nous fit part d'indispensables considérations sur la météo et ce joli printemps qui s'annonçait même si, en règle générale et d'après ses observations empiriques, lorsque le printemps était clément, l'été pourrissait sur pied, ça ne ratait jamais, surtout depuis le réchauffement climatique qui empoisonnait l'atmosphère même si on ignorait à quoi s'en tenir vraiment à ce sujet mais que tout ça, fatalement, serait mauvais pour l'industrie touristique et que le danger résidait là «parce qu'à part le tourisme, hein, faut être honnête: on a quoi? On n'a rien.» Devant nos mines fermées, il termina son monologue d'un auguste coup de lavette passé sur la table déjà propre et regagna d'un pas martial l'intérieur du bar, où l'attendait un habitué.

«Alors? reprit Rochac.

— Hors PV, nous sommes d'accord?

— Tout dépendra de ce que vous avez à me dire.

— Un ami m'a demandé d'enquêter sur la disparition de son oncle. Baptiste Maestracci. C'est un vieux bonhomme qui vit reclus dans un hameau de Santa-Lucia et n'a plus toute sa tête. Les gendarmes ont été mis sur le coup mais ils ne l'ont pas trouvé et aucune recherche pour disparition inquiétante n'a été déclenchée. Ils se sont contentés de promener un chien dans le village et le clebs les a conduits devant le palazzu. J'y suis allé, j'ai trouvé cette espèce de momie. C'est tout.

— *C'est tout*.

— Qu'est-ce que vous voulez que je vous dise d'autre?

— Le nom de votre ami, par exemple.»

Fabien n'avait rien à voir dans cette histoire et il se tenait tranquille depuis suffisamment d'années pour se voir épargner les conséquences de ma découverte. D'un autre côté, Rochac avait les moyens de se renseigner sur la famille de Baptiste et, s'il figurait parmi les rares flics à s'être montrés bienveillants à mon endroit, il avait aussi le pouvoir de me casser les couilles en me convoquant pour une nouvelle audition, avec un nouveau flic autrement plus coriace que le premier. Lâchement, je choisis de m'éviter une nouvelle séance de garde à vue.

« Maestracci, Fabien.

— Connu ?

— Des services ? Oui. Ancien militant nationaliste rangé des voitures depuis vingt-cinq ans. Un pur. »

Rochac ne put retenir un petit rire assez déplaisant. Personne au commissariat n'ignorait sa tendance tricolore jusqu'au slip. C'était pour lui une conviction profonde davantage qu'une obligation professionnelle ou une stratégie pour complaire à sa hiérarchie : à ses yeux, toute revendication régionale ne comptait que pour le témoignage d'un attachement à un passé obscur, tout juste bon à se retrouver exposé derrière les vitrines poussiéreuses d'un musée de province. Du peu qu'il avait laissé filtrer de sa propre histoire, je savais qu'il avait grandi dans un petit village de l'Allier où son père, mort alors qu'il n'avait pas douze ans, était régisseur d'un domaine agricole. Il avait trimé dur pour se payer des études de droit dans une fac de l'ouest de la France, avait préparé le concours de commissaire en travaillant dans un supermarché et cet exemple personnel avait affermi ses certitudes : seul l'ascenseur social de la République avait rendu possible un tel parcours. Avec son goût prononcé pour l'eau minérale, cette vision faussée d'une réalité réduite à sa seule expérience était l'un de nos nombreux points de désaccord.

« Si je résume, reprit-il en réprimant une grimace de dégoût après avoir trempé ses lèvres dans le café, un ex-nationaliste vous demande d'enquêter sur son oncle… Hors de toute procédure légale évidemment. Et vous, avec votre baraka légendaire, vous parvenez à tomber nez à nez avec un cadavre au fin fond du parc d'une propriété abandonnée, à un endroit où personne n'aurait eu l'idée d'aller regarder.

— C'est à peu près ça. À propos du corps, vous avez l'identité ? »

Rochac goûta de nouveau le café et, cette fois, repoussa la tasse de ses doigts courts et épais, aux ongles rongés.

« Je ne suis pas censé vous le dire.

— Mais j'espère que vous le direz quand même.

— À en croire un premier passeport, il s'appelle Luca Ciancimino, né à Florence en 1955, résidant Via dell'Erta Canina. Mais ce document est manifestement faux. Son second passeport, celui qu'on peut tenir pour authentique, le désigne comme Attilio LoRusso, natif de Brindisi, dans les Pouilles, le 28 décembre 1954.

— Qu'est-ce qu'un cadavre italien vient faire dans une remise du palazzu Angelini ?

— C'est toute la question. Nous avons fait procéder à une autopsie expresse parce que le truc pue déjà et qu'il faut fermer toutes les portes. D'après les conclusions du toubib, le cadavre se trouvait là depuis une bonne quinzaine d'années, peut-être davantage. Important fracas osseux au niveau occipital. Au moins deux balles de gros calibre tirées à bout portant à l'arrière du crâne, près de la nuque, plus un traumatisme causé par un objet contondant assez lourd. Avec ça, un bras cassé et les mains liées dans le dos. La totale.

— Merde.

— Comme vous dites élégamment. La ou les personnes qui ont entreposé le corps là-bas savaient que le palazzu Angelini se trouvait dans l'indivision, avec des héritiers dont personne ne risque de retrouver la trace avant longtemps. Le consulat général d'Italie à Nice a été prévenu : depuis que celui de Bastia a fermé, c'est le plus proche. Deux fonctionnaires sont arrivés par l'avion de ce matin. Je les ai déjà reçus. Ils souhaitent vous rencontrer.

— Merci pour la visite protocolaire mais je ne veux pas me mêler de ce truc. Des cadavres, j'en ai eu mon compte. »

Le portable de Rochac se mit à vibrer. Le commissaire déverrouilla l'appareil et consulta ses messages :

« Tant pis pour vous, dit-il : ils seront là d'une minute à l'autre. Gérons ça vite et bien, que ces messieurs puissent remporter le cadavre aussi vite que vous l'avez trouvé. »

*

Le premier était replet, avec une tête ronde, rose et lisse comme un masque de latex sur la surface duquel on aurait vaporisé de l'eau. En nage, il portait un costume et une chemise blanche au col sale, ouvert sur le nœud défait d'une cravate trop courte de vingt centimètres. Il nous tendit une main grassouillette et molle et déposa à ses pieds, après avoir apporté une chaise d'une table voisine, une serviette en cuir marron dont le fermoir était cassé.

Son binôme, athlétique et souriant, était coiffé d'un casque blond, avec un faux air de Daniel Craig. Il arborait des lunettes de soleil aux verres fumés, qu'il n'ôta pas en prenant place à côté de son collègue.

« Messieurs », dit-il en saluant d'un coup de menton.

Le gros se contorsionna pour tirer de sa poche de pantalon un mouchoir bleu foncé avec lequel il se tamponna le front et la lèvre supérieure.

« Messière », dit-il à son tour.

Rochac fit signe au serveur : deux cafés pour nos invités, un pour moi. Je précisai « Allongé, avec deux sucrettes ».

« Il est important de garder votre ligne, pas vrai ? dit le blond.

— J'ai juste horreur du sucre en poudre. »

Le gros sourit. Il ne paraissait rien comprendre à la discussion.

« Ces messieurs doivent accomplir quelques formalités et ils souhaitaient s'entretenir avec vous, dit Rochac en guise de préambule. Ensuite, je suppose qu'ils auront beaucoup de travail pour rapatrier le corps.

— Le commissaire, il dit juste, confirma le blond sans me quitter des yeux. Quelques petites précisions pour notre… »

Il hésita un moment.

« Comment vous dites ? *Paperasse*, exact ?

— J'ai déjà tout dit à la police.

— Mais nous ne sommes pas la police.

— No, no, pas la polizze, s'indigna le gros.

— Ceci, il reste entre nous, continua le blond. Ce

monsieur que vous avez trouvé, il a disparu il y a longtemps déjà. Sa famille, on ne sait pas s'il a encore. On ne sait pas ce qu'il faisait ici non plus. Peut-être il était juste en vacances et il a fait la mauvaise rencontre.

— C'est possible. Mais je ne vois toujours pas ce que je peux vous dire sur un touriste mort depuis des lustres avec un faux passeport dans sa poche. »

Rochac me fusilla du regard. Le gros se pencha, mit sa serviette sur ses genoux et en sortit des imprimés qu'il commença à consulter. D'un signe de tête qui fit trembler son goitre comme de la gelée, il remercia le serveur qui déposait les tasses sur la table.

« Attilio LoRusso. C'est le nom du mort, dit le blond. Il vous dit quelque chose ?

— Rien du tout.

— Pas de connaissance ?

— Aucune.

— Et vous l'avez trouvé… »

Il chercha l'assentiment de Rochac d'un regard mais le commissaire resta de marbre.

« … Par hasard, c'est juste ?

— Je cherchais une personne disparue.

— Mais il n'était pas la bonne personne, non ?

— Non, en effet.

— Il y avait d'autres choses, peut-être ?

— Je ne comprends pas.

— Des choses dans ses poches, je ne sais pas, des papiers, des documents pour trouver sa famille ?

— Je l'ignore, je n'ai pas regardé. J'ai prévenu la police dès que je l'ai trouvé.

— Bien sûr. »

Le gros déplia d'une main les branches d'une paire de lunettes de vue qu'il chaussa. Il rapprocha son visage d'un feuillet couvert de cases.

« Et la maison, continua le blond. Pourquoi la maison ?

— Pourquoi je l'ai fouillée ? »

D'un sourire, le blond m'encouragea à continuer.

« Parce qu'un chien de gendarmes s'est arrêté là-bas quand ils ont commencé à chercher le vieil homme disparu. »

Le gros leva un œil de ses imprimés.

« Oune… tchienne ?

— *Cane* », précisa le blond.

Le gros opina, en répétant d'un air incrédule : *un cane*…

Le blond sourit à nouveau, se tourna vers Rochac :

« Et vous pensez quoi, monsieur le commissaire ?

— Que la disparition du vieux Baptiste et cette histoire de chien n'ont rien à voir avec le corps de votre compatriote, répondit Rochac. Vous comprenez ? La maison est inoccupée depuis des années. Nous avons fait les vérifications nécessaires. »

Le gros leva le nez de ses feuilles.

« Il palazzo Angelini, dit-il.

— C'est ça.

— Eh bien, il nous arrive un grand mystère, dit le blond. Un grand mystère étrange, n'est-ce pas ? »

Le gros quitta ses documents des yeux, hocha la tête une nouvelle fois puis, en faisant mine de s'intéresser aux bateaux serrés contre le quai, leva une cuisse aussi discrètement que possible. L'odeur douceâtre de boyaux détraqués se répandit dans l'air.

Le blond se laissa glisser sur sa chaise, étendit ses jambes en poussant un soupir d'aise. Puis, les mains croisées sur sa nuque, il se pencha en arrière. Ses muscles tendaient les manches de sa chemise.

« La police italienne, elle viendra peut-être rendre visite, dit-il. Nous, le travail, il est presque fait : c'est juste un petit peu des papiers officiels. »

Après avoir tourné son visage vers le soleil, il ajouta : « Je comprends on vient disparaître sur cette île très belle. »

8

Le lendemain de l'entrevue avec le pétomane et le playboy mandatés par le Consulat général de Nice, Fabien me rappela dans l'après-midi et, n'apprenant rien de plus, me demanda de revenir lui rendre visite dans sa bergerie. Il avait beau retourner le problème dans tous les sens, il ne parvenait pas à s'expliquer pourquoi le vieux Baptiste avait décidé de s'arrêter devant le palazzu Angelini. À sa voix angoissée, je devais surtout comprendre qu'il ne parvenait pas à se faire à l'idée d'avoir perdu le dernier membre de sa famille. Je lui jurai de passer le voir le lendemain en pensant à l'ironie de la situation : Fabien en était réduit à chercher du réconfort auprès du bonhomme le plus triste de cette île. « Je te défraierai, bien sûr », avait-il promis avant de raccrocher, en se doutant bien que je refuserais.

Vers midi, je déjeunai à la Brasserie de la Gare avant le coup de feu du premier service, pour m'apercevoir qu'on avait modifié, pour la troisième fois en deux ans, la recette de la salade de pâtes. Je m'en plaignis à un serveur qui haussa les épaules et me suggéra d'adresser mes doléances au patron, un ami d'enfance qui me conseilla de me renseigner en cuisine, où le cuistot me pria de foutre le camp parce que «On est en plein service, putain de merde!».

Je quittai le restaurant la tête haute après avoir promis de faire respecter mon droit à une salade de pâtes dont la formule ne varierait pas tous les quatre matins et remontai la rue César-Campinchi vers le palais de justice, où m'attendait un jeune avocat qui m'avait confié une affaire de vols sur des chantiers de construction. «Il y a du nouveau», m'avait-il annoncé le matin avec des accents de comploteur en me demandant de le rejoindre devant le tribunal correctionnel, où il plaiderait «un dossier pas piqué des vers» dès treize heures.

L'affaire en question mobilisait l'attention de la totalité des cinquante-sept habitants de Chiorbetta en état de se déplacer, tous descendus en ville pour soutenir l'un des leurs, un braconnier de soixante-dix-sept ans surpris par des agents de l'ONF en pleine partie de chasse illégale, équipé de son fusil et d'une besace qui contenait deux mines plates italiennes remontant à la Seconde Guerre mondiale. Aussitôt prévenus, les gendarmes et une équipe de démineurs de la Sécurité civile avaient mis au jour, dans la cave du vieux célibataire, un arsenal composé de deux pistolets-mitrailleurs allemands MP40 en état de fonctionnement, trois mousquetons français Lebel parfaitement entretenus, une mitrailleuse légère italienne, deux pistolets Beretta modèle 1934 et un lot assez complet de munitions de tous calibres, sans compter neuf grenades à main et deux autres exemplaires de mines plates.

Convoqué devant le tribunal, le vieux se défendait pied à pied face à des magistrats effarés, en roulant les r avec l'accent d'un torrent charriant des cailloux :

« Mais enfin, madame la présidente, ce ne sont là que quelques brrrricoles !

— De quoi faire sauter la moitié du village, monsieur Maroselli ! »

Les échanges provoquaient des éclats d'indignation dans le public, au milieu duquel les *paesani* du vieil homme ne comprenaient pas le tatillon de la justice pour une douzaine de vestiges historiques.

« Pour le brrrraconnage, je ne dis pas, madame la présidente, continua le vieux, je sais que c'est mal mais c'est une trrrradition, chez nous !

— De poser des mines pour attraper des sangliers ?

— De ne pas rrrrrespecter les dates de la chasse ! On ne l'a jamais fait.

— Je confirme ! » lança une voix rauque dans l'assistance.

Derrière la vitre du box, deux types qui attendaient de comparaître pour trafic de shit en bande organisée suivaient les débats, éberlués.

« Pour tout vous dire, madame la présidente, je ne les sors pratiquement jamais, ces merrrrveilles. Un peu au 14 juillet parce que je suis patriote et un peu pour saluer les mariés à la sortie de l'église. L'été, surtout, ça ne dérange personne et les tourrrristes aiment bien ça.

— Vrai ! le coupa une autre voix dans le public.

— Et un peu pour les baptêmes aussi. Et à la fête

patronale du 16 août. Pour la Saint-Sylvestrrre, je ne le fais que si on me demande.

— Encore une tradition?

— Absolument, madame. Tous ici peuvent vous le certifier. »

Les assesseurs levaient les yeux au ciel. L'un d'eux, un jeune magistrat qui venait d'être nommé dans l'île, se demandait où il était tombé en scrutant les angles de la salle d'audience à la recherche d'une caméra cachée.

Lorsque vint le tour de l'avocat de prendre la parole, il tourna en dérision la sévérité du ministère public, plaida la passion du vieux Maroselli pour l'histoire de la Seconde Guerre mondiale et fit voler sa robe noire d'un bout à l'autre du prétoire, invoquant assez maladroitement Robespierre, opérant un détour inopiné par le deuxième amendement de la Constitution américaine pour finir par s'attirer une moue exaspérée du substitut du procureur lorsqu'il s'insurgea contre l'absence de preuves collectées par les gendarmes quant à l'usage que son client comptait vraiment faire de ces mines «non pas destinées à piéger des sangliers, ce qui n'aurait pas de sens puisque les bêtes seraient déchiquetées par le souffle et immangeables, mais bien pour se débarrasser de ces engins de la façon la moins susceptible de porter atteinte aux biens et aux personnes : en plein cœur de la montagne».

Il fut très applaudi, à la consternation du tribunal, qui mit sa décision en délibéré tandis que le vieux Maroselli et sa suite quittaient la salle d'audience. Sur les marches du palais de justice, il reçut les louanges des villageois de Chiorbetta avant d'être abordé par un homme assez jeune, petit et roux, qui avait assisté aux débats et lui demanda si, par hasard, il n'avait pas conservé parmi ses «bricoles» un P38 allemand dont il serait ravi de faire l'acquisition. Maroselli répondit d'un air désolé que les gendarmes l'avaient tondu jusqu'à l'os en emportant avec eux tous ses «souvenirs» mais jura que s'il trouvait le moyen de se procurer une telle arme sur le marché noir, il ne manquerait pas de le lui faire savoir car lui-même comprenait fort bien l'intérêt que l'on pouvait porter à un tel pistolet. Comme s'il parlait d'un être de chair et de sang, il ajouta: «Le P38, je l'ai toujours beaucoup estimé.» Puis il échangea quelques mots avec son avocat qui finit par me rejoindre en ôtant sa robe avant de filer vers son casier, d'où il tira une enveloppe en provenance directe du coffre-fort de son client, prospère entrepreneur de travaux publics. «Il ne sait rien de vous, me dit l'avocat, mais il était impressionné par le travail fourni.» De toute évidence, les vols avaient été perpétrés par une équipe qu'il était facile d'identifier, des voleurs chevronnés et bien renseignés mais qui n'évoluaient pas pour autant au firmament du crime. Plutôt que de s'épuiser à porter plainte, le client de l'avocat avait décidé d'actionner les leviers de la justice parallèle locale en s'adressant à un membre influent de la Battue. «Les vols ont cessé instantanément, expliqua l'avocat. Les gens donnent la Battue pour morte mais croyez-moi, elle bouge encore. Et pas qu'un peu.»

Le paquet de fric glissé dans la poche de mon pantalon, je déclinai son invitation à prendre un café et rentrai chez moi après un crochet par une épicerie, histoire de me ravitailler en Colomba. Je retrouvai mes deux cents mètres carrés de splendeur fanée où plus rien ne tenait debout. La peinture partait en lambeaux, les volets battaient au moindre courant d'air et le mobilier était réduit à sa plus simple expression : une table basse et un canapé dans le salon, face à un écran géant fixé au-dessus d'une imposante cheminée de marbre, seule concession à un semblant de modernité, estampillée « tombée du camion ». Dans ma chambre : un lit et un banc de musculation rouillé disposé près de la fenêtre.

J'ouvris le réfrigérateur hors d'âge, y entreposai les deux packs de bière, en sortis une que je dégringolai aussitôt en longues goulées glacées, en ouvris une deuxième, puis une troisième puis décidai d'aller faire un tour sur le balcon pour observer les teintes changeantes aux façades des immeubles serrés plus bas, le jaune tendre des arcades de l'ancien couvent Sant'Angelo, les rectangles gris et pentus des toits de lauze.

Dans ces moments-là, je ne pouvais m'empêcher de penser à elle, qui adorait prendre le soleil sur cet étroit balcon, s'y réfugiait dès le matin et n'aimait pas que l'on vienne troubler sa contemplation. Parfois, avec l'aide de la Colomba, mon esprit parvenait à reconstituer sa silhouette d'une manière si précise que je croyais l'apercevoir encore penchée sur la ville, le menton dans une main, rêvant à quelque chose qu'elle seule pouvait espérer atteindre.

Je terminai ma clope et, après quelques minutes, regagnai l'intérieur pour décapsuler une autre bière.

La soirée allait être longue.

9

Dos à la fenêtre, les bras croisés sur sa poitrine maigre, Fabien paraissait désolé de devoir assister au piteux spectacle de ma gueule de bois. Ses traits étaient tirés, son visage plus grave encore qu'à l'accoutumée. Malgré l'heure déjà avancée de la matinée, il avait eu le bon goût de m'accueillir avec des petits pains au lait, des canistrelli et du café frais.

Je ne m'étais pas trompé sur son état d'esprit: plutôt que du sort de Baptiste, qui ne faisait plus de doute pour grand monde, il voulait surtout parler de lui, de sa famille, et de la perte qu'il commençait seulement à ressentir à l'idée de ne plus revoir son oncle vivant.

« Lorsque mon père est mort en Algérie, dit-il, ma grand-mère s'est murée chez elle et en elle. Il n'en sortait plus grand-chose.

— Et ton grand-père?

— Jamais connu. Lui aussi est mort jeune. Suicide. Personne n'en parlait dans la famille et ma mère ne savait pas grand-chose à ce sujet, à part que ma grand-mère a dû batailler ferme pour qu'il reçoive une sépulture de chrétien. Et encore, elle y est arrivée parce que le prêtre était un cousin.»

Fabien quitta sa place près de la fenêtre et vint s'asseoir en face de moi.

«Je n'avais plus que Baptiste, dit-il. Et je ne sais pas ce qui a pu lui arriver, ni ce qu'il foutait vraiment devant le palazzu, ni comment ce cadavre s'est retrouvé dans la propriété des Angelini.

— Le corps de ce LoRusso et l'histoire de Baptiste n'ont rien à voir, c'est juste un coup du hasard. Quant à ce que faisait ton oncle au palazzu, on m'a raconté une histoire presque identique du côté de Mucchione, une vieille dame disparue qu'on avait retrouvée devant les grilles de l'ancienne communale du village, désaffectée depuis des années. Elle avait été obligée de quitter l'école à l'âge de huit ou neuf ans pour aider ses parents et ça avait été le regret de sa vie. Quand ils l'ont retrouvée, elle était déjà morte, les mains cramponnées aux barreaux du portail de l'école. Elle aussi, elle perdait la boule.

— Les choses ont toujours un début, un milieu et une fin et rien n'arrive jamais par hasard, dit Fabien. La perte de Baptiste, c'est comme un signe de plus.

— Quel genre de signe?

— Tu ne vois pas? Dans cette île, tout ce qui est bon finit par disparaître et il ne reste plus que le mauvais.»

Il fit une pause, prit une grande inspiration.

«Je déprime, je crois. J'ai beau avoir perdu mes illusions depuis un paquet d'années, tout ça me ronge.

— Tout ça?

— Tu ne comprends pas qu'un monde est en train de

foutre le camp ? Tu as bien vu sur la route : pas un kilomètre sans une grue, sans un chantier en cours. Et avec ça, les Restos du Cœur ouverts douze mois par an, de la coke partout. Même les voyous ont changé. Regarde César Orsini : c'était une crapule mais il maintenait encore un semblant d'équilibre. Maintenant qu'il est mort, attends-toi à un bain de sang. »

Le nez plongé dans mon café, je laissai Fabien vider son sac en écoutant mon ventre gargouiller.

« Tu sais pourquoi les choses fonctionnaient à peu près correctement, ces cinquante dernières années ? Parce qu'en plus de la hiérarchie officielle du pouvoir, il existait des hiérarchies parallèles qui veillaient à ce que cette société reste en bon ordre. Avec le FLNC, on tenait la rue et on laissait planer la menace des attentats quand certains petits malins se montraient trop gourmands. Pendant ce temps, le clan assurait la courroie de transmission avec les gouvernements et Dieu sait si je détestais ces pourris mais ça avait le mérite de fonctionner. La Battue recherchait la tranquillité : des marchés publics arrangés, un peu de racket, ça restait raisonnable. Bilan des courses ? Le Front a déposé les armes, les pontes de la Battue se sont entre-dévorés et le clan a pratiquement disparu quand les vieux messieurs en chapeau et en costume trois-pièces ont commencé à mourir de leur belle mort et…

— … Et tes amis natios sont au pouvoir. »

Fabien tapa du poing sur la table.

« Je n'ai pas voté depuis vingt-cinq ans ! Et puis qu'est-ce qu'ils y peuvent ? Ils croient exercer le pouvoir mais il leur échappe. Des discours, oui, ils en font. Des symboles, du blabla. Ils le savent pertinemment parce qu'ils ont hérité d'une situation déjà pourrie jusqu'à l'os. Et puis ils n'étaient pas prêts, la victoire les a surpris. Peut-être même que ce peuple qu'ils jurent de défendre n'existe déjà plus et qu'ils font semblant de ne pas l'avoir compris. »

Je commençais sérieusement à regretter le long trajet jusqu'à la bergerie de Fabien. Des jérémiades pareilles, on pouvait en entendre à n'importe quel comptoir de n'importe quel bar de l'île, des lamentations et des pleurs, des poitrines battues, des têtes couvertes de cendre, le tralala habituel entre deux pastis avant de retourner à une vie d'esclave qui ne valait pas davantage ici qu'ailleurs, métro-boulot-dodo, sans le métro et avec l'horizon en ligne de mire, un endroit inatteignable juste sous nos yeux, à chaque instant, tout au bout de la mer. D'une certaine manière, ce lointain qui ne se concrétisait jamais était encore la pire des promesses à nous faire.

Fabien s'était tu, comme épuisé par sa tirade.

« Je vais y aller, *amicu*, dis-je. Je suis crevé.

— Excuse-moi, répondit-il. Je crois que la mort de Baptiste... »

Puis il resta silencieux en réalisant son lapsus.

*

Au fond, Fabien était le genre d'homme incapable de renoncer à un idéal. Après sa jeunesse et ses désillusions de militant, toutes ces années passées à se tenir éloigné de la politique n'avaient pas réussi à tuer complètement son espoir de voir un jour cette île libérée de ses démons. Mais les démons d'aujourd'hui avaient changé de visage. Certains promenaient encore leurs gueules patibulaires et leurs calibres glissés dans la ceinture de leurs jeans Hugo Boss en attendant le prochain mauvais coup mais ceux-là n'étaient plus que les derniers spécimens d'une espèce en voie d'extinction, remplacée par des prédateurs en costumes-cravate qui siégeaient dans des conseils d'administration et bétonnaient tout ce qui leur passait à portée de main, un coin de maquis, une plage, un champ, faisaient de grandes phrases avec de grands mots appris sur le tard dans les grandes écoles où, avant chaque examen, papa avait allongé une brassée de billets pour que le «petit» ne se retrouve pas traumatisé par l'échec et puisse briller devant ses amis, d'importants industriels du Continent et des banquiers aussi, qu'on inviterait un jour dans une belle villa au bord de la mer du côté de Calvi ou de Porto-Vecchio, avec promenades le long de sites remarquables où «un bel hôtel ferait très bien, vue sur le golfe et accès privatisé et un dix-huit trous par là-bas, on a vu des terrains, t'en penses quoi, c'est finançable?». Et de cette manière, l'argent s'écoulait dorénavant d'une poche à l'autre dans l'entre-soi de la finance locale, quelques millions de subventions en prime pour les plus malins qui savaient quel élu toucher pour avoir accès aux ministères et discutaient le nombre de voix à pourvoir aux élections en guise de remerciements, puis s'en allaient faire la tournée de leurs sociétés écrans, de leurs amis, incitant à voter selon leurs consignes, au village, dans les entreprises qu'ils contrôlaient, faisant passer le mot du DRH au manutentionnaire, gagnant-gagnant, n'est-ce pas et, quand il le fallait, rendaient visite au peu de voyous à l'ancienne qui restait, promettaient des bénéfices à partager, et s'en retournaient à leurs affaires, l'esprit tranquille.

Bien sûr, de temps en temps, un chef d'entreprise ou un élu préférait se retirer de la combine ou refusait tout bonnement d'y entrer et on le retrouvait, un petit matin, planté au milieu des ruines fumantes d'un hangar carbonisé, à expliquer aux pompiers et aux gendarmes qu'il ne se connaissait pas d'ennemis, qu'un employé avait sans doute oublié de fermer une conduite de gaz, qu'il leur avait répété dix fois, cent fois, mais que c'était inutile, que ces bons à rien oubliaient toujours et que maintenant, il avait tout perdu et devrait tout recommencer de zéro. D'autres fois, c'était la patronne d'un ranch qui refusait de vendre son terrain et se retrouvait avec un puits d'eau potable rempli à ras bord de mazout et ses chevaux décimés par une épizootie d'empoisonnements, des bêtes magnifiques qu'on découvrait tordues dans tous les sens comme des sculptures façonnées par un artiste dément, les jambes raides, l'écume aux lèvres, dans une mare de déjections rouge sang.

Ni Fabien ni personne ne pouvait rien à cette situation. Nous avions accepté que cette île devienne ce qu'elle était en train de devenir, un cul-de-basse-fosse, un cloaque à ciel ouvert, nous ne pouvions nous en prendre qu'à nous-mêmes et à l'État, aussi, qui n'y avait jamais rien compris, ne voulait rien y comprendre et n'avait longtemps espéré qu'une chose : que cesse le fracas des bombes et que son autorité ne soit plus remise en question, puisque seuls comptaient les symboles et que la vie humaine, aux yeux de cinquante gouvernements successifs, valait moins qu'un peu de plâtre sur un buste de Marianne après un attentat. Pendant des années, l'État avait promis : plus de plasticages et on pourrait voir venir. On avait vu. La région croulait sous les déchets, le crime organisé n'avait jamais été aussi puissant et un habitant sur cinq vivait sous le seuil de pauvreté. Sur cette île, le simple fait de garder les yeux ouverts revenait à accepter le désenchantement comme un prix à payer pour pouvoir simplement respirer.

*

Sur le chemin du retour, la Saxo se mit à roter son essence en longs hoquets rageurs. La brave bête mécanique n'en avait plus pour très longtemps, je devais la ménager avant son dernier grand voyage vers le paradis des bagnoles ringardes. J'allumai la radio, la coupai aussitôt lorsque RCFM annonça le nouveau titre d'I Muvrini.

Un Porsche Cayenne arriva à toute vitesse dans mon rétroviseur, déboîta et me doubla en rugissant, le temps de me laisser apercevoir une Clio bleu métallisé qui décéléra brutalement et se laissa dépasser par un Range Rover et une Golf blanche. Je ralentis, laissai le Range et la Golf me doubler et observai la Clio se ranger sur le bas-côté, cédant le passage à trois voitures avant de rejoindre la circulation.

Un kilomètre plus loin, après un virage, une chicane permettait l'accès à une route secondaire. Je braquai à droite, enquillai la petite départementale pour faire aussitôt demi-tour et positionner la Saxo sur un terre-plein ombragé perpendiculaire à la route principale. La première voiture passa en trombe, suivie d'une Lada. Derrière la troisième voiture, une Citroën, roulait la Clio bleue. Lorsqu'elle passa devant moi, je vis le gros Italien à la tête rose en train de montrer la route du doigt en faisant de grands gestes énervés.

Au volant, le blond restait concentré sur sa conduite, les verres miroir de ses lunettes de soleil fixés sur la route.

10

L'écran du portable projetait un halo bleuté sur le visage bouffi de Mustapha. Il avait fallu des mois pour me faire pardonner de l'avoir envoyé au casse-pipe pendant l'affaire Mattei mais on n'oubliait pas une amitié de près de quarante ans pour un séjour en réanimation. En tout cas, lui ne l'avait pas oubliée. Je l'avais rejoint le surlendemain de ma virée chez Fabien dans son bar toujours désert, situé sur une placette du quartier du Marché, un troquet fréquenté par des sans-papiers marocains et une faune d'arnaqueurs, de gouapes, d'apprentis flingueurs et de recalés du grand banditisme.

D'un mouvement du pouce, il laissait une trace de gras sur l'écran en faisant défiler les images, poussant parfois un grognement désapprobateur, revenant en arrière, zoomant sur l'écran avec ses gros doigts avant de passer à l'image suivante.

«Et tu dis que ces types sont..., dit-il en reposant le téléphone.

— ... des fonctionnaires du Consulat général d'Italie, à Nice.

— Avec des boîtes de 9 millimètres dans leur valise. Ça paraît logique. »

J'étais passé voir Mustapha la veille pour lui raconter l'histoire de l'oncle Baptiste, du cadavre au fond de la cabane de jardin, de la discussion avec les agents consulaires et de la petite filature que j'avais déjouée. Il s'était renseigné et avait illico dépêché l'un de ses sbires visiter leur chambre à l'hôtel des Quais. Pour de simples fonctionnaires pressés de regagner leur havre de paix niçois une fois la « paperasse » expédiée, le duo s'attardait drôlement en ville.

L'espion de Mustapha se tenait dans un coin du bar, filiforme, vêtu d'un jogging aux couleurs du Barça et de baskets hors de prix, ses longs cheveux ramenés en un petit chignon posé sur le sommet de son crâne comme si un caniche lui avait chié sur la tête.

« Tu t'es pas trompé de chambre, au moins ? lui demanda Mustapha.

— Deuxième étage, chambre 204, répondit le jeune mec. Je connais la réceptionniste, je l'ai baisée.

— Une fille qui a bon goût. »

L'ironie du propos glissa sur l'ego du jeune type, qui ne put réprimer un sourire de fierté.

La première photo montrait une vue générale de la chambre, avec ses lits jumeaux, sa marine accrochée de guingois entre les deux et une unique table de nuit en bois ciré, à l'ancienne mode. Couvre-lits orange et oreillers amidonnés : l'établissement familial n'avait pas changé de mobilier depuis les années 50.

Sur le repose-bagage, une valise de petites dimensions

était ouverte sur des vêtements que le jeune type avait écartés pour prendre, en gros plan, plusieurs photos : deux boîtes de cartouches, un holster Kydex Insider pour le dégainage rapide d'un Glock 26 subcompact et une matraque télescopique. Fixée entre les montants de la porte de la salle de bains, une barre de tractions : même en mission, le blond ne négligeait pas sa forme physique.

« Il n'y a que ce truc…, dit Mustapha. Qu'est-ce que ça peut être ? Un ordinateur portable ? »

La dernière photo montrait un sac bleu marine à l'intérieur duquel était dissimulée une sorte de valisette noire assez épaisse, de la taille d'un gros ordinateur portable.

« Pas pu ouvrir ce machin, fit le jeune en jogging. Y avait du bruit dans le couloir, pas envie de tomber pour ça. C'est des pédés, ces deux types ou quoi ? »

Mustapha leva la tête de l'écran.

« Va voir dehors si j'y suis. Si j'y suis pas, parle à une chaise. »

Le type s'éloigna, les mains dans les poches de son jogging. Arrivé dehors, il cracha le cure-dents fiché entre ses dents. Un filet de bave dégoutta sur ses baskets neuves et il jura.

« Une idée ? dit Mustapha.

— Un peu plus qu'une idée. C'est un IMSI Catcher, un dispositif électronique qui capte toutes les conversations de portable à la ronde. La première fois que les services français s'en sont servis, c'était pour avoir Yvan Colonna, en 2003.

— Du beau matos, pour des petits fonctionnaires qui font de la… Comment ils ont dit ?

— Paperasse. Ils étaient là pour de la *paperasse*. »

Mustapha leva son cul éléphantesque du tabouret et passa derrière le comptoir. Il fourragea un moment dans les frigos, sous les étagères où quelques bouteilles – du *Chivas Regal* deux ans d'âge, un Jet 27, ce genre de poison commandé directement en Chine par Internet – se battaient en duel. Il en tira deux bouteilles de Heineken qu'il posa sur le comptoir et décapsula d'une main sans cesser de se gratter les reins de l'autre.

« Putain, dit-il, on n'a pas assez de nos propres enculés pour trouver le moyen d'en importer. »

Il poussa une bière devant moi, y choqua le goulot de la sienne.

« Juste une.

— Mais pas la dernière. »

Sa bouteille vidée en trois gorgées, il étouffa un rot, se tapa du poing sur le plexus puis posa les mains bien à plat sur le comptoir et me demanda si j'avais besoin d'un calibre.

« À peu près autant que d'un coup de marteau sur la tête.

— Ne me tente pas », dit Mustapha.

*

Dehors, les sacs-poubelle s'entassaient au coin des rues en véritables buttes d'ordures que les passants contournaient en se bouchant le nez. Un collectif de volontaires avait vu le jour et s'était proposé d'écoper toute cette merde mais, ne sachant où entreposer les tonnes de déchets récoltées, les valeureux éco-citoyens avaient vite fini par baisser les bras, d'autant qu'un appel d'offres lancé en catastrophe par le district pour assurer la collecte des ordures avait été attribué à deux sociétés de nettoyage dont la première était gérée par un comptable proche de la Battue et la seconde par l'épouse d'un bonhomme condamné pour trafic de drogue, ce à quoi personne ne trouva rien à redire et surtout pas les élus locaux, qui plastronnèrent en affirmant que cette première étape constituait un bon pas vers le règlement de la question.

Pendant ce temps, les employés du district continuaient leur grève et exigeaient une hausse de leurs salaires, des horaires aménagés, le recrutement d'une demi-douzaine d'agents supplémentaires et l'achat de trois véhicules neufs.

Les camions continuaient de transporter leurs bennes chargées de poubelles jusqu'à la gueule, convergeant par dizaines vers les deux centres d'enfouissement autorisés à fonctionner, qui atteignaient déjà la limite fixée par la préfecture. Une ambassade d'élus ayant échoué auprès des riverains écœurés, on décida d'envoyer les gendarmes mobiles contre un petit piquet d'irréductibles bloquant l'accès au centre d'enfouissement de Corazzano et neuf villageois, dont aucun n'avait moins de soixante ans, furent évacués à l'hôpital de Bonifacio après avoir reçu des coups de matraque.

Les associations de défense de l'environnement

eurent beau monter au créneau en dénonçant l'impéritie des pouvoirs publics et la bombe à retardement des déchets, la manifestation de soutien aux villageois rassembla moins de cinquante personnes et on apprit que les pneus de la vieille Fiat appartenant à la présidente d'une association écolo avaient été crevés, son parebrise barré d'une inscription à la bombe de peinture orange : « PREMIER AVERTISSEMENT ».

Sitôt revenu de mon détour par le bar de Mustapha – deux ans après son ouverture officielle, l'endroit ne portait toujours pas de nom, c'était simplement « le bar de Mustapha » ou « le bar *à* Mustapha » – je réapprovisionnai le stock de Colomba à la supérette située au-dessus de chez moi, rentrai à la maison et ouvris la première bouteille. Avant même d'avoir eu le temps de me rincer le palais, mon téléphone sonna.

Rochac voulait me voir.
« Dans un endroit discret. »
Et : « Immédiatement. »

*

Question discrétion, le bar Chez Toinou pouvait rivaliser avec l'endroit où les ministres cachent leur dignité. Idéalement situé en plein virage sur la route de Saint-Florent, il se trouvait coincé entre une maison en ruine et un précipice de trente mètres utilisé comme tremplin pour carcasses de voitures. Je n'y avais jamais aperçu que deux clients, toujours les mêmes, une épaisse brune vivant dans une petite villa isolée vers Cardo et un gros monsieur fumant le cigare, dont la voix résonnait tant qu'on l'entendait parler en passant sur la route en voiture. Le bar restait ouvert toute la journée et une bonne partie de la nuit sans que personne ait jamais compris comment ses propriétaires pouvaient en tirer un revenu à peu près décent, ni pourquoi ils s'acharnaient à l'exploiter.

Rochac m'attendait sur une banquette à droite de l'entrée. Sa grosse bouille rousse enfoncée dans ses épaules le faisait paraître plus maussade encore qu'à l'accoutumée.

« C'est quoi, ce sac de nœuds ? demanda-t-il lorsque je m'assis en face de lui.

— Quel…

— Ne mentez pas. Le palazzu Angelini. Ce bon Dieu d'Italien momifié.

— Ah, ce sac de nœuds-là ? Vous pouvez y ajouter vos deux prétendus agents consulaires qui me filochent avec un IMSI Catcher dans leurs bagages. »

Il accusa le coup.

« Je ne sais pas de quoi vous parlez.

— Le gros et le blond. Ils m'ont pris en filature lorsque je suis retourné voir Fabien Maestracci pour le tenir au courant de ma découverte.

— Vous avez fait ça ? Une semaine qu'on s'enquiquine à cloisonner au maximum pour les fuites et vous retournez voir votre ami pour le *tenir au courant* ?

— On peut lui faire confiance. »

Rochac avança ses grosses lèvres et se mit à respirer bruyamment par le nez, ce qui était rarement bon signe.

« Qu'est-ce que c'est que cette histoire d'IMSI Catcher ?

— Dans leur chambre. Numéro 204. Hôtel des Quais.

— Vous vous êtes introduit dans la chambre de deux agents consulaires ?

— Primo, je n'y ai pas mis un pied. Secundo, s'ils sont agents consulaires, je suis majorette. Ces types sont armés et ils se baladent avec une mallette d'interceptions électroniques.

— Je vous rassure : ils ont quitté l'île.

— Pour Nice ? »

Rochac grommela.

« Je ne suis pas certain qu'ils soient venus de là-bas. Nous avons bien contacté les autorités consulaires, elles nous ont répondu qu'elles nous envoyaient deux fonctionnaires du Consulat général à Nice mais…

— OK. Laissez tomber. Je pensais que vous saviez qu'ils étaient plus ou moins flics. »

Le commissaire écarta ses grosses pattes dans un geste d'impuissance.

« Au temps pour moi, dis-je. Où est le problème, avec le cadavre ?

— Je vais vous le dire et cette fois, pas un mot. À personne. Surtout pas à ce Fabien Maestracci… Belle bio, au passage. J'ai jeté un œil à ses fiches.

— Vous en avez, du temps à perdre. Donc, le cadavre ?

— Jurez.

— Mes parents sont morts, la femme que j'aimais s'est tirée du jour au lendemain et mes rares amis ne méritent pas de mourir si je me parjure : sur la tête de qui vous voudriez que je fasse vœu de silence ? »

Rochac parut sur le point de me balancer sa bouteille d'Orezza en travers de la gueule. Au lieu de quoi, il poursuivit :

« Le cadavre, cet Attilio LoRusso... L'annonce de sa découverte a fait clignoter pas mal de rouge sur les écrans des services de renseignement. L'attaché de police au palais Farnese, à Rome, a fait remonter des infos au ministère. Je n'ai pas tout compris mais j'ai essayé de prendre des notes et j'ai complété en allant sur Internet.

— Sur Internet ? La police nationale en est là ?

— Je n'avais pas le temps de faire autrement. Le préfet a convoqué une réunion demain et on attend du monde de Paris. Cette affaire empeste.

— Je ne comprends rien, désolé.

— Et en terrorisme italien, vous y comprenez quelque chose ?

— Autant qu'en artisanat togolais. Peut-être un peu moins. »

Rochac tira de sa poche-revolver une feuille arrachée à un bloc-notes quadrillé, couverte d'une écriture en pattes de mouche. Il sortit aussi une paire de lunettes rectangulaires à monture métallique dont il déplia les branches d'un geste sec de la main. Il les chaussa, essaya de lire puis les retira et les posa sur la table.

« En gros, si j'ai bien tout saisi, cet Attilio LoRusso est... était un voyou. Petits braquages dans sa jeunesse, aucune envergure. Ça a changé lorsqu'il est tombé dans un dossier de trafic de cocaïne. Il s'est mis à collaborer avec l'État.

— Un repenti ?

— Plutôt le genre homme de main. Et c'est là que ça se complique. En 1999... Attendez voir... »

Il lut ses notes.

« Voilà, c'est ça : le 20 mai 1999, le ministre de gauche Massimo d'Antona a été abattu par les Nuove Brigate Rosse – les Nouvelles Brigades rouges. C'est passé pratiquement inaperçu en France mais en Italie, ça a fait un boucan terrible, avec la peur panique de voir resurgir le terrorisme d'extrême gauche. Le gouvernement italien a mis le paquet pour retrouver les assassins d'Antona.

— Le rapport avec ce LoRusso ?

— J'y viens. Trois ans avant l'assassinat d'Antona, en 1996, un certain Alfredo Vadanzo et un type nommé Alvaro Coialoni, dit « Hamlet », suspecté d'avoir pris part au commando qui a éliminé l'escorte d'Aldo Moro, ont été interpellés sur le territoire national. Le premier à Mont-de-Marsan, le second à... L'Île-Rousse. À cent bornes d'ici. Les demandes d'extradition sont restées lettre morte. La justice française ne les a pas mises à exécution.

— Tant mieux pour eux. Et après ?

— Justement : après l'affaire d'Antona, le gouvernement italien a estimé que cette fois, il ferait sans le concours officiel de nos services. D'après les infos qui nous viennent de Rome, des agents clandestins ont été dépêchés en Corse.

— Pour ramener les fugitifs au bercail ?

— Exactement. Des informations faisaient état de la fuite de plusieurs membres du commando d'Antona ici. Ce n'est pas la première fois qu'on entend parler de ça, vous vous rappelez ? Dans les années 70, des brigadistes italiens étaient passés par la Sardaigne ou Gênes pour se cacher ici. Presque pas de contrôle à l'embarquement des ferries, encore moins au débarquement et… Comment dire… Cette fameuse hospitalité que vous appelez tradition… Bref : parmi les agents expédiés dans l'île par les Italiens en 1999 figurait notre Attilio LoRusso, trente-sept ans à l'époque. Les collègues des renseignements sont formels : ils l'avaient à l'œil mais il a disparu avant même qu'ils puissent agir, ce qui aurait posé quelques petits problèmes diplomatiques de toute façon.

— Vous avez les noms des terroristes que traquait LoRusso ?

— Non. Mais ce matin, j'ai reçu un appel d'un type qui s'est présenté comme un membre de la cellule diplomatique de l'Élysée. Si vous voulez mon avis, son vocabulaire était plutôt celui d'un flic et il ne se donnait pas trop de mal pour le cacher.

— DGSI ?

— Allez savoir. Il veut vous rencontrer.

— Pas question.

— Il sait déjà qui vous êtes.

— Je m'en fous.

— Vous vous êtes mis dans la merde, dit le commissaire. Et moi avec. Je peux vous garantir que je ne compte pas me faire éjecter avec une affaire foireuse de cadavre de barbouze et de fous furieux des Brigades rouges. »

D'un trait, Rochac vida le fond de son verre d'eau pétillante.

« Vous prenez quelque chose ?

— Un somnifère, si vous avez. Sinon, on ferait aussi bien d'y aller. »

*

La nuit fut occupée à cauchemarder, me réveiller en sueur et recommencer ce petit manège jusqu'à l'aube. Le rêve d'autrefois était revenu, comme à chaque crise d'angoisse : elle, sur le pont d'un bateau, sa tête se détachant de son cou et roulant à mes pieds sans que je puisse rien faire, sans pouvoir même détourner le regard, condamné à assister au spectacle. À six heures du matin, au moment où la ligne d'horizon s'embrasait, je me traînais déjà sur le balcon, un mug de café filtre à la main, la première Menthol de la journée entre les doigts, essayant désespérément de mettre de l'ordre dans mes idées. J'avais découvert le corps de LoRusso, j'allais forcément être interrogé et, cette fois-ci, pas par un flic ensommeillé : les mecs du renseignement allaient passer ma carrière au peigne fin, se rencarder sur mes activités de privé sans agrément, fouiner dans mes comptes bancaires et mes relevés téléphoniques, me pressurer jusqu'à l'os.

J'écrasai ma cigarette sur le rebord du balcon. La

journée promettait d'être belle, le genre de moment où je me prenais à rêver d'une longue balade autour du Cap Corse et, peut-être, d'un déjeuner de poisson dans une auberge au bord de la mer. Puis je me souvenais que ma Saxo était à l'agonie, que dix factures impayées glissées sous ma porte attendaient d'être décachetées et, surtout, que j'avais horreur du poisson.

C'est en retournant me servir un café dans la cuisine que la radio m'apprit la mort de Fabien.

11

Sur cette île, refuser le principe de la violence revenait à accepter de cohabiter avec des dizaines de fantômes pour le restant de ses jours. Mais, à condition de la prendre pour ce qu'elle était, un événement réfractaire au repentir dont le déroulement et la conclusion avaient été décidés ailleurs et contre lesquels personne ne pouvait agir, on pouvait y survivre tant bien que mal.

En apprenant la mort de Fabien, ces belles résolutions s'étaient fracassées sur le principe de réalité et je m'étais effondré, incapable de déduire quoi que ce soit du peu d'informations délivrées par la radio. Puis, une fois versées les premières larmes, la rage avait presque aussitôt remplacé la tristesse pour laisser mes réflexes d'ancien flic reprendre le dessus, ce qui constituait un excellent moyen de me retrancher derrière la logique des faits plutôt que laisser l'émotion me submerger : Quand ? Où ? Comment ? Quelles armes ? Combien d'assaillants ?

Au téléphone, Rochac avait fini par répondre à ces questions en acceptant, alors que rien ne l'y obligeait, de me faire un topo complet. De ses explications, il ressortait que Fabien Maestracci, cinquante-sept ans, était décédé «des suites d'un tir transfixiant appliqué selon une trajectoire d'arrière en avant, à très courte distance, qui avait pénétré sous l'omoplate gauche et perforé le lobe pulmonaire gauche». Il était mort d'une hémorragie massive. Les relevés effectués sur place dans la nuit par la police scientifique et technique avaient d'ores et déjà permis de recenser les étuis provenant d'au moins deux armes différentes : un fusil d'assaut compact, probablement une déclinaison de la Kalachnikov «à en juger par la douille d'un calibre peu courant retrouvée sur place», et un revolver de calibre 357 magnum, introuvable, à l'origine de la mort de Fabien. La voiture du couple Maestracci, un 4×4 Pajero bleu nuit modèle 1998, était toujours garée sur place, à l'arrière de la bergerie. En revanche, deux traces de pneus provenant d'un même véhicule, probablement une citadine, étaient visibles à deux endroits distincts : devant la maison et deux cents mètres plus loin, sur le chemin qui y menait.

«Et l'épouse de M. Maestracci est introuvable, continua Rochac.

— Vous la soupçonnez?

— Hypothèse de routine. Difficile de faire autrement : nous n'avons trouvé là-bas aucun document d'identité lui appartenant. En revanche, une partie de ses vêtements manque.

— Votre analyse?

— Ça ressemble à une dispute avec une tierce personne, probablement le ou la propriétaire de la voiture

112

dont on a relevé les traces de pneus. Des coups de feu sont échangés avec au moins deux armes : celle utilisée pour tuer Maestracci et le fusil d'assaut.

— Marie-Thé, dans tout ça ?

— Les analyses nous diront si elle est impliquée et à quel degré. À ce stade de l'enquête, vous vous doutez…

— Je sais, j'ai suffisamment prononcé ce genre de balivernes pour connaître la suite.

— Je suis désolé, répéta Rochac. Mais il va falloir qu'on parle de nouveau. Vous serez probablement auditionné. J'espère que vous ne m'avez rien caché. »

Je raccrochai en me disant que j'aurais beaucoup aimé avoir des choses à cacher.

*

L'enterrement eut lieu trois jours plus tard. Au moins deux cents personnes se pressaient devant la petite église Saint-Roch de la rue Napoléon, dont les abords avaient été débarrassés à la hâte des monceaux d'ordures qui encombraient la voie piétonne, repoussés en lisière de la place du Marché où les restaurateurs s'étaient mis à hurler quand les employés d'une des sociétés privées chargées de la besogne, indifférents, avaient commencé à balancer les sacs-poubelle les uns sur les autres en petits tas bien alignés et bien puants.

Parmi la foule, on reconnaissait de vieux militants natios et une poignée de conseillers municipaux, des anonymes et des vieilles connaissances, deux anciens flics, même, qui avaient probablement fini par apprécier

Fabien à force de lui passer les pinces dans les manifestations.

Au milieu de cette petite foule, sur le parvis écrasé de soleil, une haute silhouette se détachait, que beaucoup venaient saluer : Paul-Louis Leca, ex-patron incontesté du FLNC-Canal opérationnel et longtemps frère d'armes de Fabien, serrait des mains, étreignait des épaules et embrassait des quinquagénaires venus présenter leurs condoléances en partageant, à la mémoire de Fabien, leurs anecdotes d'anciens combattants du Front rendus à la vie civile.

Leca incarnait à lui seul la légende noire du temps d'avant, les contradictions de la lutte armée et les compromissions de certains militants dont il avait contribué à enfouir le misérable tas de secrets sous le grand tapis de la conscience collective. Son histoire personnelle se confondait avec trois décennies de plasticages, de négociations secrètes avec des émissaires de Matignon et de la place Beauvau, une épopée dix fois racontée dans les journaux, des livres plus ou moins inspirés et des documentaires bidonnés, à quoi il fallait ajouter les rumeurs colportées par deux générations de militants nationalistes et les notes blanches des Renseignements généraux, sans en-tête ni signatures, farcies de tournures au conditionnel et de sous-entendus.

Son surnom, «Kevlar», d'abord pure invention de journaliste, avait fini par lui coller à la peau mieux que le gilet pare-balles dont, longtemps, il ne s'était pas séparé.

Fils unique d'un père médecin et conseiller général

d'un canton près de Sartène, Leca avait quitté la Corse pour faire son droit à Nice, penchant d'abord à la gauche de la gauche avant de participer aux premières réunions d'étudiants autonomistes corses où son bagout, son intelligence et un courage certain l'avaient propulsé à la tête de l'*Accolta di i studienti corsi*, la pépinière des futurs chefs natios. Rapidement, il avait déserté les cercles maos pour fréquenter un quarteron de nervis médecinistes au terme d'un échange de bons procédés : il fournissait occasionnellement des gros bras pour coller des affiches, les sbires du maire de Nice mettaient à sa disposition des ronéos, des salles de réunion et intercédaient en sa faveur auprès des patrons de discothèques pour lui permettre d'organiser des soirées de soutien à la cause.

En 1978, deux ans après la création du FLNC, il avait été intronisé sous la cagoule et avait planifié la première nuit bleue corse sur le Continent : vingt-sept attentats entre Lyon, Marseille, Paris et Rennes, qui lui avaient valu les félicitations de la direction du Front avant son retour dans une île en pleine ébullition.

Sa rencontre avec Fabien remontait à cette époque. Le jour, Leca, partisan d'une ligne dure, militait de manière très officielle dans les rangs de Corsica indipendente. La nuit, il coordonnait des vagues d'attentats en tant que responsable du «secteur R», les services de renseignements du FLNC. C'était un noceur de première bourre et un grand baiseur devant l'Éternel, capable de recouper une info glanée à un comptoir de boîte de nuit en sautant presque toutes les secrétaires administratives du commissariat d'Ajaccio. Ces talents de séduction avaient été mis à profit par la direction du Front lorsque les voyous avaient commencé à montrer les dents, estimant que les plasticages en série nuisaient sérieusement au business. Accompagné de quelques militants parmi les plus déterminés du FLNC, Leca avait été chargé de désamorcer la situation et s'était acquitté de sa tâche au-delà des espérances de ses chefs, parvenant à établir un modus vivendi avec les caïds de la Battue alors en pleine ascension. Fabien, qui l'avait accompagné en plusieurs occasions, m'avait raconté comment, au cours d'une de ces réunions diplomatiques dans un restaurant de la région de Calvi, Leca avait su tirer parti d'une subtile argumentation : un conflit ouvert entre natios et voyous, avait-il prévenu, affaiblirait toutes les parties face à l'ennemi commun, les flics. Les voyous, eux, avaient surtout compris que s'ils laissaient le Front agir à sa guise en s'assurant de sa neutralité à leur égard, l'État finirait par leur foutre la paix pour concentrer son tir sur les natios, ce qui n'avait pas manqué de se produire.

Leca avait tiré de l'épisode une solide réputation de négociateur, bientôt doublée du prestige de la prison : à vingt-cinq ans, il avait écopé d'une condamnation à quatre années de réclusion après un vaste coup de filet opéré contre la mouvance clandestine. Libéré après dix-huit mois de détention à la faveur de l'amnistie de 1981, il s'était marié avec une fille de notaire de la haute bourgeoisie ajaccienne, qui lui avait donné un fils puis des jumelles. Recruté sur le contingent des emplois fictifs de la Chambre de commerce de Corse-du-Sud grâce à l'entremise de son beau-père, Leca menait en apparence une vie rangée et sans histoires, tout en gravissant les échelons du FLNC plasticage après attentat, patiemment, jusqu'à accéder à la *ghjunta*, la direction du Front, en 1989, éminente position qui lui avait permis de mettre en minorité les partisans de discussions avec le gouvernement. Les dissidents avaient créé leur propre mouvement, Avvene Corsu, l'Avenir corse, un parti politique concurrent de Corsica indipendente et instantanément doté de son bras armé, U Fronte patriottu, pour faire pièce au FLNC.

Leca était le genre de bonhomme assez malin pour anticiper trois coups d'avance et succomber, l'instant d'après, à un excès de testostérone qui ruinait tous ses plans. C'est ainsi qu'il précipita ses rivaux d'Avvene Corsu dans les bras de Joxe, au ministère de l'Intérieur, en montrant les muscles pour asseoir le FLNC, devenu FLNC-Canal opérationnel après la scission, comme la seule organisation clandestine capable de perpétrer quatre-vingt-dix-huit attentats de Bastia à Ajaccio en passant par Corte, Marseille, Lyon et Paris : des trésoreries, trois palais de justice, des cantonnements de CRS et les domiciles de deux hauts responsables de la police avaient été réduits en tas de cendres sans faire une seule victime. Même le secrétaire d'État à la sécurité y était allé de son petit commentaire, happé par une caméra indiscrète au cours d'un reportage télé et diffusé le soir même au JT. On voyait le gros bonhomme échanger sur les lieux d'un attentat avec un procureur : « Pas un mort : ces salopards ont fait un travail d'orfèvre. » Le Premier ministre l'avait viré une heure plus tard et pris contact avec les frères ennemis de Leca l'heure suivante pour leur proposer d'entamer un cycle de négociations discrètes en vue de l'obtention d'un nouveau statut d'autonomie.

À en croire Fabien, la nouvelle avait jeté Leca dans un terrible accès de rage froide. On n'avait plus vu que sa haute silhouette sur les plateaux de la télévision régionale et dans les reportages des chaînes nationales, dénonçant la « trahison des réformistes qui se vendaient pour un plat de lentilles », la cause étranglée par les « traîtres » qui crachaient sur les prisonniers politiques et faisaient le jeu de « l'État colonialiste ». Quelques mois plus tard, la guerre fratricide entre nationalistes éclatait, deux années sanglantes pendant lesquelles Leca s'était fait discret, guidant les opérations d'une planque à une autre, décidant des représailles, qui viser et quand, tel ancien frère d'armes soupçonné d'avoir participé à l'élimination d'un membre du FLNC-CO, tel autre considéré comme l'artificier en chef du Fronte patriottu ou jugé trop tiède. Pendant des mois, il n'était plus sorti de ses planques sans une escorte, circulait en berline blindée, avait réchappé de deux tentatives d'assassinat au cours desquelles l'un de ses gardes du corps avait trouvé la mort sur la rocade d'Ajaccio. Et puis un jour, il avait pris le large pour Nice puis Paris, où il rencontra à son tour des représentants du gouvernement, comme un chef d'État en exil. Grâce au confortable héritage de son père, il se découvrit aussi des talents d'investisseur, misant un paquet de fric sur deux agences de location de voitures et une plateforme de réservation de billets d'avion et de bateaux, la première en Corse à utiliser Internet. Son nom avait progressivement disparu des radars le temps que la situation s'apaise, on en était presque arrivé à l'oublier et puis il était rentré au bercail en prenant ses précautions d'abord, en assumant par la suite son nouveau statut au grand jour, celui d'un homme d'affaires qui avait humblement tiré les leçons de ses erreurs passées et se retirait progressivement de la vie politique pour achever sa mue, désormais juge de paix des humeurs nationalistes, conciliateur avisé et diplomate spécialiste en équilibres fragiles. Dans l'ombre, ses hommes avaient continué à tenir fermement la barre du FLNC-CO, à lui rendre compte de leurs actions, des stratégies en cours, des inflexions à venir. À deux reprises, Leca avait participé à des cycles de négociations confidentielles dans un palace normand où, en compagnie d'émissaires d'un gouvernement de droite, avaient été décidés le sort d'un référendum sur un énième statut de l'île et l'issue des prochaines élections, dont il avait su prédire les résultats à la décimale près. Mais pour l'essentiel, il avait passé les dix années suivantes à se faire discret, ne quittant sa réserve qu'en de rares occasions pour défendre des causes très consensuelles, manifester au côté de ses anciens camarades en faveur de la langue corse ou pour le rapatriement dans l'île des prisonniers politiques incarcérés sur le Continent au mépris du droit, sans oublier d'entretenir son réseau d'influence en infiltrant patiemment les cercles de pouvoir, plaçant des hommes de confiance au Conseil général du département, au Conseil économique et social, à l'assemblée. Lui-même était allé jusqu'à se faire initier dans une loge ajaccienne réputée pour abriter les conclaves des plus gros entrepreneurs de la région – « une quête personnelle et intérieure », faisait-il savoir lorsqu'on l'interrogeait à ce sujet.

À le voir assiégé sur les marches de l'église Saint-Roch, on aurait cru à quelque notable encore assez bel homme, vêtu sans ostentation d'un jean foncé, de mocassins noirs et d'une chemise bleu nuit que tendait un début d'embonpoint sous un blazer taillé à ses mesures.

Tout le monde faisait mine d'oublier que Fabien et Leca ne s'étaient plus adressé la parole depuis vingt-cinq ans, à l'époque où le premier avait décidé de rompre son engagement dans la clandestinité. Car l'essentiel, et les amis de Leca s'étaient mobilisés pour le faire savoir, tenait à ce que chacun sache que Fabien n'ayant plus de famille, Paul-Louis Leca, son ami des jours brûlants, avait organisé et payé ses obsèques rubis sur l'ongle.

*

Sous le soleil, la petite foule attendait la sortie du cercueil tandis que s'échappaient, du fond de l'église, le *Misere nobis* et l'*Agnus dei* qui accompagnaient l'encens du prêtre vers le Ciel. Dehors, rassemblés en petits groupes, des hommes vêtus de noir affectaient la mine grave de qui a perdu un frère tandis que plus loin, contre la grille de l'ancien presbytère, quelques femmes palabraient entre elles à voix basse. De temps à autre, un homme se détachait de son groupe pour saluer l'une d'elles, ou une femme s'avançait vers un homme pour l'embrasser sans que jamais les deux cercles se touchent. Quelques paroles échangées à voix basse et chacun reprenait sa place parmi ses semblables.

On rencontrait aussi les habituels resquilleurs, des vieillards surtout, qui avaient eu leur compte de funérailles depuis toutes ces années et pour toutes les causes, les maladies, la vieillesse et la mauvaise mort, les suicides ou les assassinats de frères, de cousins, de pères et d'oncles, et étaient venus présenter leurs condoléances et frotter leurs joues grasses de sueur les unes aux autres, se donner l'accolade d'un air contrit, les yeux fixés sur le bout de leurs chaussures tandis qu'ils remontaient la nef pour s'incliner respectueusement devant le cercueil ou l'effleurer de la main avant de baiser leurs doigts. Puis, le cérémonial accompli, ils avaient retrouvé la lumière du jour et s'étaient égaillés dans les cafés voisins et s'y étaient aussitôt empoignés pour des questions de politique ou les résultats du Sporting qui de la Ligue 1 avait dégringolé vers les profondeurs du football amateur, des vantardises de parties de chasse peuplées de sangliers d'une tonne foudroyés à trois cents mètres de distance, ou les mérites d'un professeur de médecine de la Timone, qui avait pris soin de la hanche de l'un mais avait négligé l'autre et était originaire de Calvi ou Solenzara, on ne savait plus très bien. Et puis, après tant d'éclats de voix, de confidences murmurées, de regards obliques, une fois épuisés tous les sujets du quotidien, l'un d'eux avait jeté un coup d'œil à sa montre au bracelet de cuir noir piqué de taches de sueur et dit « *O ghjente, serà compiu l'affare, avà*[1] » et tous s'étaient levés après avoir lapé un fond de pastis, se disputant le privilège de démontrer sa générosité en payant pour tous les autres et, une fois cet ultime différend réglé, s'étaient avancés en procession muette vers le parvis de Saint-Roch, juste à temps pour se signer au passage du cercueil porté par six gaillards en costume noir dont le front brillait sous l'effort.

*

Je me trouvais au milieu d'eux lorsque le corbillard emporta la dépouille de Fabien vers le cimetière de Santa-Lucia, où mon ami rejoindrait son père et sa mère dans le caveau familial à l'intérieur duquel manquait toujours l'oncle Baptiste. Il m'était impossible de me figurer, prisonnier de ce sarcophage en bois clair, son corps mince percé du trou qui lui avait emporté les poumons – tué dans le dos, par un lâche. Alors que je ne croyais plus depuis longtemps, je me signai par réflexe lorsque les croque-morts, dans un raclement sinistre, poussèrent la bière au fond de la camionnette aux flancs bordeaux, empilèrent sur le couvercle du cercueil quelques couronnes mortuaires et portèrent les autres dans un break noir orné du logo argenté des pompes funèbres, qui devait fermer le convoi.

---

1. « Les amis, la messe doit être terminée. »

« C'est très difficile pour nous tous », dit une voix grave.

Derrière moi, Paul-Louis Leca, le regard dissimulé par des Wayfarer, inclinait son visage vers une allumette qu'il tenait dans la coupe de ses mains.

« Je suppose que ce doit être plus dur pour certains », dis-je.

Il ne releva pas, secoua l'allumette, la laissa tomber à terre et pompa sur la clope, laissant la fumée s'échapper d'un coin de bouche.

« Nous nous sommes déjà croisés.

— Pas que je sache. »

Quelques mètres derrière, deux types très bruns vêtus de blousons fermés jusqu'au col faisaient de leur mieux pour paraître naturels. En retrait, un troisième homme, plus âgé, s'impatientait.

« Je préfère vous parler directement, dit Leca. Je sais que vous avez rencontré Fabien récemment. Nous sommes quelques-uns à nous demander ce qui a pu se produire là-bas, à la bergerie. »

Sans être menaçante, sa voix distillait une intonation déplaisante.

« Je précise que personne ne vous accuse de quoi que ce soit. Mais je me dis que vous avez peut-être remarqué quelque chose d'inhabituel, un détail qui pourrait expliquer que...

— Si c'était le cas, j'en parlerais au juge d'instruction. Une information judiciaire a été ouverte pour assassinat.

— Nous n'avons pas de sympathies particulières l'un

pour l'autre, dit Leca après un moment. Vous êtes un ancien flic, je reste un nationaliste convaincu même si je ne fais plus de politique. Mais nous connaissions tous les deux Fabien et il ne méritait pas de mourir comme ça.

— Personne ne mérite de mourir comme ça.

— Que je ne sois pas d'accord avec vous ne change rien, dit-il, d'autant que je sais que vous n'en pensez pas un mot.

— Puisqu'on doit parler "directement", vous devriez peut-être me dire ce qui vous amène.

— Marie-Thérèse est en danger, c'est tout ce que je peux vous dire.

— Qu'en savez-vous ?

— Vous la croyez capable de tuer son mari et prendre la tangente ? Avec qui, un amant ? Ça n'a aucun sens.

— Les choses en ont de moins en moins sur cette île.

— On peut au moins être d'accord sur ce constat.

— Je n'ai pas vraiment de temps à vous consacrer pour échanger sur l'avenir de la Corse, monsieur Leca.

— Je voudrais que vous retrouviez Marie-Thérèse. »

Leca balança son mégot d'une pichenette. Ses deux gardes du corps et le type qui les accompagnait se rapprochèrent. De la poche de son blouson, l'un d'eux avait sorti la clé électronique d'une voiture.

« Pourquoi je ferais ça ?

— Parce que je ne fais pas confiance aux flics. Un ancien natio retrouvé mort chez lui ? Vous avez été de la partie, vous savez qu'ils s'en foutent pas mal. »

Il se tut un instant, puis reprit : « Fabien était votre ami, sa femme est dans la merde…

— Désolé, ça ne suffit pas.

— ... Et vous avez une enveloppe dans votre boîte aux lettres.»

Leca ôta ses lunettes et plissa les yeux sous la clarté du jour. L'un des deux jeunes types s'avança, un téléphone portable dans la main. Il me le tendit.

«Quand vous voudrez me joindre, ne vous servez que de cet appareil. Il y a un seul numéro enregistré, dit-il.

— Allez vous faire enculer. Vous et vos sbires.»

Le jeune type esquissa un mouvement, que Leca interrompit d'un geste de la main.

«J'oubliais le plus important, dit-il. Si le fric de l'enveloppe ne vous suffit pas, je peux aussi vous aider à comprendre ce qui est arrivé à la femme que vous aimiez.»

Puis il remit ses lunettes de soleil et me tourna le dos pour s'éloigner, précédé de ses deux gardes du corps, le troisième homme sur les talons.

12

Les vingt billets de cinq cents euros étaient alignés sur la table de la salle à manger, au pied de laquelle huit cadavres de Colomba montaient la garde avec une bouteille de Jack Daniel's Honey à moitié vide.

Et les paroles de Leca, en boucle.

Comprendre ce qui est arrivé à la femme que vous aimiez.

Quitte à me faire rouer de coups par ses larbins, j'aurais dû lui mettre mon poing dans la gueule. Au lieu de quoi, j'étais resté pétrifié au milieu du parvis de Saint-Roch, à le regarder tourner au coin de la rue Napoléon pour rejoindre la place du Marché pendant que les hommes en noir et les femmes muettes se dispersaient, la messe dite.

Comprendre ce qui est arrivé à la femme que vous aimiez.

Qu'est-ce que je pouvais bien comprendre ? Cinq ans auparavant, elle avait disparu du jour au lendemain sans laisser d'adresse et ma vie avait basculé au fond de dix mille verres. J'avais retourné l'île de fond en comble, menant ma propre enquête d'impasses en culs-de-sac ; j'avais passé à tabac des indics miteux et volé de l'héroïne dans une armoire à scellés de la PJ pour pourrir les veines d'un pauvre toxico à bout de souffle qui m'avait promis un tuyau. J'avais harcelé ses amies, contacté l'orphelinat du Continent où elle avait grandi, les foyers d'où elle avait fugué. J'avais rendu malades ses parents adoptifs, de piste «sûre» en tuyau «certain» : on l'avait vue à Ajaccio, à Marseille, à Paris, dans une boîte de nuit, à la caisse d'un supermarché des Yvelines, hôtesse d'accueil sous un faux nom quelque part en Bretagne. À présent, son père avait rejoint sa mère dans le tombeau familial quelque part du côté de Tours. La nouvelle m'était parvenue six ou sept mois après son décès, au plus fort de la tourmente d'alcool qui avait failli m'emporter, et voilà que, cinq ans plus tard, Leca débarquait avec ses lunettes de soleil et son blazer à mille boules, me balançait une poignée de billets à la gueule et promettait de m'aider à recoller les débris de mon amour perdu.

Comprendre ce qui est arrivé à la femme que vous aimiez.

Dix mille balles, enfant de putain.

*

Il m'avait fallu deux jours pour me décider et, alors que je me tenais à cent mètres de la bergerie, je n'avais toujours pas la moindre certitude d'avoir fait le bon choix. Le soleil tapait déjà haut et fort, la bâtisse se détachait nettement au premier plan d'un paysage de collines grises et bleues. J'avais pris la route à l'aube après avoir saturé mon organisme d'un café très fort et avalé trois barres de céréales puis je m'étais fadé d'une traite l'interminable trajet jusqu'à la bergerie, pour la troisième fois en moins de quinze jours. Assis dans la Saxo garée sous un arbre, je passai un bon moment à observer la bergerie silencieuse et le vol d'un *falchettu*[1] guettant une proie en larges virages sur l'aile, sans trouver de réponse à ces questions : pourquoi Leca cherchait-il Marie-Thé? Et pourquoi m'avait-il chargé de la retrouver? Je redoutais ce que j'allais découvrir à l'intérieur de la maison de Fabien, ce que Rochac m'avait tu des constatations menées sur place par les flics de la scientifique, tous les détails qui échappent au quidam mais frappent les individus rompus à cette gymnastique mentale qui consiste à transformer la nature morte d'une scène de crime en vivant tableau de l'homicide d'après un objet brisé à terre, des taches de sang brunies et des meubles renversés, ici un premier tir, là le deuxième et, à cet autre endroit, la riposte qui avait arraché un morceau de plâtre au mur d'en face, puis une tentative de fuite, un pas de côté et une traînée sombre sur le carrelage où la victime s'était vidée de son sang.

Mes doigts tâtonnèrent par réflexe à l'intérieur de la boîte à gants de la Saxo avant de me souvenir que je m'étais débarrassé de mon 38 Special des mois plus

---

1. Un épervier.

tôt par peur de me faire sauter le caisson un soir de déprime.

Après avoir compté jusqu'à vingt, une technique pas plus con qu'une autre pour se mettre en train, je m'avançai vers la porte de la bergerie barrée d'un X de rubalise jaune. Les deux fenêtres donnant sur le devant de la maison étaient fracassées mais aucun débris de verre n'était visible à l'extérieur. Par chance, la porte-fenêtre de derrière n'était pas fermée – chapeau, les collègues de la PTS[1]. Je sortis de ma poche une paire de gants en latex, fis glisser la baie vitrée. À l'intérieur de la pièce, deux chaises étaient jetées à terre et je notai un impact dans le dossier du canapé, deux autres sur le mur opposé à la porte d'entrée et trois dans les montants de la porte. Au sol, une large tache marron s'étendait sous l'une des fenêtres donnant sur la façade, où brillaient des éclats de verre. Avec ses salades sur une dispute qui avait mal tourné, Rochac ne m'avait pas tout dit : on avait tiré sur la bergerie depuis l'extérieur. À première vue, la scène de crime ressemblait surtout à un fort Alamo miniature : des assaillants qui balancent des rafales à travers les fenêtres, font irruption dans la maison et tirent sur tout ce qui bouge. Après m'être promené à travers la salle à manger à la recherche d'indices qui auraient pu échapper à mes collègues, je passai dans la cuisine, puis dans la chambre de Fabien et Marie-Thé, plus petite que je l'aurais cru et occupée par un lit assez bas. Au mur, une affiche typique des années 80 montrait une femme

---

1. Police technique et scientifique.

au visage fermé, au poing vengeur dressé, dont la silhouette se confondait avec celle de la Corse. Le mot «LIBERTÀ» barrait le haut de l'affiche.

Je retournai les piles de tee-shirts soigneusement pliés sur les étagères d'un dressing, plongeai mes mains gantées dans les tiroirs remplis de sous-vêtements, passai deux doigts à plat le long des étagères, les glissai dans les poches des vestes suspendues à une tringle, rien de fameux, des vêtements passe-partout, des pantalons noirs et des jeans, des vestes de treillis retravaillées pour faire cool, une ou deux paires de chaussures de ville et le reste composé de baskets et de sandales.

Marie-Thé réservait sa coquetterie à sa collection de bijoux ethniques post-baba cool, des colliers et des entrelacements de bracelets, des créoles serties de turquoise et de corail, rangés avec soin. Il y en avait des dizaines, des pendentifs et des sautoirs en laiton, de larges disques d'ébène montés sur des bagues en argent, des camées de trois sous et des boucles d'oreilles en or fin travaillé de motifs orientaux, une panoplie complète suspendue à plusieurs présentoirs, débordant de boîtes en authentique marqueterie marocaine made in China.

Je retournai dans la salle à manger en me demandant comment j'avais pu tomber si bas et accepter de me compromettre en violant l'intimité d'un mort, qui plus est dans la maison où il m'avait reçu pour me confier ses états d'âme. Qu'avais-je espéré y trouver ? J'aurais mieux fait de retourner à Bastia, utiliser son téléphone de bandit pour appeler Leca et lui dire «On oublie, je ne marche pas», lui rendre son pognon et retourner à mes enquêtes faisandées pour trafic de RTT. Au lieu de quoi, je tirai le bac à glaçons du congélateur et contemplai les cubes de glace se fendiller à mesure que je versais de la vodka dans un grand verre déniché au fond du placard de la cuisine. J'avalai la boisson en frissonnant. M'en resservis une large rasade et m'installai à table, à la place que j'avais occupée lors de ma dernière entrevue avec Fabien.

Il n'y avait rien à trouver ici. La bergerie avait capturé la mort entre ses murs mais le réfrigérateur continuait à bourdonner, le bois du parquet à grincer. À quelle époque une main avait-elle posé une première pierre à cet endroit ? Trois ou quatre cents ans, peut-être. Cela n'aurait rien eu d'étonnant sur cette île de mémoires encombrées où tout était toujours trop vieux, comme si le temps s'enroulait sur lui-même. « On est tellement loin de tout que l'endroit ne porte même pas de nom, avait dit Fabien le jour de ma dernière visite. Dans l'ancien temps, les bergers montraient simplement cette plaine d'un geste large et ils disaient *là-bas* comme s'ils parlaient de nulle part. »

Je m'enfilai les verres de vodka en imaginant Fabien parti de rien, relevant la ruine pierre à pierre, travaillant sous le soleil pendant des mois et des années, agrandissant la bergerie aidé de Marie-Thé, y engloutissant toutes leurs économies jusqu'à la première nuit passée enfin chez eux, au milieu de leur ermitage de maquis et de rocaille. Je bus encore plusieurs verres sans sentir l'ivresse me gagner, à la santé de nos illusions perdues et du rat cyclope qui me narguait depuis les profondeurs de la salle de séjour, son unique œil rouge clignotant dans l'obscurité.

Il était temps de rentrer. Je me levai, la main appuyée au rebord de la table. Mes pieds heurtèrent les barreaux d'une chaise renversée. Ma carcasse suivit le mouvement, une figure acrobatique très réussie qui me projeta tête la première contre un montant de la bibliothèque. Le choc résonna comme l'écho d'un gong japonais entre les parois de mon crâne et mon cerveau décida qu'il était temps de couper le circuit, bonne nuit les petits.

*

J'étais resté dans les vapes près d'une demi-heure, largement le temps de me faire gauler comme un bleu si un flic avait eu la mauvaise idée de se payer un détour chez Fabien histoire de vérifier un détail. Puis j'avais rouvert les yeux sur la petite lumière rouge qui clignotait toujours et je m'étais assis sur le canapé pour écouter le message laissé sur le répondeur téléphonique. Je pressai une nouvelle fois le bouton replay.

« Marie-Thé, c'est moi. Je suis à Marignane, je rentre ce soir… Nine m'a appelée… J'ai regardé le *Corsica Sera*[1] sur mon portable dans la salle d'attente de l'aéroport… Qu'est-ce qui s'est passé ?… Enfin, je… Rappelle-moi. Qu'on se voie. Toutes… »

Le message avait été laissé le lendemain de la découverte du cadavre de LoRusso au palazzu Angelini. La

---

1. Journal télévisé diffusé par la chaîne France 3 Corse Via Stella.

voix était parfaitement reconnaissable par n'importe quel habitant de cette île âgé de plus de quarante ans : intonations de velours sur timbre cassé par les Gitanes fumées à la chaîne, Francesca Ottomani avait longtemps animé l'émission la plus écoutée de la radio locale.

13

Mon contact habituel pour les adresses inconnues bossait à La Poste et ne se montrait pas trop gourmand : un petit billet de temps à autre, crédit accepté. Il me refila en quelques minutes l'adresse de Francesca Ottomani pour ajouter aussitôt : « Bonne chance, mon coco : c'est un lieu-dit au fin fond du Cap, entre Centuri et Morsiglia. Acqualonga, ça s'appelle. » Si ma brave bête de Saxo ne rendait pas son dernier soupir en cours de route, je pouvais y être en trois heures et demie.

Après un trajet de quatre heures et des poussières, la faute à un arrêt-buffet dans un snack au bord de la route pour une séquence gastronomique – panini surgelé, Coca chaud, barre de Snickers à moitié fondue –, on me renseigna au bar de Morsiglia. « Acqualonga, s'inquiéta le type derrière le comptoir avec un air soupçonneux, pourquoi vous voulez aller là-bas ? C'est désert. » J'avais toujours admiré la capacité de mes compatriotes à placer dans la même phrase une formule qui tenait à la fois de la question, de la menace et de l'interdiction. Je me lançai dans une explication assez embrouillée en espérant avoir le type à l'usure mais il se montra plus coriace que prévu, ne cédant rien et cherchant toujours, à force d'interrogations détournées, les raisons qui m'amenaient à m'intéresser au lieu-dit Acqualonga, «où personne ne met jamais un pied, même les chasseurs d'ici».

J'en étais quitte pour trouver par mes propres moyens, ce qui impliqua un gymkhana depuis le haut du village jusqu'à la petite marine de Mute et aller-retour, à tenter de tirer les vers du nez d'habitants qui ne se montrèrent guère plus coopératifs que le patron du bar.

Pour finir, on m'expliqua avec une grande économie de mots que, si l'envie me venait d'emprunter la route de l'ancien couvent, quelques kilomètres en amont, il n'était pas interdit de penser que, après avoir pris le sentier de gauche et laissé à main droite une bifurcation grimper vers un petit plateau dominant une clairière, je puisse éventuellement parvenir à un endroit auquel certains habitants, au village, donnaient un nom dont les sonorités n'étaient pas sans rappeler celles du lieu-dit que je cherchais. Le tout, évidemment, sans garantie de bonne fin quant à la destination et, cela allait sans dire mais c'était encore mieux en le disant, avec la prudente recommandation de taire ces confidences et n'en pas dire davantage sur l'identité de la personne qui s'y était laissée aller – un pays de fous.

*

En fin d'après-midi, je suivis la route de l'ancien couvent pour arriver vers la clairière indiquée. La maison de Francesca Ottomani apparaissait au milieu de la sommière, dont l'une des extrémités touchait le bord d'un petit plateau dominant le décor, et l'autre s'étirait jusqu'à rejoindre un méplat rocheux qui laissait apercevoir, dans un affaissement du terrain, le fin croissant bleu d'un morceau de Méditerranée.

Devant la maison, un tas de bois attendait l'hiver. Sous une treille recouverte de vigne sauvage, on avait disposé une table et quatre chaises en fer forgé.

Je levai le pied, laissant à la propriétaire le temps de s'habituer à la visite impromptue d'un inconnu pilotant un cercueil roulant, puis amenai la Saxo bien sagement à une vingtaine de mètres de la maison, à l'endroit où était garée une citadine japonaise couleur cerise, aux formes rondes.

Le visage de Francesca Ottomani disparut de l'encadrement d'une fenêtre pour refaire son apparition quelques secondes plus tard. Puis la porte s'entrouvrit sur la silhouette de l'ancienne animatrice radio, qui se glissa sur le seuil et se tint une épaule appuyée au mur, la main droite glissée dans la poche de son jean moulant, le bras gauche dissimulé dans son dos.

Je m'avançai lentement, les mains bien visibles et l'air détaché. Lorsque je fus à distance respectable, je lançai un allègre « *Salute !* » et ma voix trembla plus qu'elle n'aurait dû.

Avec ses cheveux coupés en carré brun et ses lunettes de vue, Francesca Ottomani affichait une mine sévère mais son visage anguleux, très dur, n'était pas sans un certain charme.

«Je peux vous être utile? demanda-t-elle.

— Je suis un ami de Fabien et Marie-Thé Maestracci. On peut discuter à l'intérieur?»

Elle plissa les yeux, parut hésiter.

«Pour quoi faire?

— Je n'ai pas de mauvaises intentions, je veux juste bavarder deux minutes. Fabien m'a chargé de retrouver son oncle, qui a disp…»

Francesca Ottomani recula d'un pas et tint la porte ouverte après avoir balayé le paysage d'un regard panoramique.

Son intérieur était meublé à l'économie mais avec goût, n'était une copie maladroite de canapé Chesterfield qui crissa de tout son cuir lorsque je m'y assis. Sans m'avoir tourné le dos une seule fois, elle prit place dans un pouf de l'autre côté d'une large table basse. Derrière elle, contre trois pans de mur, une bibliothèque bourrée à craquer de livres calés les uns sur les autres, empilés sur deux rangées par étagère, courait le long de trois pans de mur.

Elle tira un cigarillo d'un petit paquet mauve posé sur la table basse, saisit un élégant briquet en argent.

«Je vous écoute, dit-elle.

— Plus de Gitanes? Je me souviens d'une photo de vous, avec un casque de radio autour du cou et un paquet de clopes posé sur le bureau d'un studio de RCFM. C'était sur une affiche. Dans les années 90, peut-être.

— Arrêtez ça tout de suite, dit-elle. Que venez-vous faire ici?»

Je m'éclaircis la voix, tant pis pour la tentative d'entrée en matière.

« Je vous disais que Fabien m'a chargé de retrouver son oncle, c'était quelques jours avant de…

— Baptiste Maestracci. Le journal en parle depuis presque dix jours. Il n'est pas ici. »

Son ton glacial ne parvenait pas à priver sa voix de cette sensualité rauque qui avait fait fantasmer deux générations d'auditeurs. À mon tour, je tirai une clope de ma poche.

« Je m'en doute. Il doit être mort, à l'heure où nous parlons. Ça arrive assez souvent, comme vous…

— Comme je ne vois toujours pas ce que vous venez faire ici. »

Deuxième carton rouge. Il était peut-être temps d'y aller franco.

« C'est moi qui ai trouvé le cadavre dans la propriété Angelini.

— Je ne sais pas de quoi vous parlez. »

Premier mensonge.

« Vous ne regardez jamais la télé ?

— Vous en voyez une dans cette pièce ?

— Écoutez, dis-je, j'essaie de comprendre ce qui a pu arriver à Marie-Thé. Je suis inquiet. »

Ses yeux ne me lâchaient pas.

« Qu'est-ce qui vous fait penser que je pourrais savoir quoi que ce soit à propos de Marie-Thé ?

— Vous êtes son amie.

— Qu'en savez-vous ?

— Elle m'a souvent parlé de vous. »

Deuxième mensonge : un partout.

Francesca Ottomani se pencha sur le cendrier pour

écraser son cigarillo à peine entamé, se ravisa et pompa sur la petite tige brune.

« Vous êtes venu jusqu'ici pour me mentir les yeux dans les yeux ? »

Je restai silencieux.

« Je n'ai plus vu Marie-Thé depuis des années, reprit-elle. Pourquoi vous aurait-elle parlé de moi ?
— La radio, votre…
— Arrêtez vos conneries tout de suite. Personne ne m'insulte sous mon propre toit. »

Je devais gagner du temps, trouver les bons mots. Les premiers qui me vinrent à l'esprit : « Vous avez des toilettes ? J'ai fait pas mal de route. »

Elle parut désarçonnée, écrasa pour de bon le cigarillo dans le cendrier, avec de petits tapotements très délicats.

« Non, dit-elle. Je fais mes besoins au clair de lune, dans le jardin. Je vous montre ?
— Il fait encore jour. »

Elle ravala une esquisse de sourire, réfléchit un instant puis céda.

« À l'entrée du couloir, sur votre gauche. »

Je me levai et elle m'imita pour me suivre pas à pas. Une fois assurée que je n'en profiterais pas pour fouiller sa baraque ou me jeter sur elle, elle regagna le salon en se postant au coin droit de la bibliothèque, d'où elle pouvait garder un œil sur le couloir et la porte des chiottes derrière laquelle je pissai longtemps, une mousse brune signe évident d'une santé florissante.

Lorsque je regagnai le salon, je trouvai l'atmosphère

soudainement détendue, comme si Francesca Ottomani avait mis à profit ma visite aux toilettes pour changer de stratégie.

Elle se rassit sur le canapé en me désignant le pouf.

« Excusez mon accueil, dit-elle en prélevant un nouveau cigarillo dans le petit paquet mauve. J'ai quelques problèmes familiaux.

— Rien de grave ?

— Une cousine mourante à l'hôpital, à Marseille.

— Je ne sais pas quoi vous dire.

— Commencez par cette affaire. La mort de Fabien.

— Je n'en pense rien de particulier. Je ne comprends pas et je suis triste. Et inquiet pour Marie-Thé.

— Un ex-flic dont l'ami est assassiné, ça n'éprouve que du chagrin ? »

Elle se pencha en avant, les coudes sur les genoux, le cigarillo fumant entre les doigts.

« Je n'ai pas de télé mais il m'arrive de lire les journaux. L'affaire Mattei. Votre bobine partout pendant des semaines.

— Qu'est-ce que je pourrais ressentir d'autre que de la peine ?

— De la colère.

— Contre qui ?

— Ceux qui ont fait ça. Vous pensez que Marie-Thé en fait partie ?

— Non. »

Francesca Ottomani rajusta ses lunettes et m'observa quelques secondes.

« Pourquoi la chercher ?

— Parce qu'elle a sûrement de bonnes raisons de disparaître. Mes anciens collègues pensent qu'elle est liée à la mort de Fabien. Moi, qu'elle a été enlevée.

— Qui aurait fait ça ?

— Pas la moindre idée.

— Pour un ancien flic, vous n'en avez pas beaucoup. »

Mon *idée* du moment : sitôt la porte des chiottes refermée derrière moi, quelque chose avait été chamboulé dans cette foutue pièce. Un simple détail qui changeait tout.

« En tout cas, dis-je, je me sens coupable.

— De quoi ?

— J'ai l'impression que la découverte du corps au palazzu Angelini a déclenché tout ça.

— Je n'en sais rien et comme je vous l'ai dit, ce n'est pas mon affaire. »

Sa voix avait flûté vers un ton trop détaché pour être honnête. Après un petit moment où ni l'un ni l'autre ne sut quoi ajouter, elle se leva du canapé en annonçant qu'elle devait quitter sa maison pour se rendre à Centuri. Sur le seuil, je lui tendis une carte de visite.

« Vous savez, j'appréciais beaucoup votre émission. Un ton différent. Les conseils de lecture étaient vraiment pas mal. Je me souviens d'une fois…

— C'est le passé, coupa-t-elle. Et le passé vaut rarement grand-chose. Il vaut toujours mieux l'oublier. »

*

Le « détail » refit surface alors que je me trouvais attablé à la terrasse d'un café sur le bord de la route, à Morsiglia, l'esprit occupé à me repasser le film de mon arrivée à l'improviste chez Francesca Ottomani : la tache bleue de son sweat sur le seuil de la maison perdue dans la clairière, le cuir délavé du Chesterfield et les centaines de bouquins sur les étagères de la bibliothèque, ajustés au millimètre pour remplir tout l'espace disponible. Chaque élément du décor me revenait en mémoire, les trois gravures suspendues au mur du fond, le guéridon où était posée la petite sculpture d'un taureau. Qu'est-ce qui avait pu changer entre le moment où j'étais allé pisser et mon retour dans le salon, à peine une minute plus tard ?

Elle m'avait invité à entrer après avoir jeté un coup d'œil aux alentours, ne m'avait pas tourné le dos une seule fois. Pourtant, elle s'était installée sur le canapé, à la seule place où elle se retrouvait privée de vue sur la fenêtre, sur la porte d'entrée.

Elle m'avait ensuite indiqué le pouf où m'asseoir, dos à la bibliothèque, avant même de prononcer un mot. Après ça, lorsque je m'étais dirigé vers les toilettes, elle s'était postée près du pan de bibliothèque situé contre le mur du fond, deux mètres derrière le pouf. Ce n'était pas seulement pour garder un œil sur la porte des chiottes. Elle avait voulu me dissimuler quelque chose, le fameux détail que mon cerveau avait enregistré à mon entrée dans la pièce et m'apparaissait clairement à présent, posé sur la cinquième ou la sixième étagère en partant du bas, près de gros volumes à la tranche beige : une manchette de métal doré dans laquelle étaient enchâssées trois pierres turquoise.

Lorsque j'étais revenu des toilettes, Francesca avait fait disparaître le bracelet de Marie-Thé.

*

Je réglai mon café, regagnai la Saxo et pris la route vers Acqualonga. Au lieu de prendre à gauche, je m'engageai sur la pente qui s'élargissait en piste coupe-feu et grimpait vers le promontoire dominant la petite clairière. Trois cents mètres plus loin, je garai la Saxo sur un côté de la piste et poursuivis ma route à pied jusqu'à la plateforme rocheuse qui offrait une vue imprenable sur la clairière et la maison d'Ottomani.

Le type ne m'entendit pas arriver. Il se tenait debout, près de la portière ouverte de son pickup aux flancs barbouillés de peinture antirouille, bien dissimulé derrière une butée de terrain, une paire de jumelles braquée dans la direction de la maison de Francesca Ottomani, trente mètres plus bas. Son jean dégueulasse glissait sur ses hanches, dénudant la raie d'un cul très blanc.

14

Petrucciu, « Petit Pierre » Falcucci, avait une tête de garnement posée en équilibre sur un corps modelé par trois décennies de culturisme, la seule vraie passion de ce briscard de la police qui avait passé l'essentiel de sa carrière au troisième étage du commissariat de Bastia, royaume des mirages et siège des Renseignements généraux, trente années à décortiquer les communiqués du FLNC, puis des FLNC, puis des dizaines d'autres groupes clandestins qui avaient fleuri à chaque scission, chaque coup de chaleur ou dès qu'un petit chef voulait devenir grand chef, groupuscules obscurs, imitateurs, mythomanes en quête de gloire et même, lorsque la situation l'avait exigé, créations pures et simples de l'État profond.

Petrucciu connaissait mieux que personne les lignes de force qui avaient traversé le mouvement nationaliste, pouvait citer de mémoire les patrons réels ou supposés de chaque organisation clandestine, y avait traité les « sources humaines » et su comment écraser le coup lorsque ses supérieurs mettaient trop de pression sur les

RG et réclamaient des têtes pour satisfaire les exigences d'un ministre.

Ses collègues affirmaient qu'il suffisait à un natio de péter dans un rayon de cinquante bornes pour que Petrucciu sache où le bonhomme avait bouffé, avec qui et à quelle heure il était sorti de table. Les mêmes précisaient que lui poser une seule question revenait à faire une croix sur toute activité pour les trois ou quatre heures à venir.

J'avais tout mon temps. Il était sept heures et demie du matin et nous étions les seuls consommateurs attablés à la terrasse du Café Napoléon, vers laquelle une délicate brise de mer rabattait la puanteur doucereuse d'un tas de déchets repoussés vers le bas de la place Saint-Nicolas, près de l'Office du tourisme.

« Le problème, tu comprends, expliquait Petrucciu, le pouce et l'index imprimant un mouvement de rotation à sa tasse de café, c'est qu'on ne sert plus à rien. Pendant trente ans, on a collé aux natios puis, un beau jour, nos chefs nous ont demandé d'oublier tout ça et de nous transformer en experts-comptables. La délinquance financière, le blanchiment, les bilans consolidés, les marchés publics : qu'est-ce que je suis censé y comprendre, moi ? Et pour quoi faire, en plus ? Dès qu'on leur signale un truc suspect, plus personne ne bouge, comme si les grands chefs nous demandaient de surveiller des mecs borderline juste pour les avertir qu'ils dépassent les limites. Plus personne n'y comprend rien. »

Il toussa dans son poing, je bondis sur l'occasion :
« Petrucciu…

— Ouais, pardon, je sais que je cause, un vrai moulin à paroles, *chì voli*, que veux-tu, c'est comme ça, ma pauvre mère, elle était pareille, une *diciulona*[1], blablabla, tout le temps, toujours, elle a dû me faire passer le virus.»

Il but une gorgée de son café, qui avait dû refroidir depuis que le serveur endormi l'avait déposé sur notre table.

«Bon, fit-il. Ton affaire, là, elle sent le moisi.
— C'est-à-dire?
— Je t'explique. L'immat que tu m'as demandé de vérifier est au nom d'une certaine Hélène Pierrard, employée dans un centre équestre près de Corte.
— Inconnue au bataillon.
— Mais pas son mari Jacques Costantini. Non? Bon. Je te fais le topo. Soixante-sept ans, fils de Lucien Costantini, pharmacien ajaccien. Costantini père faisait partie du réseau Walter Rauff, un nazi envoyé en Corse en juillet 1943 en prévision de la Libération. Les Allemands savaient que les Alliés ne tarderaient pas à prendre l'île et que les troupes italiennes sur place n'étaient pas fiables. Avec une trentaine de SS en civil de la division Reichsführer, Rauff a été chargé de mettre sur pied un réseau de renseignement pour transmettre des infos à Berlin et agir sur l'arrière des lignes alliées. Le truc a finalement échoué. On n'a jamais trop su si les Ajacciens se sont dégonflés ou s'ils étaient trop cons pour faire fonctionner le poste radio clandestin livré par les Boches.

---

1. Une bavarde.

Toujours est-il que Costantini père a été condamné à la Libération, ce qui ne l'a pas empêché de mourir dans son lit à un âge respectable, à la tête de la plus grosse pharmacie d'Ajaccio sans avoir pu convaincre le fiston de reprendre les rênes de la boutique.

— Quel est le rapport avec…

— Attends. Papa Costantini n'a pas légué la pharmacie à son fiston mais ses penchants politiques, si. Comme le petit Jacques était trop jeune pour l'OAS, il a tâté du SAC, a disparu un temps en Suisse, est revenu en France, a collé des affiches pour pas mal de candidats de droite à travers le pays et effectué un petit tour de baroud avec quelques nostalgiques des Colonies. En bref, il a vadrouillé.

— Qu'est-ce que c'est que cette merde ?

— Si tu ne le sais pas, je ne peux pas le savoir à ta place. Là où ça devient intéressant, et un peu problématique, c'est l'épisode de barbouzerie locale de notre ami Costantini. Intéressant parce qu'il a trempé dans pas mal d'emplâtres à la fin des années 80. Problématique, parce qu'une partie des archives a disparu.

— Disparu ?

— Tu te souviens, en 2008, quand on a fusionné avec la DST pour créer leur connerie de FBI à la française ? Ils nous ont demandé de sélectionner des archives pour ne pas encombrer les nouveaux locaux. Ils ont appelé ça de la « documentation non stratégique ». Deux ou trois lèche-cul du service et le directeur de l'époque, un grand con de franc-mac, ont passé trois jours à trier dans les vieilleries et remplir des caisses entières de notes, de comptes rendus, et hop, ils sont allés brûler tout ça à l'ancienne déchetterie. Le reste a été emporté par un commando de collègues dépêchés du siège, à Levallois. Ils ont débarqué d'un Transall à Solenzara, se sont pointés au service avec le patron et, au petit matin, deux utilitaires chargés jusqu'à la gueule sont partis du garage du commissariat, direction mystère.

— Personne n'a réussi à sauver quoi que ce soit ?
— *Anc'assai*[1] ! dit Petrucciu. Il faut toujours des fonctionnaires de police désobéissants. »

Et il fit glisser sur la table une clé USB.

*

Des centaines de noms, de dates, de photos, des trombinoscopes en pagaille depuis les années 60 jusqu'à nos jours, moustaches mexicaines, rouflaquettes et cols pelle à tarte sur trois quarts en cuir, puis crânes rasés, vestes Stone Island et polos cintrés mais regards identiques d'une époque à l'autre, goguenards ou plutôt méchants, vides et fermés, mentons pas rasés, gueules de l'emploi.

Des comptes rendus de surveillance, aussi. Des notes blanches sans en-tête ni signature, des fichiers à l'écriture illisible, caractères à moitié effacés frappés par des batteuses hors d'âge : « a été vu en compagnie de… », « déjà condamné pour… », « dangereux », des centaines de dossiers et d'affaires, la petite histoire derrière la grande, « rencontre ordinairement un élu de gauche au

---

1. « Encore heureux ! »

restaurant Le… », « entretient une liaison de longue date avec l'épouse de… ».

Petrucciu m'avait prévenu : avec quelques autres flics corses du service, ils avaient paré au plus pressé, numérisant en douce et sans faire de détail tout ce qu'ils avaient pu soustraire à la frénésie purgative de leur hiérarchie. Au milieu de tout ce fatras, je devais trouver quelques infos sur Costantini mais « Good luck, camarade : tu vas t'y abîmer les yeux ».

Bilan des courses, je devais me fader des kilomètres de fichiers pdf dans l'espoir d'y dénicher le nom du bonhomme surpris en train d'épier Francesca Ottomani, date après date, nom après nom – *Constantini* : un *N* en trop, *Constantin*, un *N* en trop et un *I* manquant à la fin.

Vers trois heures du matin, sur le point de rendre les armes, j'avais déniché une première occurrence, page 588 sur les 12 651 que comptait le colossal fichier. *Costantini, Jacques* : une photo anthropométrique remontant à l'année 1978, première interpellation officielle dans une affaire d'armes. La justice s'était montrée étonnamment clémente, la note faisait état d'une condamnation de principe à quelques mois de taule avec sursis bien que le bonhomme se soit fait poisser avec deux pistolets-mitrailleurs MAT49 dans le coffre de sa Simca, armes « déclarées volées à l'arsenal de Toulon le 27/04/1977 ». Détail rigolo, la fiche mentionnait que l'individu n'avait pu intégrer les unités parachutistes en raison d'« insuffisances manifestes sur le plan physique ».

J'avais griffonné les infos et, galvanisé par cette première victoire, repris ma spéléologie numérique.

Page 714/12651 : revoilà Costantini, qui touche à la gloire en se voyant consacrer une fiche biographique complète. Joyeux drille, l'intéressé avait fait le coup de poing à Marseille en 1981 et assuré la sécurité de meetings des soutiens du candidat de droite à la présidentielle de Lille à Brest, de Mulhouse à Carcassonne, le temps de récolter deux nouvelles condamnations, pour coups et blessures cette fois. En 1983, après une paire d'années passée en Suisse comme responsable de la sécurité d'un palace bâlois, les autorités helvétiques l'avaient expulsé pour «raisons inconnues» et il était parti en Afrique tenter de se faire oublier, avait échoué dans cette entreprise puisque les services de renseignement français y avaient scruté ses moindres faits et gestes, puis était revenu sur sa terre natale goûter aux fruits mûrs de l'âge d'or barbouzard. Pilier de l'association «France Corse République», à la fois maison de retraite pour colonels revanchards et officine de placement des gros bras du Milieu, on l'avait soupçonné d'avoir mis la main à plusieurs plasticages visant des militants nationalistes et le siège d'une association culturelle. La note évoquait un «climat d'extrême tension».

En 1987, Jacques Costantini avait épousé la fille d'un rapatrié d'Algérie installé dans l'Hérault et le couple s'était établi à Corte, où le jeune marié était tombé une quatrième fois dans une affaire de détention illégale d'armes à feu. Incarcéré en région parisienne, il avait reçu les visites régulières de «RENOUVIN, Gérard, conseiller du garde des Sceaux pour les affaires criminelles» et «ATALANTO, François Dominique, sous-préfet en disponibilité» avant de recouvrer la liberté et d'attirer une nouvelle fois l'attention des RG, en fréquentant assidûment le bar d'un Bastiais abonné à la correctionnelle et présenté comme le «fournisseur d'armes de MASSIÉ, Jacques, victime de la tuerie d'Auriol le 19/07/1981».

La surveillance exercée par les services de renseignement semblait avoir été interrompue à ce moment-là, au tournant de l'année 1990. Les fichiers suivants ne contenaient que de longs rapports consacrés aux soubresauts du petit monde nationaliste, aux turpitudes d'élus et aux petites saloperies sur des journalistes locaux, à quelques prévisions électorales détaillées d'où il ressortait que la seule préoccupation de Paris consistait à tenir les natios éloignés des urnes.

Puis, fichier numéro 1025/12651 : Costantini sort du bois pour du sérieux. Une note blanche de huit pages, qui ressemble surtout à des observations personnelles mises au propre par un flic consciencieux, évoque un projet d'exécution ourdi par un petit commando d'abonnés aux coups tordus. La cible : LECA, Paul-Louis, dirigeant de Corsica indipendente, qui vocifère dans la presse contre les discussions secrètes entre Paris et Avvene Corsu, ses concurrents directs.

«L'initiative, est-il écrit, revient à S.B. via R. Vincensini, sec. gén. préf. Corse. Grpe action constitué de :

* LORENZI, François, militaire retr., ex lutte anti OAS en Algérie

* FOURNIER, Alain-Pierre, ex SAC

* EMMANUELLI, Valère, révoqué police nat., proche milieux extr dr.

* COSTANTINI, Jacques, 33 ans, très défavorablement connu services ».

Le projet d'assassinat est ficelé, « de nombreux repérages menés » mais quelqu'un a la mauvaise idée de l'ouvrir avant l'heure et la manœuvre est éventée par un facétieux hasard : un accident de voiture sur la route de Cargèse, le coffre d'une 205 désertée par ses occupants ouvert sur deux automatiques calibre 9 millimètres de fabrication belge et un lot de photos volées – Leca à la terrasse d'un café d'Ajaccio, Leca jetant un coup d'œil par-dessus son épaule avant de rentrer chez lui, Leca à l'intérieur d'une boulangerie, le tout accompagné d'observations manuscrites sur les habitudes du grand chef natio. Manque de bol pour les barbouzes, l'un des pompiers appelés sur les lieux de l'accident est militant actif de Corsica indipendente. Il rafle tout, prévient Leca.

La suite est résumée par quatre coupures de presse scannées, avec leurs vilaines photos d'un noir profond et baveux : François Lorenzi, 52 ans, adjudant de la Coloniale en retraite, est exécuté de deux balles dans la poitrine et deux autres dans la nuque alors qu'il quitte l'entrée secondaire de la préfecture d'Ajaccio tard dans la soirée du 12 mars 1990. Il est porteur d'un 11.43 ; Valère Emmanuelli, 52 ans itou, ancien policier et désormais gérant d'une supérette est abattu au volant de son véhicule à Moriani, dans la Plaine orientale de l'île douze jours plus tard, le 24 mars 1990. Il a le temps de riposter et touche le conducteur d'une motocyclette venant à contre-sens. On retrouve dans son véhicule des tracts dénonçant Corsica indipendente comme un repaire de trafiquants de drogue – le tract est signé *Cruciata corsa*, «Croisade corse», de l'élucubration de barbouzes dans le texte. Dernier macchabée: Alain-Pierre Fournier, 39 ans, employé dans un labo photo, est exécuté à son domicile de la rue Fesch, à Ajaccio, le 29 mars 1990, de six décharges de chevrotines et de deux balles de 357. L'enquête s'oriente d'abord vers la piste de dettes de jeu mais, selon la presse, «les investigations démontrent que la victime était en contact permanent avec Valère Emmanuelli, abattu samedi dernier, il y a cinq jours».

La revendication ne tarde pas: un mois plus tard, trois cents gus armés fixent rendez-vous à quelques journalistes à une heure de marche du col de Vizzavona pour une conférence de presse champêtre. Le porte-parole du FLNC-CO, la voix déformée par un laryngophone trafiqué, endosse la responsabilité des trois flingages «au nom de nos militants et de la lutte de libération nationale». L'anonyme cagoulé enfonce le clou en mettant en cause la responsabilité de l'État et celle de ses «relais politiques claniques locaux et d'anciens frères de lutte dévoyés» dans l'escalade de la violence.

Jacques Costantini, lui, a échappé au massacre.

*

Devant moi, une dizaine de feuilles raturées, couvertes de mon écriture de handicapé calligraphique. Rescapées d'une nuit de tabagie, trois malheureuses clopes se battent en duel dans le paquet de Menthol. Stock de Colomba épuisé. Un fond de Jack Honey me fait de l'œil. J'évalue le niveau de la bouteille, passe finalement mon tour pour conserver les idées claires. À travers la fenêtre du double séjour, le ciel vire du violet profond à l'orangé. Je me lève, m'étire sur le balcon et hume à pleins poumons l'arôme fétide de poubelles recuites qui monte de la ville.

Je retourne à mon ordinateur, fais défiler la souris sans comprendre ce que je cherche.

Fichiers numéros 1026 à 2 174/12 651 : infos inexploitables, chronologie basculée cul par-dessus tête, les premières notes de l'enquête sur l'assassinat du préfet Marnier en février 1998 avant les résultats des élections de 1992, des listings de plaques minéralogiques, de numéros de téléphone, une dizaine de vues d'une maison de campagne prises au téléobjectif.

Fichier 2175. Quelques feuilles tapées à la machine font référence à la note sur les trois assassinats de barbouzes. Les documents ont le même rédacteur : on y retrouve un sens du détail et des abréviations identiques. Un résumé des épisodes précédents puis un quatrième paragraphe : « Des ogives pratiquemt intactes retrouvées scène crime FOURNIER démontrent armes utilisées dans le cadre des homicides LORENZI + FOURNIER + EMMANUELLI (représailles projet assassinat LECA /1990) présentent caractér. identiques avec celles utilisées pour :

* TH 5/5/92 VINCENSINI, Robert… »

En dessous, une coupure de presse a été collée,

trois colonnes consacrées à la «TH», pour Tentative d'Homicide commise le 5 mai 1992 sur la personne de l'estimable Robert Vincensini, directeur de cabinet du préfet de police en poste à Ajaccio. Les faits ont eu lieu alors qu'il quittait son bureau vers 21 heures, après une dure journée de labeur au service de la République. L'affaire n'a reçu aucune suite dans la presse et pour cause : le 5 mai 1992 marque la date de la catastrophe de Furiani, les chiens écrasés retournent à la niche, chassés par l'onde de choc de la tragédie. Exit Robert Vincensini et bonjour…

* 11/07/93 HOMICIDE ANSIDEI, Marc-Antoine, 35 ans. Route Calenzana – 3 décharges chevrot. – 4 × 357 mag. Condamné × 2 pour traf. stups

* 11/07/93 HOMICIDE FOLACCI, Marius, 42 ans, Galeria. Dînait av épouse brésilienne + fille (9 a.) – 3 agresseurs – 3 × 357 mag. *NOTE : Folacci impliqué opération import. héroïne Phoenix (1984), cavale Brésil. Retour en Corse courant 1991* ».

* 30/7/93 BARBATO Pier-Franco, NAT. ITALIENNE. Abattu port de Bonifacio circa 6 H mat. – 2 × décharges chevrot. 1 × 357 mag. Rentre en hors-bord de l'île de Cavallo (a passé nuit av inconnue – investig. en cours).

Là, on change de dimension. Pier-Franco Barbato, dit «L'Albanese», était un petit comptable originaire de Santa Cristina Gela, en Sicile mais résidant à Rome où, au service de Pipo Calo, capo de la famille de Porta Nova, il avait réalisé de juteuses opérations de blanchiment en Suisse et au Luxembourg. Sur l'île de Cavallo, au large des côtes bonifaciennes, il avait acquis pour le compte de Calo des terrains à lotir pour un montant total de 3,8 millions de francs. Son assassinat avait fait la une de la presse de Rome à Paris en passant par Caracas – Barbato était aussi l'heureux détenteur d'un passeport vénézuélien.

La note manuscrite consacre de longs développements aux excellents renseignements obtenus par le commando monté sur l'Albanese et, notamment, sur les tirs « appliqués exclusivemt côté gauche » : sous un faux nom, Barbato venait de subir une opération de chirurgie esthétique dans une clinique milanaise « pour une reconstr. faciale après accid. de la rte – perte œil G. ». Le boulot des médecins avait rendu le handicap de Barbato indécelable.

La note évacue l'hypothèse de flingueurs particulièrement en veine et se conclut par un hommage au professionnalisme d'« une équipe capable de mobiliser renseign. 1re main et d'agir en plein j. avec sg frd et détermin. ».

Une équipe qui s'en prenait à des barbouzes et des trafiquants de drogue.

Et qui avait, aussi, laissé des traces derrière elle.

15

Toujours le même cauchemar, la tête aux yeux vides rebondissant sur le pont d'un bateau, ciel blanc nucléaire. Son corps décapité qui me tourne le dos, toujours debout.

Des bandes de lumière découpées par les persiennes rayaient le parquet sombre de ma chambre. Je m'étais couché aux premières lueurs du jour, la tête farcie de dates et de noms que je ne parvenais pas à relier entre eux. Mes os craquèrent lorsque je repoussai les draps trempés de sueur.

Je posai mon téléphone portable près du lavabo de la salle de bains, y connectai une enceinte et laissai le flow de Deezer choisir pour moi.

Fabien assassiné, Marie-Thé en cavale.

Marie-Thé probablement réfugiée chez Francesca Ottomani.

Francesca Ottomani surveillée par Jacques Costantini.

Jacques Costantini, proche de barbouzes éliminées pour avoir projeté de liquider Paul-Louis Leca.

Paul-Louis Leca me demandant de remettre la main sur Marie-Thé et à présent...

… faisant tinter des glaçons contre les parois de son verre, assis à une table près de l'entrée de la pizzeria U fornu rossu[1], notre lieu de rendez-vous.

En sortant de ma douche express, j'avais utilisé l'unique numéro enregistré sur le portable crypté que son larbin numéro 1 m'avait remis après l'enterrement de Fabien.

« On se retrouve là-bas », avait dit Leca, c'est-à-dire dans un resto décati posé au bord de la quatre-voies, à trente bornes de Bastia. Dehors, les deux gardes du corps de Leca faisaient le pied de grue. À mon arrivée, au fond d'une immense salle, un serveur plutôt nerveux rangeait des couverts dans une desserte en jetant des coups d'œil à la table où Leca avait pris place. Une grosse femme en chignon fit son apparition et glissa deux mots à l'oreille du serveur, qui lâcha ses fourchettes et ses cuillers pour la suivre à l'intérieur de la cuisine.

« Du nouveau ? demanda Leca.

— Une bonne piste. »

Il réprima une moue. Je le fixai.

« Vous pensiez me voir rappliquer avec Marie-Thé sous le bras ?

— On peut rêver. Cette nouveauté, elle consiste en quoi ?

— Un point de chute probable localisé. Marie-Thé y est déjà passée de manière certaine. J'ignore si elle y est encore vu qu'on est plusieurs sur le coup. »

Leca reposa son verre.

---

[1]. Le « four rouge ».

«Plusieurs sur le coup…
— Des gens à vous ?
— Pourquoi vous charger du job si j'avais des gens à moi en place ?
— Pour brouiller les pistes.
— Aucun sens. Est-ce qu'elle va bien ?
— Difficile à savoir.
— Et vous le saurez quand ?
— Une histoire de deux jours, peut-être trois. Disons, d'ici vendredi. »

Le plus jeune de ses deux nervis poussa la porte du restaurant et interrogea son patron du regard. Leca lui répondit d'un signe de tête. Le jeune type disparut.

« J'imagine que vous attendez quelque chose ? demanda Leca.
— Que vous teniez parole.
— Vous débarquez avec votre moitié de tuyau et vous pensez que vous avez rempli votre part de contrat ?
— Alors, on arrête là. »

Je me levai, tirai l'enveloppe de ma poche, la laissai tomber sur la table.

« Je ne veux pas de votre fric non plus. Son odeur couvre même celle des poubelles.
— Asseyez-vous, dit Leca.
— Vous avez quelque chose à me dire ? Dites-le et je continuerai le job. Dans le cas contraire, on se quitte mauvais amis et on passe à autre chose.
— Entendu, fit-il après un moment. Mais avant de vous expliquer, je veux que les choses soient claires. J'ai décidé de vous faire confiance, ce qui ne veut pas

dire que je sois prêt à me faire baiser. Si jamais vous ne trouvez pas Marie-Thé, votre vie va devenir très compliquée.

— Plus compliquée que celle d'un alcoolo fauché entouré de cadavres ? »

Leca porta le verre à ses lèvres.

« Vous avez entendu parler de l'affaire du *Sampiero-Corso* ?

— Vaguement. J'étais trop cuit pour m'intéresser au boulot des collègues, à l'époque.

— Trafic d'armes et de drogue à bord du fleuron de la SNCM. Il y a quatre ans environ. Cherchez par là.

— Vous êtes complètement cinglé.

— Possible, dit Leca en repoussant sa chaise. Mais pour tremper dans cette histoire, votre copine devait l'être aussi. »

16

Tics et sueurs froides, crise de fièvre en plein jour. Qu'est-ce que le trafic à bord du *Sampiero-Corso* pouvait bien avoir à faire avec sa disparition ? Elle avait très peu d'amies, ne fréquentait pas grand monde, bossait dans un cabinet d'assurances. Ses seules distractions : nos voyages en Italie, ses séances de sport quotidiennes. Pas de lecture. Quelques randonnées. Trouver un lien, un contact, un point de friction. J'essayai de passer en revue le pedigree de ses connaissances.

Marie-Pierre : diététicienne, avait épousé un avocat, rien à voir.

Ghjulia : chef-pâtissier, deux petites filles, sans histoires.

Anne-Marie : en couple, un gosse, chargée de com d'un élu.

De mémoire, l'affaire du *Sampiero-Corso* avait permis de mettre la main sur pas mal de flingues et une quantité mesurée de came, quelques kilos de coke dans la cantine d'un marin de la SNCM, la principale compagnie de ferries qui desservait à l'époque la route maritime entre Corse et Continent. La PJ avait bouclé l'affaire après un an d'enquête. Placardisé au Bureau des homicides simples et confit dans un bain de gnôle, je n'avais pas bossé sur le dossier, qui avait mobilisé des services locaux et des unités spécialement dépêchées depuis Paris. Le démantèlement du réseau avait assuré au patron de la PJ un catapultage en bonne et due forme vers un avenir plus radieux que son affectation prolongée en Corse. C'était à peu près tout ce dont j'étais capable de me souvenir et, aussi, la seule piste sérieuse depuis le jour où j'étais rentré à la maison pour découvrir son placard vide.

*

Pour me tenir aussi éloigné que possible d'une bouteille, j'avais laissé la Saxo m'emmener le long de la route du Cap, pratiquement jusqu'à la pointe nord de l'île, sans autre but que rester en mouvement, concentré sur les virages et les raclements du moteur. Puis j'avais simplement rebroussé chemin en m'autorisant une halte sur la plage de Petracorbara, où le restaurant posé au bord de l'eau n'était pas encore assailli d'une nuée de touristes. Un couple occupait l'une des tables blanches dressées sous un dais de lin. La femme pouvait avoir une cinquantaine d'années, les cheveux acajou sous un immense chapeau. Elle était vêtue d'un paréo jaune qui laissait entrevoir d'assez jolies jambes. L'homme, quelques années de plus au compteur, consultait son téléphone portable et répondait par de brefs hochements de tête aux questions de la femme, qui s'exprimait en anglais. Étaient-ils mariés ? Un couple illégitime ? Et cet accent ? Des vacanciers américains lassés de Venise, en quête d'un endroit plus exotique ? Comment avaient-ils fait connaissance ? Depuis quand vivaient-ils ensemble ? Des enfants ? Combien ? Des jumeaux, peut-être. J'aimais bien l'idée de jumeaux, un garçon et une fille déjà en fac, auxquels ils envoyaient des sms en prenant soin de ne pas les réveiller à cause du décalage horaire : des photos de la côte tourmentée du Cap, peut-être de la statue équestre de Napoléon s'ils étaient passés par Ajaccio. J'imaginais leur vie douce et paisible, avec un lot de contrariétés et de petites misères tout à fait acceptable, tout ce à quoi je n'aurais jamais droit.

Le couple finit par se lever. Le vent fit voler un coin du paréo de la femme et elle éclata de rire en tenant son chapeau d'une main. L'homme mit le bras autour de sa taille et l'emmena à l'intérieur du resto en tâtant la poche arrière de son short à la recherche de son portefeuille.

Après leur départ, je restai encore une bonne heure jusqu'à ce qu'un serveur vienne me demander de régler le montant du café et du jus de fruit en prétextant la fin de son service. Pour la première fois depuis longtemps, je m'étais tenu à moins de cinq mètres d'un comptoir copieusement garni sans penser à commander un verre d'alcool en me jurant qu'il serait le seul de la journée.

L'affaire *Sampiero-Corso*.

Came et flingues à bord des bateaux de la SNCM. De mémoire, le procès avait abouti à quelques condamnations mais une partie du réseau avait pu passer entre les mailles du filet.

Quel rapport avec elle ?

Je pouvais me renseigner auprès d'un avocat, essayer de me procurer le dossier mais, sur cette île, les nouvelles circulaient trop vite pour prendre le risque d'éveiller les soupçons.

En revanche, quelqu'un pouvait peut-être m'aider à y voir plus clair.

17

Éric Luciani m'attendait derrière la porte du sas de sécurité de la station de télévision, un immeuble anonyme de trois étages à la façade en verre, construit au beau milieu d'un ensemble résidentiel sur les hauteurs de la ville. Il tenait à la main un shaker de boisson protéinée d'une couleur irisée assez indéfinissable.

«C'est bon, Sophie», dit-il à l'adresse d'une femme vêtue d'une tenue de simili-pompier qui commandait l'ouverture du sas. Derrière la vitre blindée, la vigile actionna un bouton qui libéra la lourde porte.

«Ça ne plaisante pas, chez vous.

— Mesures de sécurité depuis une dizaine d'années après des menaces assez sérieuses. Vous n'êtes jamais venu?

— Une seule fois, à l'époque de l'enquête sur l'assassinat du préfet. On devait saisir des documents mais les journalistes nous ont mis dehors. C'est la première fois que j'y viens de nuit, en revanche. Je vous oblige à faire des heures sup.

— J'avais du boulot à terminer de toute façon.»

Je le suivis dans son bureau, une pièce étroite encombrée de dossiers, de bouquins aux couvertures cornées, de copies de documents judiciaires. Je lui expliquai les raisons de ma visite.

« Juste ça ? demanda-t-il. Consulter les archives de l'affaire du *Sampiero-Corso* ?

— Ça me serait très utile. Pour tout vous dire, c'est purement personnel. »

Il fronça les sourcils.

« Venez », dit-il en se levant.

Au bout du couloir, une porte ouvrait sur le service de la Documentation. Il demanda la clé à la vigile, qui nota sur un registre la date et l'heure tardive de ma visite.

« Effacez ça, lui dit-il.

— J'ai des consi…

— Ne me le faites pas répéter. »

La vigile rouspéta puis ratura les chiffres qu'elle venait d'inscrire sur le registre. Éric Luciani me rejoignit devant la porte des archives et déverrouilla la serrure puis entra en refermant derrière nous. Les néons clignotèrent en grésillant, illuminant par intermittence les rangées d'étagères garnies de boîtiers de cassettes vidéo grises et jaunes, les armoires coulissantes remplies de dossiers suspendus. Les archives, disposées sur de longs rayonnages dont la perspective se perdait dans l'obscurité, meublaient tout le côté gauche de la pièce.

« Vous avez l'année ? demanda-t-il.

— De mémoire, ça a dû avoir lieu vers 2014, 2015. »

Au bout de quelques minutes, il revint avec un classeur en carton au dos duquel était écrit au feutre marqueur «AFF. STUPS 2015». Il se dirigea vers l'un des deux bureaux gris disposés sous une fenêtre, y déposa le dossier et en sortit plusieurs chemises.

« Les filles de la doc ne laissent rien passer, dit-il. Tout est là, presse locale et nationale, avec les dates et l'ordre chronologique de parution. Pour les affaires les plus importantes, il leur arrive même de faire un récapitulatif de quelques pages avec les références des reportages diffusés sur le sujet. Toute notre mémoire disponible, mieux que sur un disque dur. Vous voulez jeter un œil ?

— Je risque d'en avoir pour pas mal de temps.»

Luciani fit mine de ne pas avoir saisi le sous-entendu et me proposa de rester sur place toute la nuit s'il le fallait. En d'autres termes, je pouvais me brosser avant de repartir avec le dossier sous le bras. Puis il poussa la porte, traversa le couloir et j'entendis le tintement de pièces de monnaie, le bourdonnement sourd d'une machine à café. Luciani ramena un gobelet de café qu'il posa sur le bureau où je m'étais installé.

«Je vous préviens, dit-il, c'est le pire truc que vous avalerez de votre vie.» Il ne devait jamais avoir goûté celui du commissariat.

Méticuleusement collées sur des fiches cartonnées, les coupures de presse résumaient les souvenirs que j'avais conservés de l'affaire du *Sampiero-Corso* : un tuyau parvenu à la PJ, des mois de filatures et d'écoutes téléphoniques pour faire tomber un réseau d'importation de coke et d'armes via le navire-amiral de la SNCM. Pendant près d'un an, les collègues avaient laissé les trafiquants bosser en toute quiétude, le temps de loger tous les membres du réseau, en Corse et à Marseille, d'identifier les cabines téléphoniques, les brasseries et les snacks du boulevard de la Corderie, de l'avenue Saint-Just, de la cité de l'Escalet où transitaient la plupart des appels entre l'île et le Continent. Une livraison de six kilos de cocaïne avait été reportée à deux reprises pour cause de gros temps et, finalement, une mule recrutée dans une cité marseillaise avait fini par débarquer à Bastia un soir de septembre 2015 et monter à bord d'une Audi A3 Sportback aux vitres teintées qui stationnait près du port. Les flics avaient filé la bagnole jusqu'à un motel à la sortie de la ville et, le lendemain matin, trente et une personnes s'étaient retrouvées avec un pied sur la nuque et des menottes aux poignets, des spécialistes corses du trafic de came, des navigateurs fauchés arrondissant leurs fins de mois, des petites mains de cités, une poignée de sans-papiers, plus deux responsables d'un syndicat de marins. En sus des six kilos de coke trimballés par la mule et des neuf autres kilos planqués dans trois appartements distincts, les flics avaient mis la main sur un arsenal assez impressionnant : deux fusils à pompe Benelli tout juste sortis d'usine, trois Kalachnikov, un lot de pistolets-mitrailleurs autrichiens Heckler Und Koch équipés d'accessoires de visée holographique et quelques armes de poing signalées disparues d'un stand de tir de Cuges-les-Pins. Personne ne savait à qui, ni à quoi étaient destinés ces flingues.

« Vous trouvez ce que vous cherchez ? demanda Luciani.

— Je ne sais même pas ce que je cherche.

— Fâcheux.
— Comme vous dites. Vous savez pourquoi le réseau est tombé ?
— Les raisons habituelles : quelqu'un a ouvert sa bouche. »

Je refermai le dossier. La tension nerveuse accumulée pendant la journée menaçait de se relâcher d'un coup et j'avais trop peu dormi la veille pour m'en tirer. Je devais à tout prix éviter de croiser un bar sur le chemin du retour.

« Le plus marrant dans cette affaire, dit Luciani, c'est que vos collègues de la PJ sont passés à côté de deux kilos de came de synthèse dans une des planques perquisitionnées. Des cachets de je ne sais quoi, un truc assez inhabituel.
— Ils ne les ont pas trouvés ?
— Non. Ils cherchaient de la coke, ils ont trouvé de la coke. Les cachetons ont été récupérés plus tard par quelqu'un du réseau. Un truc bizarre : il n'y a pas vraiment de marché local pour ce type de produits.
— Une clientèle, ça se fabrique.
— Si vous le dites. En tout cas, les cachets se sont envolés. »

Je n'avais rien à foutre des pilules à rêves, j'essayais d'établir une connexion, trouver un nom qui collerait à un autre nom, à un troisième, qui pourrait me mener jusqu'à elle. Je passai aux fiches cartonnées relatant le procès. L'affaire avait été jugée deux ans plus tard, en 2017 : des peines de deux ans avec sursis à quinze années de réclusion. Fermez le ban.

Luciani s'installa dans un fauteuil, les pieds en appui sur le rebord d'un bureau. Il avala une gorgée de sa mixture énergétique, s'essuya le coin des lèvres avec un carré de mouchoir en papier.

« Vous vouliez voir autre chose ?

— Puisque vous le demandez si gentiment. Une histoire de barbouzes flinguées par le Canal opérationnel dans les années 90, ça vous parle ?

— Lorenzi, Emmanuelli, Fournier. J'en ai couvert deux sur trois.

— Qu'est-ce que vous pouvez m'en dire ?

— Faudrait que je me replonge dans les archives, moi aussi. Bougez pas. »

Il disparut une nouvelle fois entre les rayonnages, en émergea cinq minutes après avec trois cartons qu'il tenait à bout de bras.

« Les années de plomb. Forcément, ça pèse plus lourd », dit-il en posant son fardeau sur le bureau.

Les boîtes menaçaient d'exploser sous la pression des dossiers archivés. Sur chaque couvercle était inscrit le décompte macabre. 1990-1991 : quarante-trois assassinats, vingt-sept tentatives ; 1992 : vingt-six assassinats, dix-sept tentatives ; 1993 : trente-trois assassinats, vingt et une tentatives. Le tout pour 250 000 habitants, record mondial du meurtre par tête de pipe, loin devant le Mexique et le Nigeria.

« J'aurais pas dû m'emmerder à transbahuter ces cartons, fit Luciani. Les affaires qui vous intéressent ont toutes eu lieu en 90, à quelques jours d'intervalle. Drôle d'époque.

— Il se disait quoi, à l'époque ?

— Pour une fois, c'était assez clair. Les gars d'Avvene Corsu, qui venaient de faire scission, négociaient en sous-main avec le gouvernement. On parlait d'un nouveau statut. Leca gérait la boutique d'en face, Corsica indipendente. Il l'a appris, a commencé à gueuler dans la presse, ça faisait mauvais genre. Quelqu'un a eu l'idée de le liquider.

— Qui ça ?

— Le relais sur place était Robert Vincensini, le directeur de cabinet du préfet de police. Il a été grièvement blessé dans une tentative d'assassinat deux ans plus tard. Mais l'ordre venait de plus haut, de Simon Beretti, l'exécuteur des basses œuvres, le seul grand flic à avoir survécu à tous les changements de gouvernement. Une pièce indispensable sur l'échiquier.

— Vous avez des preuves ?

— Vous plaisantez ? Tout le monde était au courant : Beretti a chargé Lorenzi, Emmanuelli et Fournier de faire le boulot. Un quatrième mec devait en être avant d'être écarté du projet : pas assez fiable.

— Un certain Costantini.

— Possible. Ça ne me dit rien. En tout cas, l'histoire s'est retournée contre Beretti. Leca en est sorti grandi après la méga-conférence de presse de revendication dans le maquis. D'une, il a mis le gouvernement le nez dans sa propre merde avec une sale histoire de barbouzes cinq ans après le *Rainbow Warrior*. De deux, il a montré ses muscles avec son équipe de flingueurs furtifs.

— Expliquez-moi ça.

— À part Fournier qui était un fanfaron imbibé du matin au soir, les autres connaissaient leur missel. Emmanuelli était un ancien flic prudent comme un Sioux et pas manchot avec un calibre; Lorenzi, ex-para en Indochine, avait torturé en Algérie. Pas des fellaghas : des membres de l'OAS. Pour monter sur des bonshommes de cette trempe, il ne fallait pas trembler des genoux. On a commencé à parler de militants triés sur le volet et envoyés dans des camps d'entraînement en Palestine ou en Irlande du Nord. Leca n'a pas démenti.

— Vous y croyez?

— Pour ce que ça change. »

Je bâillai à mon tour, l'esprit passablement embrouillé.

« Vous savez si ces types ont été mêlés à d'autres affaires?

— Pas à ma connaissance, dit Luciani.

— Ça vous intéresse de le savoir? »

Le journaliste fit un effort surhumain pour dissimuler sa curiosité. Il se redressa, lissa son jean d'un geste de la paume.

« Ce sont de vieilles affaires mais dites toujours.

— La tentative d'assassinat de Robert Vincensini devant la préfecture d'Ajaccio, en 1992. Et deux trafiquants de drogue exécutés le même jour un an plus tard, plus un mafieux italien quelques mois après : ça vous parle ?

— Laissez-moi réfléchir, dit-il. Pas difficile pour le mafieux : Barbato ?

— Exact. Et les trafiquants s'appelaient Ansidei et Folacci. Les flics ont gardé l'information secrète mais les assassinats de Lorenzi, Emmanuelli, Fournier, Folacci, Ansidei et Barbato ont été commis avec la même arme, à trois ans d'écart. Entre-temps, le même calibre a été utilisé sur Vincensini en 1992. Cette fois, vos tueurs furtifs ont raté leur coup. »

Luciani se pencha sur les articles, en lut deux à la suite.

« À chaque fois, les tueurs ont utilisé des chevrotines et du 357 magnum. Ces deux types de munitions sont pratiquement intraçables. Comment les flics auraient pu les remonter ?

— Ils ne se sont pas emmerdés avec le calibre de chasse. Mais pour le 357, ils y sont arrivés. Ne me demandez pas comment. En tout cas, une source béton est formelle : le même calibre a tiré les six fois. »

Luciani ouvrit le carton daté de 1993, en extirpa plusieurs chemises qu'il passa en revue avant de s'arrêter sur les bonnes.

« On a Ansidei ici. Et Folacci là. »

Chemises vertes, quelques articles : *Corse-Matin*, *Le Provençal-Corse*, une brève dans *Le Monde*, une pleine page dans le *JDD* sous le titre : « En Corse, le spectre d'une guerre entre trafiquants de drogue ».

Puis une chemise couleur violette : BARBATO, 30 JUILLET.

« On y est, dit Luciani. Il y a même un papier de *La Repubblica*. Barbato le valait bien.

— Je peux jeter un coup d'œil ? »

Luciani me tendit le dossier : une quinzaine de papiers bourrés d'hypothèses sur l'implication des services secrets italiens ou de clans mafieux siciliens. Pas une ligne sur une piste locale. Et, au milieu de tout ça, une feuille volante couverte de caractères d'imprimante et rédigée en langue corse, avec les accents toniques ajoutés au stylo.

« Qu'est-ce que c'est ?

— Aucune idée, répondit Luciani. Faites voir. »

Son regard parcourut le texte.

« Ça ressemble à un communiqué de revendication. Ansidei. Folacci. Barbato. Signé : Commando Maria Gentile. Jamais entendu parler. Vous avez trouvé ça où ?

— Classé au milieu des papiers sur Barbato. Un communiqué de revendication de trois assassinats, dont celui d'un mafieux italien, et vous n'en avez jamais entendu parler ? »

Piqué au vif, Luciani me rendit la feuille.

« Vous savez combien de communiqués on recevait chaque mois ? Des dizaines. Deux ou trois respectaient un canal d'authentification. Le reste : des mythomanes et des poussettes, peut-être même l'État qui s'y collait parfois histoire d'ajouter du bordel au bordel ambiant. Avec son logo à la con, celui-là fait encore moins sérieux que les autres. »

J'écoutais à peine Luciani. J'avais déjà vu ce « logo à la con » à un endroit précis.

18

Passablement vexé de ma réflexion sur le communiqué de revendication passé à la trappe, Luciani m'avait autorisé à faire des copies des articles de presse après avoir expédié la vigile faire un tour dans les étages supérieurs. En nous quittant sur le parking de la station de télévision, nous nous étions promis de nous tenir informés en cas de nouveau et il avait regagné son bureau.

De retour chez moi, j'avais étalé les coupures de presse sur la table basse du salon en me demandant comment, d'une plaque minéralogique, j'avais bien pu me retrouver en train de brasser un demi-kilo de paperasse et un paquet de mauvais souvenirs. Pour ordonner tout ça, il me fallait remonter le temps et planter le décor, y introduire les personnages, analyser leurs motivations et observer de quelle manière ils avaient pu interagir en fonction de leurs intérêts du moment.

Pour le lieu : la Corse et ses natios en ébullition, ses barbouzes au charbon, un futur paradis des illusions perdues.

La chronologie : trois barbouzes exécutées en 1990,

actions revendiquées par le FLNC-Canal opérationnel de Paul-Louis Leca ; deux trafiquants de drogue locaux et un mafieux sicilien abattus trois ans plus tard avec la même arme. Cette fois, la revendication émanait d'un mystérieux « Commando Maria Gentile » que personne n'avait pris au sérieux.

Que s'était-il passé entre les deux dates ?

Rien de particulier en 1991, à part un nouveau statut assez bâtard élaboré après négociations entre la gauche et les natios dissidents d'Avvene Corsu. Un an plus tard, en 1992, la droite, majoritaire à l'assemblée de Corse, n'avait pas mis longtemps à le torpiller. Puis, en 1993, les natios avaient commencé à s'entretuer. Protagonistes : le FLNC-Canal opérationnel, bras armé de Corsica indipendente, et Fronte patriottu, mouvement clandestin d'Avvene Corsu. Œil pour œil, militant pour militant, des dizaines de familles déchirées par le déluge de plomb, deux années d'enterrements ininterrompus.

Le point de bascule se trouvait à ce moment précis. Que disait le communiqué du « Commando Maria Gentile » ? Quelques lignes traduites du corse : « Alors que les forces vives de la lutte de libération nationale tombent dans le piège de l'affrontement, nous réaffirmons solennellement notre volonté de lutter encore et toujours contre l'État, ses relais locaux et ses séides de la voyoucratie qui le servent en empoisonnant la jeunesse corse. Nous dédions l'élimination de deux trafiquants de drogue et du mafieux Barbato à la mémoire de notre camarade Tito Dolovinci. »

Jean-Baptiste « Tito » Dolovinci était le premier

mort de la guerre entre nationalistes, le patient zéro, un jeune militant devenu une icône, dont le portrait peint au pochoir recouvrait la moitié des murs de l'île.

Avec ça, j'étais bien avancé.

J'allumai une clope en jetant un coup d'œil à l'horloge de mon portable.

01 h 45.

Trop tard pour tenter de joindre Leca. Qu'aurais-je pu lui dire de toute façon ? Que je commençais à douter des raisons de son intérêt pour Marie-Thé, histoire de gagner un petit tour dans une décharge sauvage avec ses deux sbires ?

Je décapsulai une Colomba.

Je tenterais le coup le lendemain.

Peut-être.

Pour cette nuit, je n'en avais pas encore terminé. Après avoir pesé le pour et le contre, j'enfilai une veste en toile par-dessus ma chemise à fleurs. S'il y avait une heure à laquelle j'étais certain de trouver Fred chez lui, c'était bien au cœur de la nuit.

*

Fred, alias Fred le Ped : flamboyante folle et légende vivante de l'underground chimico-planant de l'île, élevé par une mère dépressive dans un village de montagne, papa disparu avec armes et bagages avant la naissance. Puis la découverte de la ville à douze ans, interne au collège de Bastia une fois maman au fond d'un ravin après un saut de l'ange de soixante mètres. La vie de

Fred : du Dickens transposé à la fin du XXe siècle sur une petite île de Méditerranée.

Un bref passage aux stups lorsque j'étais rentré en Corse, après mes premières armes de flic dans le 93, m'avait fourni l'occasion de faire sa connaissance. C'était un mec drôle à crever et malin comme un singe, spécialiste de l'embrouille et grand sorcier des drogues synthétiques, seul dealer corse à pouvoir approvisionner une clientèle de niche, extrêmement exigeante, en produits exotiques : du PT141 et du Black Bomber, du Dimitri et de la méphédrone, du MXE, du 2C-E et des dérivés de Fentanyl, du Spice et du Dutch Orange, du Modiodal en poudre, en cachetons, en solution pulvérisable, des trucs assez costauds pour bander huit jours ou rester éveillé autant de temps, se prendre pour une divinité de Mésopotamie, taper la discute avec ses ancêtres ou sentir son corps se transformer, des orteils à la racine des cheveux, en capteur d'orgasmes surpuissants.

Grâce à ce juteux business pour aventuriers du trip haut de gamme, Fred le Ped avait amassé une jolie fortune, de quoi régler rubis sur l'ongle un duplex avec toit-terrasse dans un ensemble résidentiel anonyme près de l'aéroport de Poretta, avec service de vigiles privés, accès sécurisé et ascenseurs à code digital. Sur neuf appartements de très grand standing, deux étaient occupés à l'année, le sien et celui du promoteur à l'origine du projet immobilier, qui n'y mettait jamais un pied. Les autres étaient discrètement mis à la disposition d'importants chefs d'entreprise ou de gros voyous venus du

Continent pour un voyage d'affaires dans l'île – clientèle identique, mêmes usages, mêmes exigences et tout bénéf pour l'ami Fred, qui pouvait à loisir s'adonner à sa seconde passion, rémunérée elle aussi : fouetter le cul des gays honteux que les rencontres furtives sur les plages du cordon lagunaire n'émouvaient plus.

À l'étage de son appart, des spécialistes parisiens lui avaient aménagé un donjon sadomaso high-tech mêlant inspiration médiévale et délire de haute technologie, avec cages en fer incrustées de leds, croix de Saint-André truffées de résistances électriques, fausses torches à diodes encadrant des écrans plats où des films gore importés de Hongrie tournaient en boucle – des trucs mettant en scène des Doberman spécialement dressés pour baiser des humains et des mecs bardés de cuir s'urinant mutuellement au visage au milieu de bassins, que Fred baptisait finement des « pisse-in, ah ah ah ».

Fred était aussi le seul être humain à m'avoir tendu la main lorsque j'avais perdu pied après la disparition de celle que j'aimais, le seul à me récupérer dans le caniveau, me ramener chez moi, me border et passer la nuit sur mon canapé déglingué au milieu de mon immense salon sans chauffage pour s'assurer que je ne m'étouffais pas dans mon dégueulis en dormant. Il m'avait sauvé la vie, pas une fois mais dix.

*

Je garai la Saxo à cinquante mètres du portail de la résidence modestement baptisée L'Olympe, fis le tour des grands cubes blancs parés d'immenses baies vitrées teintées et attendis que le vigile ait terminé sa ronde pour franchir la grille, traverser les massifs de lauriers roses soigneusement entretenus et me glisser jusqu'à l'entrée du bâtiment A. Puis, sur l'écran du vidéophone, je fis défiler les flèches jusqu'au nom de Fred.

Pas de réponse.

J'essayai de nouveau en guettant le retour du vigile.

La porte d'entrée produisit un déclic puis coulissa silencieusement tandis que Fred ravalait un juron.

Il m'attendait sur le palier de son appartement, au bout du couloir du quatrième et dernier étage de l'immeuble, fringué en tenue de gala : kimono en satin rouge ouvert sur une poitrine étroite et velue, moule-burnes noir incrusté de strass et paire de santiags en lézard à bout métallique. D'une main embagousée, il fit passer ses lunettes de soleil sur son front.

« T'es pas fou ? Tu sais l'heure qu'il est ?
— Plus de minuit. L'heure du crime est passée.
— Très marrant. »

Il jeta un regard derrière lui.

« Je suis en pleine séance.
— Je peux entrer ?
— Bien sûr que non ! »

Une voix grasse s'échappa de l'appartement.

« Tu vois bien, murmura Fred. Repasse demain. »

Je restai sur le seuil à fixer sans rien dire ses pupilles dilatées. Au bout d'une dizaine de secondes, ses épaules s'affaissèrent et il rabattit les pans de son kimono d'un geste théâtral.

« Bon. Tu ne me rends vraiment pas service. Et tu me fais perdre un gros client. Très gros. »

Il pouffa.

« Dans tous les sens du terme. Attends ici. »

Il fit quelques pas à l'intérieur, sa main en porte-voix.

« C'est terminé ! Rhabille-toi et descends ! »

Un gémissement lui répondit :

« Je suis attaché, bordel de merde ! »

Fred m'adressa un clin d'œil et monta les marches qui menaient à l'étage, où je l'entendis rassurer son client : « C'est un ami qui a un problème très urgent et très délicat. Tu ne risques rien, il n'est pas d'ici. »

Un petit bonhomme grassouillet descendit les marches, poussé par Fred qui répétait « Allez, hop, hop, hop, méchante fille ». Le type traversa au trot l'immense salon de l'appart, sa veste de costume roulée en boule sous son bras, la chemise aux pans défaits flottant sur le pantalon qu'il tenait d'une main. Lorsqu'il passa devant moi en évitant mon regard, je lui lançai « Bonne nuit, monsieur le conseiller général » et il disparut au bout du couloir en glapissant.

« Tu ne pouvais pas t'en empêcher, espèce de sale mec, s'indigna Fred en m'invitant à entrer. Je te sers quelque chose ?

— N'importe quoi d'alcoolisé. Et ne t'avise pas de mettre trois gouttes de GHB dans mon verre, tu ne m'auras pas aussi facilement. »

Fred revint avec deux verres en cristal remplis de rhum.

« Mon pauvre, dit-il, tu t'es regardé, avec tes Samsonite

sous les yeux et ton air de chien battu ? Même une pédale en manque d'amour comme moi ne voudrait pas d'un débris comme toi. »

Je trempai les lèvres dans le liquide ambré en me retenant de ne pas vider le verre.

« Combien coûte la bouteille ?

— Je mettrai le prix sur ton ardoise, avec ce que je viens de perdre en foutant à la porte ce malheureux. Quel odieux mensonge vais-je bien pouvoir inventer pour me faire pardonner ?

— Promets-lui une séance gratuite. Ou menace-le de tout raconter à sa bourgeoise. »

Fred but à son tour puis fit la grimace.

« J'achète ça pour mes clients mais c'est définitivement pas mon truc. Tu permets ? »

Il se tortilla sur le canapé pour atteindre une poche de son kimono. Un sachet translucide apparut, qu'il vida sur la table basse. De l'index, il écarta plusieurs cachets puis en saisit un qu'il goba.

« Mes chakras sont ouverts. On peut parler entre amis.

— Qu'est-ce que c'est ?

— Du Modafinil. Un nootropique. Concentration décuplée, esprit affuté, zéro effet secondaire. Comme tu débarques en pleine nuit, j'imagine que tu vas me prendre la tête. Ta vieille copine est tout ouïe. »

Je lui expliquai les tenants et les aboutissants de la piste du *Sampiero-Corso*. Il tiqua lorsque je prononçai certains noms, puis j'en vins au sachet de cachets disparus.

« Bravo, monsieur l'inspecteur. Ces cachets étaient

pour bibi, des Flatliners, du très bon matos. Un client m'en réclamait depuis des lustres et, lorsque j'ai appris l'existence d'un petit stock en transit à Marseille pour Berlin, je me suis branché avec ces messieurs-dames du *Sampiero-Corso*.

— Des?

— Des Flatliners, un truc sympa qui te catapulte aux frontières de la mort. Très rare, très cher. Achetés et jamais revendus : je l'ai eu dans le cul.

— On m'a raconté que les flics les avaient ratés lors d'une perquisition quand ils ont soulevé toute l'équipe.

— Ce "on" est très bien informé. Tes nigauds d'anciens collègues sont passés à côté. Quand j'ai eu vent du fiasco, des gens qui me doivent des services sont allés fouiner. Plus aucun petit cacheton de Tata Fred. »

Son numéro commençait à me fatiguer.

« Tu peux m'épargner ton rôle de tarlouze et parler normalement? »

Je m'en voulus instantanément. Trop tard pour rattraper le coup et rembobiner ma propre connerie. Trop tard aussi pour ne pas remarquer son regard blessé.

« Très bien, dit Fred. Allons à l'essentiel. »

Je lui demandai s'il voyait un lien quelconque entre cette affaire de Flatliners disparus et la disparition de celle que j'aimais.

« Aucune idée, dit-il. Mais j'en doute. Deux mecs étaient au courant pour cette marchandise et tu as le second en face de toi. Le petit cul bombé de ta chérie n'a rien à voir dans tout ça. »

C'était ma seule piste valable et elle était sur le point

de voler en éclats. Fred dut se rendre compte de mon état de nervosité.

« Écoute, dit-il d'une voix plus grave, sa vraie voix, chaude et posée. Je veux bien me renseigner, même si je t'ai déjà dit ce que je pensais de ta petite quête personnelle. Je connais un mec qui faisait partie du réseau. Il est passé entre les mailles du filet. Lui saura me dire. »

Il se leva, ses jambes maigres plantées dans ses horribles santiags.

« Tu seras assez mignonne pour m'éviter une de tes crises de larmes, dit-il. Et maintenant, s'il te plaît, tire-toi. »

19

Leca avait tenté de me joindre à plusieurs reprises sur son foutu portable crypté et j'avais laissé pisser en attendant de démêler la situation. Il pouvait facilement obtenir mon adresse et envoyer ses sbires me tomber dessus mais, dans ce cas, je n'aurais plus été utile à rien. Nous nous tenions mutuellement par les couilles mais je disposais à présent d'une longueur d'avance : il ignorait que j'avais fait le rapprochement entre les barbouzes assassinées sur son ordre et le mystérieux Commando Maria Gentile qui avait nettoyé Ansidei, Folacci et Barbato. Le tout était de savoir ce que je pouvais faire de ces infos.

Après un réveil à peine moins vaseux que d'habitude, je décidai de faire un tour en ville, où des rats aussi gros que des castors se montraient de plus en plus hardis, filant entre les tables des cafés sur la place du Marché à la recherche du prochain tas de poubelles où faire bombance. On racontait qu'une vieille dame avait été mordue à la jambe mais je n'aurais pas parié un billet là-dessus : dans l'île, sitôt que survenait un événement insolite, la rumeur en désignait une vieille dame comme la première victime.

Pierre Falcucci, mon pote des RG, s'était fait prier mais il avait fini par céder et accepté de me transmettre les coordonnées de la sœur de Tito Dolovinci, le militant nationaliste auquel le Commando Maria Gentile avait dédié l'élimination des trois voyous en 93 – «Tu veux touiller la merde jusqu'à quel point?» m'avait-il demandé avant de raccrocher.

La conversation terminée, j'avais pris la route de Mezzone, un gros bourg sur la route de Corte où la jeune femme vivait seule avec sa fille. Elle avait répondu au troisième appel, d'une voix méfiante, et accepté de me recevoir sur-le-champ dès que j'avais prononcé le nom de son frère. Elle était âgée d'une quarantaine d'années, dont vingt-cinq passées dans le deuil. D'après Petrucciu, leur mère s'était laissé emporter en quelques mois après la mort de son fils et le père ne lui avait survécu que deux ans, reclus dans une maison transformée en mausolée où n'entrait plus personne.

À présent que je me retrouvais face à elle, je regardai ses mains, ignorant par où commencer. Son téléphone portable se mit à vibrer. Elle le coupa d'un geste machinal.

«Ça peut durer longtemps, dit-elle.

— Je suis désolé de vous avoir dérangée et de remuer des mauvais souvenirs. Surtout que je ne sais pas trop où tout ça peut mener.

— Ça ne mènera nulle part, dit-elle. La différence, c'est que vous êtes la première personne à me poser des questions sur la mort de mon frère en dehors des quelques amis qui me restent.

— Mes anciens collègues ne vous ont pas interrogée au moment du décès de votre frère ?

— De son assassinat.

— C'est ce que je voulais dire.

— Alors dites-le. Non. Personne. Pas un policier, pas un magistrat. Ni moi, ni ma mère, ni mon père, ni sa compagne de l'époque. Comme si nous n'existions pas. Ils tenaient deux coupables, dont un mort. Ça leur a suffi. »

Le 4 juin 1993, vers vingt-trois heures, Tito Dolovinci avait été victime d'un guet-apens sur la petite route cabossée du quartier de l'Annonciade, à Bastia, où il vivait dans une maison isolée. L'un de ses assaillants avait trouvé la mort pendant un échange de coups de feu, l'autre avait été grièvement blessé puis condamné par une cour d'assises une fois remis. Personne n'avait jamais su pourquoi Dolovinci, militant de la première heure et plastiqueur en chef du Fronte patriottu, un type que respectaient même ses adversaires, avait été le premier à inaugurer la longue liste des militants nationalistes tombés au cours des affrontements fratricides.

« Tout ça est assez loin pour moi, dis-je.

— Pas pour moi.

— Je comprends. Le jeune homme condamné pour l'assassinat de votre frère, ce…

— Alain Moretti. Condamné à douze ans, libéré au bout de neuf, ce qui ne fait pas lourd pour un assassinat avec guet-apens. Il y a vingt ans, Leca avait l'oreille de Paris.

— Vous pensez que Leca est mêlé à l'assassinat de votre frère ? »

Elle eut un geste de mépris.

« Vous plaisantez, j'imagine. Ou vous vivez dans une grotte depuis des années.

— Personne n'a revendiqué…

— Vous voulez la liste des attentats et des assassinats que personne n'a jamais revendiqués ? Vous pensez que ça change grand-chose, trois lignes sur un bout de papier ? Leca est passé entre les gouttes mais c'est lui qui a commandité l'assassinat de mon frère, tout le monde le sait. La preuve, les amis de mon frère ont répliqué en tuant son homme de confiance dans le Sud. Ensuite, ça a été l'engrenage. Et tous ces morts, toutes ces familles comme la nôtre… »

Elle s'interrompit, la gorge serrée.

« Est-ce que vous avez une idée des raisons que pouvait avoir Leca de s'en prendre à votre frère ?

— Des idées ? Un peu plus que ça. »

Les yeux rougis, elle se mit à tripoter son téléphone portable.

« Pourquoi vous cherchez à savoir ?

— Le Commando Maria Gentile, ça vous dit quelque chose ? »

Elle fit non de la tête.

« À l'été 93, un communiqué adressé à la presse locale a revendiqué les assassinats de trois voyous en hommage à votre frère. Deux étaient des trafiquants de drogue, le troisième un mafieux sicilien.

— Vous avez ce document ?

— Pas sur moi.

— Et vous l'avez trouvé où ?

— Ça n'a pas grande importance. Mais il est authentique. »

Un tic agita la joue de Vanina Dolovinci. Elle se leva, fit couler un verre d'eau du robinet et ouvrit un tiroir. Sa tête se renversa en arrière lorsqu'elle avala un cachet.

« Je ne sais pas de quoi vous parlez. Ni ce que vous êtes venu faire ici avec vos histoires de commando je-ne-sais-quoi. Ce que je peux vous dire, c'est que, quelques semaines avant l'assassinat de mon frère, ma mère a reçu la visite d'une femme de gendarme. Ma mère était enseignante à la retraite, elle animait des ateliers pour enfants tous les samedis et le gosse du gendarme y était inscrit, comme tous les gamins du village. La maman était paniquée, elle a expliqué qu'à la brigade, qui est sur la route juste à la sortie du village, les gendarmes avaient reçu l'ordre de se calfeutrer tous les soirs, qu'on leur avait demandé de placer des matelas contre les fenêtres jusqu'à nouvel ordre et de ne laisser aucun gosse sortir après vingt-deux heures. La femme du gendarme ne comprenait pas ce qui se passait, son mari était inquiet, leurs enfants ne dormaient plus. Je ne sais pas pourquoi elle est allée trouver ma mère pour lui raconter tout ça, peut-être parce qu'elle savait que mon frère était un militant très impliqué, qu'elle voulait obtenir des informations. Un soir, j'ai entendu ma mère en parler à mon père. Puis mon frère est venu nous rendre visite le lendemain et, ensemble, ils ont parlé de Leca, que Tito connaissait depuis des années et qu'il n'aimait pas beaucoup. Et puis il y a eu cette fameuse vague d'attentats contre les gendarmeries, vous vous en souvenez peut-être. Des mitraillages et un ou deux plasticages, vers la fin avril 93. Le gouvernement venait de changer, la droite était arrivée au pouvoir. D'après Tito, Leca avait été contacté par des gens venus de Paris qui lui ont proposé de devenir une sorte de... Comment Tito appelait ça... Une sorte d'interlocuteur privilégié.

— Je ne vois pas le rapport avec les mitraillages de la gendarmerie.

— Mon père m'a parlé de tout ça une seule fois, bien après la mort de Tito. Il m'a dit qu'à l'époque, mon frère soupçonnait Leca d'avoir demandé des garanties à ses contacts parisiens. Il ne voulait pas se retrouver comme les autres, mis à l'écart du jour au lendemain.

— Quel genre de garanties?

— Il avait besoin de s'affirmer comme le patron des clandestins et montrer sa force de frappe. Avant d'entamer toute discussion, il a exigé de pouvoir organiser une nuit bleue contre les gendarmeries. En contrepartie, l'État s'engageait à ce que la justice lui foute la paix. Vérifiez : des enquêtes ont été ouvertes après chaque mitraillage de gendarmerie mais elles ne sont jamais allées plus loin. Pas un seul procès-verbal, aucune personne interrogée, pas la moindre interpellation, rien. Leca a juste promis qu'il n'y aurait pas de victimes et il a tenu parole : les gendarmeries ont été criblées de balles mais personne n'a été blessé.

— Et le rôle de votre frère, dans tout ça?

— Il avait tout compris. Il est allé voir son meilleur

ami pour le mettre au courant. Ils avaient pris des voies différentes mais ils avaient fait de la prison ensemble du temps où n'existait qu'un seul FLNC. Ils étaient restés très proches. »

Vanina Dolovinci attendait peut-être que je lui demande le nom de cet ami.

Mais cette question était inutile.

*

RCFM balança la nouvelle de la journée alors que je rentrais vers Bastia au volant de la Saxo. « Théodore Giorgi, adjoint au maire de Campanella en charge des travaux publics, a été abattu cette nuit alors qu'il circulait au volant de son véhicule. L'homme de soixante-trois ans, élu depuis 1994 au conseil municipal de son village, n'était pas connu des services de police… L'émotion est intense alors que… »

La présentatrice précisait que ce dernier assassinat portait à treize le nombre d'homicides commis au cours des six derniers mois. Début janvier, un gosse de dix-neuf ans avait été déchiqueté au calibre 12 par sa belle-mère dans les quartiers sud de Bastia – la bonne femme avait attendu la fin d'une rediffusion des *Anges de la téléréalité* pour appeler la police. Trois jours plus tard, on avait flingué un repris de justice de quarante-neuf ans devant son domicile à Corte – enquête en cours. Puis un villageois avait été abattu pendant une partie de belote du côté de Porto-Vecchio – le meurtrier s'était rendu à la gendarmerie et ne se souvenait plus de rien, comme les onze témoins présents, si ce n'est que la victime était un partenaire de jeu «très médiocre». Mi-février, un type recherché pour braquage avait été exécuté de plusieurs balles de 11.43, encore à Ajaccio – enquête en cours – deux jours avant que le gérant d'un camping ne soit criblé de balles au volant de sa voiture à Propriano – enquête en cours – et moins d'une semaine après, un antiquaire de soixante et onze ans originaire de Saint-Laurent-du-Var avait été tué d'un coup de fusil de chasse dans sa boutique près de Calvi – enquête en cours. Début mars, deux apprentis malfrats s'étaient entretués à la sortie d'une boîte de nuit, rive sud du golfe d'Ajaccio – cette fois, l'enquête avait été résolue et les policiers félicités par leur hiérarchie. Dernier en date: un chasseur de 92 ans avait confondu son cousin germain avec un sanglier au cours d'une partie de chasse dans l'ouest de l'île. En s'apercevant de la méprise, le vieillard était tombé raide mort d'une crise cardiaque. Coup double.

Contre toute attente, la sœur de Tito Dolovinci m'avait suggéré de prendre contact avec Alain Moretti, l'ancien militant condamné pour la mort de son frère. Elle avait conservé ses coordonnées depuis le jour où, quinze ans après les faits, il s'était pointé chez elle sans prévenir pour demander pardon. Elle lui avait claqué la porte au nez en menaçant de l'étriper, ne l'avait plus jamais revu depuis et ne chercherait plus jamais à le revoir mais, au fond, cette visite l'avait probablement apaisée. «Il vous parlera, m'avait-elle dit. À lui non plus, personne ne lui a posé beaucoup de questions.»

Mais le dénommé Moretti n'avait répondu ni à mes appels, ni aux messages laissés sur son répondeur. Faute de mieux, j'avais fait un crochet au bar de Mustapha pour retrouver mon ami plongé dans ses pronostics de canassons. Nous avions parlé du dernier cadavre en date, celui de l'estimé Théodore Giorgi, adjoint au maire de Campanella, et une fois de plus, Mustapha m'avait fait profiter de ses lumières en matière de crime, m'expliquant le rôle rempli par la victime dans la galaxie des obligés de feu César Orsini, celui d'un facilitateur d'affaires autrefois en cour dans plusieurs ministères et dont la retraite, à Campanella, s'était révélée très active pour remplir de nouveaux offices, mettre de l'huile dans les rouages, présenter du monde à du monde, organiser des rencontres au sommet entre investisseurs locaux et partenaires extérieurs en quête de bonnes opportunités. Selon Mustapha, Giorgi n'avait pas grand-chose d'un truand. Ses assassins avaient surtout voulu couper une source d'influence pour d'éventuels héritiers d'Orsini. Un de moins, c'était toujours ça de pris.

À la fin de la discussion, mon ami se précipita dehors pour attraper par le col l'ivrogne en train de pisser contre le mur du bar. Il l'envoya valdinguer à trois mètres, la tête du bonhomme heurta une jardinière et un jeune type en jogging bleu électrique, copie à peu près conforme de celui qui avait fouillé la chambre des agents consulaires italiens, surgit d'on ne sait où pour traîner le poivrot par les pieds vers l'étroite ruelle donnant sur la placette, sans prononcer un mot.

Lorsque Mustapha avait rouvert la porte, l'odeur des ordures s'était engouffrée à l'intérieur. Il était passé derrière le comptoir, son visage s'était crispé et il avait lâché un pet à faire trembler les murs.

« Libertà ! Des heures qu'il était coincé, celui-là. »

Puis, il avait posé un sac en papier sur le comptoir et m'avait expliqué où je pourrais trouver l'homme que je cherchais.

« Pour le calibre, dit-il, tu me le régleras quand tu seras en fonds. »

*

« Alain Moretti ?
— Ça dépend. C'est pour quoi faire ? »

Quarante-cinq ans, crâne rasé, barbe rousse, bide de buveur de bière mais biceps de bûcheron sous stéroïdes. Ses yeux bleus essayaient de refléter son assurance.

« Je viens de la part de Vanina Dolovinci. »

Moretti s'éloigna des deux types vêtus de tenues de chantier dépareillées qui l'aidaient à charger des cônes de signalisation à l'arrière d'une camionnette de la mairie de Laniu, une cité-dortoir à dix bornes au sud de Bastia. Les employés communaux levèrent la tête puis retournèrent à leur tâche sans chercher à comprendre. Moretti s'essuya les mains au chiffon graisseux pendu à un passant de son pantalon à bandes réfléchissantes.

« Qu'est-ce que vous me voulez ?
— Il y a un café, juste à côté du bureau de Poste. Ils doivent avoir de l'Orezza au frais.

— Je ne bois pas d'eau gazeuse et je ne mets jamais les pieds dans un bar. Je répète : qu'est-ce que vous me voulez ?

— Parler de l'affaire Dolovinci.

— Et vous êtes ?

— Quelqu'un que Paul-Louis Leca essaie de manipuler. »

Les muscles des mâchoires de Moretti se contractèrent.

« Je n'ai rien à vous dire. »

Les deux employés communaux venaient de tourner au coin de bâtiment, leur besogne achevée.

« Et le fourgon, il va rentrer tout seul au dépôt ? » cria Moretti dans leur direction.

Sans attendre leur réponse, il reprit : « C'est vous qui m'avez appelé plusieurs fois aujourd'hui ? »

Je hochai la tête.

« Et c'est la sœur de Dolovinci qui vous a donné mon numéro ?

— Je l'ai rencontrée ce matin. Elle m'a expliqué que vous vous étiez pointé chez elle il y a des années pour vous excuser. Que vous m'en diriez plus qu'à elle. Ou qu'aux juges.

— Qu'est-ce que Leca a à voir dans tout ça ?

— Il m'a chargé d'un travail.

— Vous bossez pour lui ?

— L'essentiel est qu'il en soit sûr. J'ai assez peu de temps avant qu'il ne se mette à en douter et décide de me rendre la vie encore plus chiatique. Et croyez-moi, elle l'est déjà pas mal.

— Putain de merde, siffla Moretti. Ça ne s'arrête jamais.

— Je vous donne ma parole que personne ne saura que vous m'avez parlé. Ni lui, ni la sœur de Tito Dolovinci, ni les juges. Personne.

— Pourquoi je discuterais avec un inconnu qui sent la bière à quatre heures de l'après-midi ?

— Pour faire mal à Leca. »

Les mains de Moretti tâtonnèrent à la recherche du chiffon. Il se frotta le cou en laissant une traînée crasseuse sur sa peau blanchâtre.

« J'ai votre numéro, dit-il. Je vous rappelle. Et si jamais vous essayez de... »

Sans terminer sa phrase, il se mordit les lèvres et me tourna le dos pour se diriger vers le camion aux flancs ornés du blason de la Cumuna di Laniu : un taureau blanc sur un écu rouge. Il ressemblait au logo d'une boucherie.

*

Je n'avais pas besoin de les connaître pour les haïr, ils puaient la santé et leur vie devait être réglée à la seconde près sans autre souci que se mettre d'accord sur une série Netflix en sirotant un jus détox goyave-concombre. Depuis une semaine qu'ils avaient emménagé dans l'un des appartements vacants de l'immeuble situé de l'autre côté de ma rue, on ne voyait qu'eux en tenue de sport : lui, fringant quinqua avec des origines asiatiques, visage carré et regard franc, sourire Colgate ;

elle, grande et fine blonde, plus jeune que lui, constamment moulée dans des leggings qui laissaient deviner des jambes musclées, un cul affermi par une bonne heure de jogging quotidien. Tous les matins, chaussés de baskets de course dernier cri à trois cents euros la paire, ils descendaient l'avenue vers le stade municipal, à petites foulées, saluant d'un geste coordonné les voisins qu'ils croisaient en chemin.

Je pouvais imaginer leur parcours avec zéro risque de me tromper : lui, directeur d'une quelconque administration et elle, gérante d'une nouvelle enseigne franchisée de la zone industrielle, tous deux ayant parfaitement intégré les nécessités d'un détour par la Corse pour booster leur plan de carrière de winners.

J'étais en train de rater mon créneau pour la troisième fois lorsque la femme s'approcha de la Saxo, se pencha à la vitre.

« Je vous dérange ? »

Je tournai le volant dans le mauvais sens, écrasai la mauvaise pédale et les pneus gémirent en frottant contre le trottoir. Puis la Saxo cala. La blonde attendit que je sorte de la voiture pour reprendre, avec un sourire peint sur le visage :

« Nous sommes vos nouveaux voisins et avec mon mari, on se demandait… On sait que ce n'est pas trop dans les usages mais on voudrait inviter quelques personnes du quartier à notre pendaison de crémaillère, une fois qu'on sera définitivement installés. »

Ses yeux étaient d'un vert très clair, pailleté d'or. Elle n'était pas belle à proprement parler, plutôt le genre à inspirer de sales pensées, avec l'air un peu vulgaire des filles conscientes de leur pouvoir de séduction. Je n'avais rien à foutre de sa pendaison de crémaillère de merde mais, au lieu de les envoyer paître, elle, son mari et leurs rites de socialisation importés de New York à Paris, puis de Paris à Bastia, je bredouillai trois mots et serrai la main qu'elle me tendit. Dix mètres plus loin, Monsieur attendait, les mains sur les hanches. Elle leva le pouce et il m'adressa un signe de la main. Puis elle le rejoignit et ces deux crétins de Continentaux se mirent à trottiner du même pas vers leur séance de bien-être quotidienne pendant que je vérifiais l'intérieur de ma boîte aux lettres : facture, facture, rappel de facture, rappel de rappel de facture et un prospectus «Ouvrez vite pour gagner une Twingo».

Je glissai le dernier courrier dans la boîte du voisin puis glissai la clé dans la serrure de mon appart.

Mon téléphone se mit à vibrer.

Moretti n'avait pas mis longtemps à se décider.

20

« C'est à peu près tout ce qu'il y a à raconter », dit-il après avoir ouvert les vannes pendant près d'une heure. Nous nous étions retrouvés sur un chemin désert du cordon lagunaire, près de l'étang de Biguglia. La nuit était très claire et seul un vieux monsieur promenant son chien nous avait dérangés, tournant un petit moment autour de la Kia de Moretti, l'air de rien, comme s'il n'avait même pas remarqué la présence d'une voiture, ni celle des deux types à l'intérieur en train de griller cigarette sur cigarette. Au bout d'un moment, sa silhouette voûtée avait disparu vers un sentier sablonneux qui menait à la plage entre deux rangées de canisses.

Moretti m'avait raconté comment il s'était retrouvé, à l'âge de vingt et un ans, condamné à douze ans de prison pour l'assassinat de Jean-Baptiste Dolovinci, dit « Tito », le 4 juin 1993, après avoir été recruté par Paul-Louis Leca en personne en compagnie de trois autres jeunes militants du FLNC-Canal opérationnel dont deux avaient fait défection quelques heures avant le guet-apens. « On était tous rentrés au Front en même temps, on avait tous la vingtaine. J'avais grandi dans les quartiers sud, mon père n'était pas souvent à la maison et ma mère, je ne l'ai connue que couchée ou devant la télé : elle était malade. Ça remontait à avant ma naissance. »

En entrant au Front, Moretti avait eu le sentiment de devenir quelqu'un et de combattre pour quelque chose d'important. Moins d'un an plus tard, alors qu'il n'avait participé qu'à deux ou trois plasticages mineurs pour se faire la main, Leca était venu le trouver.

« Il m'a expliqué qu'un militant de Fronte patriottu avait été chargé d'éliminer plusieurs des nôtres, qu'il fallait agir vite, que le type était dangereux et qu'il agissait avec le soutien des flics. Il m'a filé un calibre, la première arme que je tenais entre mes mains, et m'a demandé de l'attendre dans un appartement vide à la sortie de la ville. Un type de mon âge que je ne connaissais pas s'y trouvait déjà. » Lorsque Leca les y avait rejoints, il était seul. Et enragé : les deux autres membres du commando l'avaient planté. Plus tard, Moretti avait appris que le premier avait refusé de tirer sur un autre Corse. L'autre s'était simplement défilé.

« Mais le type de l'appartement et moi, avait-il poursuivi, on a accepté. On savait à peine qui était Dolovinci et, de toute façon, on ignorait qu'il était la cible. Leca nous a dit que, puisque les autres nous faisaient faux bond, il irait avec nous. Le soir, il nous a récupérés et on est partis sur les hauteurs de Bastia, du côté de San Martinu. À deux kilomètres du village, il nous a montré un chemin qui menait à un groupe de maisons. Celle de Dolovinci était tout au bout de la petite route, sous le cimetière. Il y habitait seul et montait au village voir ses parents tous les week-ends. »

Après ça, Leca avait indiqué leurs postes de tir à Moretti et son complice : planqués à dix mètres d'intervalle dans les broussailles du bas-côté, juste après un coude du chemin, à l'endroit où Dolovinci devrait ralentir pour aborder le virage. Leca se positionnerait plus bas sur la route, après l'embranchement menant à la maison de Dolovinci, de manière à ne pas être repéré. Moretti et son complice avaient attendu deux heures tapis dans les fourrés, jusqu'à ce que le 4×4 Toyota de Dolovinci monte la pente puis ralentisse, comme prévu.

« Sauf que Dolovinci était un type prudent, un vrai clandestin. Le jour, il bossait dans une entreprise de luminaires, un employé modèle. La nuit, il posait des paquets[1] et le week-end, au village, il s'entraînait au tir. Il se considérait comme un soldat. Quand le 4×4 est arrivé, on a compris que quelque chose clochait : il y avait beaucoup trop de lumière. Dolovinci avait prévu le coup depuis qu'il sentait la guerre arriver et il avait fait trafiquer les phares de son Toyota pour éclairer les côtés du chemin qui montait vers chez lui. Il a repéré le type qui m'accompagnait, lui a foncé dessus et j'ai entendu un cri puis plus rien. J'ai écarté les branchages, j'ai commencé à tirer au hasard et j'ai vu la portière s'ouvrir, Dolovinci sauter du côté du talus en tirant en même temps. J'ai senti un choc à l'épaule, puis deux autres dans la cuisse et je crois que je me suis

---

1. Dans l'argot nationaliste corse : plastiquer.

évanoui. Quand j'ai rouvert les yeux, je n'ai aperçu que les phares d'une voiture en train de faire marche arrière à toute vitesse et le corps de Dolovinci étendu près de son 4×4, le dos couvert de sang et l'arrière du crâne éclaté. J'étais mort quand les pompiers et le Samu sont arrivés sur place. Quinze jours de coma, neuf interventions chirurgicales : allez savoir comment ils m'ont récupéré.»

Moretti avait débité son récit sans une hésitation et, lorsqu'il eut terminé, il resta plusieurs minutes à fixer un point très lointain à travers le pare-brise de la Kia. Puis il s'était arc-bouté sur son siège et avait tiré de sa poche un nouveau paquet de cigarettes. Il retint longtemps la fumée dans ses poumons après sa première bouffée.

«Qu'est-ce que vous comptez faire de ce que je viens de vous dire ?

— Comprendre, c'est tout.

— Comprendre quoi ?

— Pourquoi Leca veut que je mette la main sur une personne sans se mouiller, sans qu'on sache qu'il est à la manœuvre.

— Quelqu'un lié à Dolovinci ?

— D'une certaine manière, oui. Leca vous a laissé sur le carreau après avoir fini Dolovinci ?

— Aucune idée, je ne peux même pas être certain que la voiture que j'ai vue avant de retomber dans les pommes était la sienne. J'ai retourné la scène des millions de fois dans mes souvenirs et puis j'ai arrêté d'y penser, ça me rongeait, j'ai failli devenir dingue.

— La prison ?

— On s'y fait. L'association de défense des prisonniers politiques nous envoyait des mandats pour cantiner, j'avais à peine plus de vingt ans et je me retrouvais enfermé avec des caïds qui me respectaient. J'avais l'impression d'appartenir à quelque chose de plus important que tout le reste, plus important que la famille ou les amis. Du coup, j'ai vite mis les questions de côté.

— Et Leca?

— Quand je suis sorti de prison, la guerre était terminée depuis longtemps. Personne n'avait envie de nous revoir, ni moi, ni les types d'en face qui se trouvaient dans le même cas. Alors, je me suis fait petit. Leca a été correct, au moins les premiers temps. Il avait monté ses propres boîtes et m'a embauché dans l'une de ses agences de location de bagnoles. J'y suis resté six mois, le temps de piger.

— Piger quoi?»

Moretti glissa son mégot dans une canette de Sprite qui faisait office de cendrier.

«Au début, j'étais censé faire un simple boulot d'accueil: vérifier la validité des permis de conduire, cocher trois cases sur les documents de location et indiquer au client l'emplacement de sa voiture. Mais au bout de quelques semaines, Leca m'a demandé de tenir un double registre pour y noter tout ce qui sortait de l'ordinaire.

— Comme quoi?

— Ça allait du patron de grosse boîte continentale qui débarquait à Poretta à l'élu local qui voulait louer une petite citadine discrète pour le week-end. Quelques semaines plus tard, il est passé à la vitesse supérieure : je devais filer des clés de véhicules, surtout des utilitaires, à des types qui venaient du Continent, souvent par deux ou trois, ne signaient rien, partaient deux ou trois jours et rendaient le fourgon sans une goutte d'essence. Il ne fallait rien leur facturer, rien leur demander.

— Des flics.

— Des gueules de flics, en tout cas.

— Vous avez tout plaqué ?

— J'ai juste dit à Leca que je me tirais. Il a essayé de me retenir, a même proposé de doubler mon salaire, la moitié en liquide. J'ai refusé et il m'a quand même filé quinze mille. J'ai tout flambé en un mois et le plus drôle, c'est que le seul type qui m'ait donné du travail après ça, c'est le maire de Laniu.

— Drôle ?

— Début 93, le Front lui a plastiqué sa mairie. Il savait que j'avais fait partie du commando mais il m'a dit que les erreurs de jeunesse, on ne pouvait pas les payer éternellement et que moi, j'avais suffisamment payé. »

Le vieux promeneur et son chien émergèrent de l'ombre, passèrent près de la Kia et coupèrent à travers le parking. J'aurais voulu rassurer Moretti, lui répéter que sa longue confession resterait entre nous. Mais les mots ne venaient pas et tout ce que j'avais trouvé à dire était : « N'ayez pas peur, tout ce que vous venez de me raconter ne sortira pas de ma bouche. »

Il avait poussé un soupir.

« J'aurais mieux fait d'avoir peur il y a vingt-cinq ans. Mais sur cette île, on n'a pas le droit d'avoir peur, surtout quand on est un homme. On nous le répète assez depuis qu'on sort du ventre de nos mères. »

*

Je me sentais épuisé. Depuis une quinzaine de jours, je m'étais mis à tourner autour du passé comme une mouche à merde bourdonnant près d'un étron fumant. Pour quels résultats ? Personne n'avait rien à foutre de ces histoires anciennes.

Le cadavre de LoRusso au palazzu Angelini ?

Rien à foutre.

Les états d'âme d'Alain Moretti ?

Rien à foutre.

Les fantômes, leur cortège de flingages et de reniements ?

Rien à foutre.

Je passai la journée du lendemain à recopier les éléments en ma possession sur un carnet que je laissai en évidence sur la table basse de mon salon. Y figuraient les noms, les dates, mes déductions et le compte rendu de mes rencontres avec les uns et les autres, assortis de pistes éventuelles à creuser au cas où il m'arriverait malheur en cours de route.

Puis, le reste de la journée, je bouquinai et roupillai, me contentai de quatre Colomba pour garder les idées claires et, sur le coup des huit heures du soir, je chargeai le barillet du vieux 38 à canon court que Mustapha m'avait dégotté, rangeai le flingue sous le siège de la Saxo et me mis en route.

Après deux heures de toussotements inquiétants du moteur, je garai la bagnole près de la bergerie de Fabien. Je pris ma lampe torche dans la boîte à gants, coinçai le manche entre mes dents et empoignai le 38.

Le disque lumineux de la lampe torche illumina la façade de la bergerie, où rien n'avait bougé depuis la dernière fois. Je fis le tour de la bâtisse, entrai par la baie vitrée. Les taches de sang sur le mur étaient déjà plus claires, comme lavées par les jours écoulés depuis la mort de Fabien.

Je traversai le couloir, poussai la porte de la chambre de Fabien et Marie-Thé. Le faisceau de la lampe balaya rapidement le lit, les placards ouverts, la table de nuit où une paire de lunettes de vue était posée sur un livre d'histoire. Puis je braquai la lampe sur le cadre accroché au mur et sortis de ma poche la feuille pliée en quatre. Jusque dans les détails, les deux dessins étaient identiques : même silhouette de femme et même poing vengeur au bout du bras dressé comme un défi, mêmes plis de la robe recouvrant les contours de la Corse, même bouche noire, même regard fier.

Mon front fracassa le verre du cadre.

Lorsque je reçus le second coup, j'étais déjà tombé dans les pommes.

21

Un essaim d'abeilles furieuses se jetait contre les parois de mon crâne. Bouche sèche, langue cuite dans un liquide aigre. Et l'impression qu'un crochet m'arrachait le cuir chevelu.

J'ouvris un œil sur l'ampoule nue qui pendait du plafond, une de ces ampoules industrielles protégées par une grille.

À travers la fente de mon œil : une forme floue.

Je refermai l'œil gauche, essayai avec le droit.

Trois formes.

Plus une quatrième.

Et une cinquième, légèrement en retrait.

Je crachai un jet de salive rose et attendis quelques minutes que ma vue se fasse à la lumière orange dispensée par la grosse ampoule, aux murs de parpaings nus, au froid et à l'épouvantable odeur de salaison pourrie.

Une voix fit : « C'est bon, il remonte. »

Face à moi : Marie-Thé, une main nonchalamment posée sur la hanche.

À sa droite : Francesca Ottomani, les bras croisés sur

la poitrine et, près d'elle, une silhouette cagoulée, plus petite, vêtue d'une vieille veste de treillis de l'armée française, un Taser dans la main droite.

Deux autres femmes, cagoulées elles aussi, se tenaient derrière le trio de tête. La première était en chair et portait une doudoune noire. L'autre, qui se tenait près du mur du fond, était très grande. La laine grise d'un pull informe dégoulinait à mi-cuisse de son jean clair.

Je relevai la tête.

« Le Commando Maria Gentile au grand complet. »

Mme Taser marmonna une injure. Les autres ne bronchèrent pas.

« Détachez-moi. Ça me scie les poignets et je crois que je vais me pisser dessus.

— On a déjà essayé, répondit Francesca Ottomani. L'essai n'a pas été concluant. »

Un flash : ballotté dans le coffre d'une voiture, on me traîne dans cette pièce obscure, je me jette sur une forme et reçois une décharge électrique dans la poitrine.

Francesca reprit :

« Pourquoi Leca essaie de mettre la main sur Marie-Thé ?

— Il n'est pas seul. Jacques Costantini est très intéressé aussi. »

Mme Taser lâcha un « Putain » entre ses dents serrées.

« Vous auriez dû lui régler son compte avec les autres.

— Quels autres ?

— Lorenzi, Emmanuelli et Fournier. Sans parler de ceux que vous avez flingués trois ans plus tard.

— Ça suffit, dit Mme Taser en se tournant vers Francesca. On en finit maintenant.

— Pourquoi ces vieilles histoires ? demanda Marie-Thé.

— C'est ton mari qui est venu me chercher pour Baptiste. Moi, je n'ai jamais rien demandé à personne. Depuis, pas un jour ne se lève sans que je tombe sur un mort.

— Et Leca ?

— Il te cherche. Je suppose que ça a à voir avec tout ça, la disparition de l'oncle Baptiste, la mort de Fabien, le cadavre du Rital découvert au palazzu Angelini.

— Ça n'a rien à voir, dit Francesca Ottomani. Et maintenant, vous êtes dans une sacrée merde.

— On finit ce guignol, répéta la naine cagoulée. Maintenant. »

Sa voix éraillée produisait le même son qu'une poignée de roulements à billes projetée dans un conduit métallique.

« Vous êtes Nine Secchi, je me trompe ? »

L'ancienne porte-parole de *Per elli*[1], l'association de défense des prisonniers politiques, dansa d'un pied sur l'autre puis ôta sa cagoule d'un geste brusque, dévoilant son visage de papier mâché, ses cheveux blond filasse qui tombaient sur son regard. Son père était mort dans l'incendie de l'imprimerie du journal *Noi*[2], la bible hebdomadaire des natios, au début des années 80.

---

1. « Pour eux. »
2. « Nous. »

« Qu'est-ce que tu veux ? demanda Marie-Thé.
— J'ai déjà répondu à cette question. Détachez-moi. »

Francesca Ottomani s'approcha. Glissée dans son pantalon, je remarquai la crosse d'un automatique à moitié dissimulée par un blouson en cuir.

« Pas avant un certain temps. Nous sommes très divisées. Nine, par exemple, voudrait vous flinguer tout de suite. C'est elle qui a eu l'idée de monter planquer chez Fabien et Marie-Thé après vous avoir aperçu en grande discussion avec Leca à l'enterrement. La première fois, elle vous a raté de peu, quelques minutes seulement. Alors, elle vous a suivi. Pas tout le temps mais suffisamment pour déterminer avec certitude le moment où vous retourneriez là-haut.

— Ça vous ferait quoi ? Un septième cadavre ? Un huitième ? Combien ? Dix ? Encore plus ?

— Tu ne sais pas de quoi tu parles, dit Marie-Thé.

— J'ai fini par comprendre. Un peu par hasard, un peu parce que je n'aime pas être pris pour un con trop longtemps.

— N'hésitez pas à nous faire partager le fruit de vos déductions », dit Francesca Ottomani.

Alors, sans réfléchir aux conséquences, je vidai mon sac et me mis à leur parler d'elles-mêmes, de leur histoire de bons petits soldats de Leca, qui s'était mis à dénoncer les négociations secrètes entre Paris et ses concurrents d'Avvene Corsu, et qui devenait gênant au point que l'État avait décidé d'en finir et mandaté trois barbouzes pour lui régler son compte. Mais le complot avait été éventé et les barbouzes éliminées. Par elles. L'équipe bis, des femmes. Insoupçonnables. Puis le gouvernement avait changé et Leca, de paria, était subitement devenu fréquentable. Comme ses rivaux d'Avvene Corsu avant lui, il avait été reçu sous les ors de la République, discutant sur un pied d'égalité avec des conseillers de ministres et d'autres personnages, moins recommandables encore, et qui ne regardaient pas sur les moyens et assortissaient leurs serments de mallettes bien garnies – deux garanties valent mieux qu'une. Leca était un type intelligent, qui n'avait aucune envie de finir aux oubliettes. Alors, il avait contracté la meilleure des polices d'assurances en mouillant les services de l'État dans une campagne d'attentats contre des gendarmeries.

Elles écoutaient, sans un mot, tandis que je continuais. Il avait fallu qu'une femme de gendarme crève de trouille pour que tout parte en couilles. Elle était allée trouver la mère de Tito Dolovinci parce que c'est comme ça que ça marche dans les petits villages, tant le monde finit par parler à tout le monde, même une femme de gendarme à la mère d'un militant nationaliste. Et Tito Dolovinci avait compris. Je n'avais pas eu besoin que Vanina Dolovinci me précise qui était l'ami auprès duquel son frère était allé s'épancher : c'était Fabien, le frère de lutte des années pures, avec lequel il avait rêvé à l'indépendance de l'île derrière les barreaux des prisons. Fabien était allé demander des comptes à Leca et l'autre l'avait rassuré comme il savait si bien le faire, avec ses coups de billard et ses stratégies à trente-six bandes, ses expressions toutes faites sur le « climat d'attrition », les « manips », les « chantiers » montés par leurs ennemis et cette patriotique obligation de faire front commun en tenant pour méprisables les calomnies colportées par leurs ennemis. Pour faire taire Dolovinci avant qu'il ne soit trop tard, Leca avait recruté à la hâte des gamins de vingt ans comme ce Moretti, des types malléables qui ne poseraient pas trop de questions, il les avait envoyés au charbon et abandonnés sur place, un cadavre et un blessé grave qui s'endormait depuis vingt-six ans avec le même cauchemar : le dos de Dolovinci soulevé par des impacts de balles, Leca faisant marche arrière pendant qu'il se vidait de son sang.

« C'est pour ça que Fabien a tout plaqué subitement, dis-je en fixant Marie-Thé. Il avait senti la guerre arriver parce qu'il connaissait les siens, il savait que la mort de Dolovinci ne passerait pas, que ses amis riposteraient. Il t'en a parlé, il a essayé de te convaincre mais pour vous toutes, pas question de baisser les armes, vous étiez déjà allées trop loin. C'est à ce moment-là qu'est née l'idée de créer le Commando Maria Gentile. Cette fois, plus question d'obéir à Leca, ni de plasticages à la chaîne auxquels plus personne ne faisait gaffe. Vous avez décidé d'ouvrir un nouveau front en vous attaquant aux voyous que Leca avait toujours laissés tranquilles. Vous vous êtes substituées à la justice. Plus tard, vous auriez peut-être changé de cibles : des flics tirés au hasard ou des élus qui ne pensaient pas comme vous. »

La grande fille au pull gris émit un rire ironique.

« Ce qui a contrarié vos plans est dérisoire : un

communiqué de revendication que personne n'a pris au sérieux. Aucune mention dans la presse, aucun reportage sur le mystérieux groupe armé qui dédiait ses assassinats à la mémoire du premier mort de la guerre entre natios. Rien, que dalle. Le peuple ne saurait jamais que de vaillantes amazones avaient décidé de le débarrasser des truands. Vous pensiez que tout le monde avait oublié ce morceau de papier et, surtout, que personne ne ferait jamais le lien entre le logo et l'affiche dans la chambre de Marie-Thé. Mais je suis tombé dessus, par hasard. Et j'ai compris. D'autant que vous avez commis une autre erreur : utiliser les mêmes armes. Pour flinguer les barbouzes et, trois ans plus tard, pour vous lancer dans votre croisade personnelle en éliminant des trafiquants de drogue.

— Si on avait continué, dit Marie-Thé, la Corse ne serait pas entre les mains des voyous aujourd'hui.

— Non : si vous aviez continué vous seriez mortes, pas au fond de ce trou puant à écouter un type mal en point qui ne va pas tarder à se pisser dessus.

— Tu as fini ? demanda Nine Secchi. Si personne ne veut s'en charger, je peux le faire.

— Ça n'explique pas pourquoi Leca s'intéresse à moi vingt-cinq ans plus tard, dit Marie-Thé en ignorant la proposition de Nine.

— Je n'en sais rien. Quelque chose a ravivé la haine entre vous et lui, entre Leca et ton mari. Et Leca a tué Fabien ou l'a fait tuer, ce qui revient au même. Toi, tu t'es enfuie. C'est ce que tu avais de mieux à faire.»

Plus personne n'ouvrit la bouche. En contrepoint de

la respiration sifflante de Nine Secchi, un groupe électrogène se mit à ronronner quelque part.

« Tu te trompes, dit Marie-Thé. La mort de Fabien n'a rien à voir avec tout ça. »

Puis, d'une voix blanche, elle ajouta : « C'est moi qui l'ai tué. »

22

Elles me laissèrent mariner dans mon jus deux bonnes heures, la vessie contractée dans l'espoir de ne pas perdre mes derniers lambeaux de dignité en me pissant dessus. Au fond de la pièce se détachait la diagonale d'un escalier de bois menant à l'étage supérieur d'où me parvenaient leurs voix sans que je puisse entendre la conversation. Je parvins seulement à identifier le ton grave de Francesca Ottomani et le timbre clair de Marie-Thé, qui venait couper les éclats de Nine Secchi. Une quatrième voix, plus timide, se faisait parfois entendre. La cinquième murmurait.

Puis j'entendis le loquet de la porte et un rectangle de lumière se brisa le long des marches de l'escalier. Marie-Thé descendit d'un pas lourd tandis qu'on refermait la porte derrière elle. Elle appuya sur l'interrupteur. Au bout de son bras gauche pendait un revolver chromé. Je sentis un liquide chaud me couler entre les cuisses.

Elle s'accroupit près de moi et je compris combien les événements l'avaient marquée. Son teint était gris, des veinules zébraient le blanc de ses yeux. Elle avait, en l'espace de quelques jours, vieilli de dix ans. Elle resta immobile un assez long moment, la main toujours serrée sur la crosse du 357.

« C'est celui avec lequel vous avez tué tous ces gens ?
— Oui.
— Pourquoi ? Et pourquoi Fabien ?
— Un accident.
— Une balle dans le dos, pratiquement à bout portant.
— Un accident. »

La nausée me reprit, je réprimai un hoquet.

« Tu as soif ?
— Au point où j'en suis, je ne sais pas vraiment ce que je ressens.
— Je ne peux te donner aucun détail mais c'était involontaire. J'ai voulu protéger Fabien.
— De Leca ? »

Elle fit non de la tête, tristement.

« Il n'a rien à voir avec tout ça.
— Costantini ?
— Je ne peux te donner aucun détail, c'est le marché que j'ai dû passer avec les autres.
— Quel marché ?
— Te laisser en vie. »

Je me laissai quelques secondes pour digérer la nouvelle.

« Est-ce que tout ça est lié avec le cadavre du palazzu Angelini ? Avec la disparition de Baptiste ?
— Une série de hasards.
— J'ai tendance à ne plus trop croire aux hasards. On

dirait plutôt que nos mauvais souvenirs se sont donné rendez-vous ces derniers jours. »

Elle se redressa, fit quelques pas pour se dégourdir les jambes puis tira de l'ombre deux caisses que je n'avais pas remarquées, en épousseta le couvercle pour y poser le flingue.

« Tu connais l'histoire de Maria Gentile ?
— Vaguement.
— Elle n'avait pas vingt ans et son fiancé faisait partie du groupe des cinq conspirateurs qui avaient juré de se battre contre les troupes françaises dans la plaine d'Oletta. C'était en 1769, pendant la conquête de la Corse. Ils ont été démasqués, torturés, roués vifs et pendus. Les Français ont interdit à la population de leur donner une sépulture sous peine de connaître le même sort. Personne n'a osé lever le petit doigt sauf Maria. Elle est allée récupérer le corps de son fiancé en pleine nuit pour l'ensevelir dignement. Lorsque les Français l'ont prise, elle les a regardés la tête haute en assumant son geste. Même cette pourriture de comte de Vaux, qui rasait des villages entiers, a été ému au point de la gracier. Pour nous, elle symbolisait l'esprit de résistance. Et c'était une femme.
— Elle n'a assassiné personne.
— L'époque ne l'a pas obligée à tuer qui que ce soit. Nous, si.
— L'époque ou Leca ?
— Les deux. L'île était truffée de barbouzes et de truands pour leur donner un coup de main. L'État laissait faire quand il ne tirait pas lui-même les ficelles.

Leca siégeait à la direction du Front. Il était respecté, courageux, intelligent, séduisant. C'est lui qui a convaincu les autres membres d'accepter les femmes au sein du mouvement clandestin. Nine a été la première. Elle n'avait pas dix-huit ans. Puis il y a eu Francesca et moi. Les autres sont arrivées plus tard. On a vite compris que personne ne voulait entendre parler de nous autrement que pour transporter des bouteilles de gaz avant les plasticages ou faire l'aller-retour en bateau jusqu'à Marseille et ramener des armes. On nous répétait qu'on aurait plus de chances de passer inaperçues que les militants, dont pas mal commençaient à être fichés. C'est Francesca qui a eu l'idée : si personne ne suspectait des femmes de transporter des caisses de flingues, on les soupçonnerait encore moins de poser des paquets. Mais Leca ne voulait pas en entendre parler. Alors, on s'est formées, entraînées. Certains militants nous ont aidées, à condition qu'on se taise : ils comprenaient qu'on ne pouvait pas libérer la moitié d'un peuple mais ils ne voulaient pas d'histoires avec Leca. Pour notre premier coup, il fallait frapper fort et c'est ce qu'on a fait : l'attentat en plein jour contre la base de la DGSE à Aspretto, c'était nous. Au Front, tout le monde disait que c'était le seul objectif militaire imprenable, encore plus risqué que le plasticage du radar de la base aérienne de Solenzara en 1978. On l'a fait et c'est à ce moment-là que Leca a compris tout le parti qu'il pourrait tirer de nous, qu'il nous a confié toutes les opérations les plus risquées, les nuits bleues sur le Continent, les vols d'armes dans les casernes...

Mais personne ne devait être au courant. Le commando secret que tout le monde admirait, c'était nous.

— Et pas des super-militants entraînés par l'OLP et l'IRA… »

À l'étage, on entend un éclat de rire étouffé, incongru.

« Le reste, dit Marie-Thé, tu n'as pas eu besoin de moi pour le comprendre. Leca nous a chargées d'éliminer le trio de barbouzes et on a obéi. Mais on voulait aller plus loin, là où il avait toujours refusé de se risquer.

— Vous en prendre aux voyous.

— Pendant qu'on plastiquait, ils prospéraient avec la bénédiction de l'État et Leca repoussait sans cesse le moment où on devrait agir. On s'est tenues tranquilles jusqu'à la mort de Tito et puis quand la guerre a commencé, on s'est dit qu'on n'avait plus rien à perdre, qu'il fallait essayer de rassembler les militants de tous bords autour d'une cause commune, ne surtout pas les laisser s'entretuer. On a neutralisé Ansidei et Folacci, les deux trafiquants de drogue. Presque immédiatement, on a eu ce tuyau sur Barbato, un gros poisson. On a longuement repéré ses habitudes et on a fini par le coincer sur le port de Bonifacio. En plein jour.

— C'était la goutte d'eau, pour Leca.

— À l'écouter, attaquer de front la mafia italienne revenait à s'engager dans un conflit sans issue. Il nous a menacées. On a tenu bon et on a décidé de revendiquer les trois assassinats.

— Et personne ne vous a crues.

— C'est ce silence qui nous a poussées à tout arrêter.

Certains militants étaient trop occupés à se flinguer, d'autres à se cacher, les derniers à essayer de mettre fin au massacre. Nine et Francesca ont continué un petit moment de leur côté, quelques attentats par-ci par-là, ne serait-ce que pour mettre Leca en difficulté avec ses amis de Paris. Et puis elles ont fini par comprendre que ça ne servait plus à rien.

— Je ne comprends pas une chose : quel est le rapport de tout ça avec l'oncle Baptiste ? »

À l'étage, la voix aigre de Nine Secchi répondait sèchement à quelqu'un.

« Aucun, répondit Marie-Thé. Il y a trois semaines, Leca s'est pointé à la bergerie pendant que j'étais au travail. En rentrant le soir, j'ai trouvé Fabien devant une bouteille de whisky, démoli. Il arrivait à peine à articuler trois mots. Il a seulement parlé de Santa-Lucia, de son oncle. Au réveil, il avait disparu. Il est revenu à la maison dans la journée, il a refusé de m'en dire plus. »

Marie-Thé essuya ses yeux et se raidit lorsque la porte de la cave s'ouvrit à la volée. Les filles du Commando Maria Gentile descendirent les marches, Francesca Ottomani en tête. Madame Grassouillette et la géante au pull gris portaient toujours leur cagoule. Nine Secchi avait remplacé son Taser par un 45 automatique.

« On a perdu suffisamment de temps comme ça, dit Francesca à Marie-Thé. Dis-lui. »

Marie-Thé fit quelques pas à l'écart de la caisse où était toujours posé son flingue.

« On veut que tu fasses quelque chose pour nous.

— Partir en Italie, à Bologne, dit Francesca en jetant

un sac à mes pieds. Dedans, il y a un portable avec communications prépayées. Tu n'appelles personne, pour aucun motif. Lorsque tu reçois un appel, tu décroches, tu ne dis rien, pas un mot. Si on t'envoie un message, tu n'y réponds pas non plus. Tu suis juste les consignes.»

Je regardai Marie-Thé.

«C'est une blague?

— On ressemble aux Inconnus? demanda Francesca Ottomani.

— Il y a des départs tous les jours, dit Marie-Thé. Dès le matin. Dans le sac, tu trouveras aussi mille euros. On ne sait pas combien de temps ça peut durer. Trouve une chambre quelque part et attends.

— Attendre quoi?

— Tu le sauras une fois là-bas.

— J'ai une dernière question, dis-je : pourquoi je ferais ça?

— Parce que dans le cas contraire, répondit Nine Secchi, je te mettrai deux balles dans la nuque.»

23

J'embarquai à bord du *Mega Andrea* au petit matin du surlendemain après m'être fait recoudre la peau du crâne aux urgences de l'hôpital de Bastia en prétextant une chute. J'avais payé mon aller simple en liquide, avec les billets du sac. Le ferry était complet : les premiers vacanciers, des retraités surtout, qui privilégiaient la relative douceur du printemps à la fournaise de juillet, retournaient à La Varenne-Saint-Hilaire et à Besançon en s'offrant un dernier détour par la Toscane. On croisait aussi, dans les coursives, les habitués des traversées entre l'île et l'Italie, quelques entrepreneurs locaux et de rares grossistes en matériaux de construction qui s'en allaient passer commande de marchandises. La plupart du temps, ceux-là réservaient une cabine pour se reposer avant de longues heures d'autoroute vers le sud ou vers Milan, itinéraires variables en fonction de savantes combinaisons de quantités, de coûts unitaires, de rendez-vous plus ou moins convenus avec des intermédiaires locaux, margoulins et entremetteurs plutôt que courtiers, des types capables de planter une rencontre sans préavis et raccrocher au nez dans un *Vaffanculo* nasillard.

Et puis il y avait la petite colonie de passagers qui grossissait d'année en année, les ouvriers roumains, derniers arrivés dans la hiérarchie anthropophage de l'ordre économique insulaire. On les reconnaissait à leurs pulls en polyester usés aux coudes, leurs jeans de contrefaçon trop larges qui tirebouchonnaient sur des baskets fatiguées et des chaussures de sécurité couvertes de mouchetures de boue, de taches de peinture. Ils parlaient peu et à voix basse, déjà épuisés, les yeux brillants d'avoir traversé la Corse dans un fourgon ou à l'arrière du camion frigorifique prêté par un patron plus compréhensif que les autres. Pour eux, chaque trajet durait l'éternité d'un voyage en bateau puis à l'intérieur de bus hors d'âge, des tombeaux roulants surchauffés, puant l'essence, qui les emmenaient vers leurs villages de Roumanie à un tarif de brigand car on pouvait sans risque voler jusque dans leurs poches le peu qu'ils avaient gagné dans les rangs d'arbres fruitiers et sur les chantiers du BTP, c'était même parfaitement légal, l'Europe ayant décidé qu'il serait possible pour un pays suffisamment mal en point, ou corrompu, ou les deux, d'accepter de voir ses ressortissants transformés en esclaves.

Sitôt à bord, je rejoignis la cafétéria, où les serveurs napolitains caquetaient, s'interpellaient et attiraient le chaland en gueulant comme des putois – leur petit manège fournissait aux passagers une attraction en soi, bien plus divertissante que la piscine toujours fermée ou le bar à cocktails du pont supérieur. Face aux vitrines surchargées de viennoiseries sorties du four, de jus de fruits, de tranches de mortadelle, les Roumains hésitèrent, calculant en silence le montant dont ils devraient entamer leur capital pour s'offrir un café et la folie d'un pain au chocolat, d'une petite assiette d'œufs brouillés ou l'un de ces atroces chaussons gorgés de crème qui damnent les Italiens. Pendant qu'ils comptaient sou après sou, les autres clients les doublaient dans la file en riant bruyamment, leurs plateaux recouverts de demi-baguettes et de petites barquettes de confiture, de tablettes de beurre, d'un verre de jus d'orange pressée, de tasses de café fumant, de tranches de jambon et de carrés de fromage. Le temps que les ouvriers roumains se décident, après toutes leurs additions, leurs soustractions, multipliées par la culpabilité de ramener moins d'argent à la femme et aux enfants restés au pays, même pour un seul, pour deux, pour trois euros, presque toute la nourriture avait transité depuis les vitrines réfrigérées, que les serveurs napolitains se mirent à nettoyer sans attendre, vers trois cents plateaux de retraités, de touristes de tous âges et de toutes conditions, qui bâfraient en s'esclaffant d'un bout à l'autre du réfectoire ou, au contraire, dévoraient leurs céréales le nez plongé dans le bol, la main refermée en pince de crabe autour du ramequin de salade de fruits, comme les bagnards de jadis, et aux Roumains ne restèrent que des croûtons, des croissants infirmes privés d'une pointe, la pâte déchirée d'un chausson dégobillant une crème couleur de pus. Alors, ils tentèrent de négocier avec les intraitables serveurs napolitains qui se contentèrent de leur adresser de la main le geste que l'on réserve aux mendiants des terrasses de café, oust, du balai.

Les Roumains gagnèrent alors l'air libre, sur le pont, où une vieille dame s'approcha en offrant à l'un d'eux, le plus jeune, un sac en papier bourré de pains au chocolat, avec la mine de qui en est rassasié, essayant d'expliquer dans un sabir de corse, d'italien et de français que, non, décidément, c'était bien trop pour elle qui n'avait pas besoin de tant manger et, pour tout dire, en était presque dégoûtée. C'était une dame patronnesse descendue de son village en robe des dimanches pour le long pèlerinage jusqu'à la place Saint-Pierre.

La vieille insistait : *Ma prendilo, io non ne voglio più*, « Prends-le, je n'en veux plus », et le Roumain, sous l'œil de ses camarades, accepta au moment où la vieille qui pouvait être sa grand-mère ou son arrière-grand-mère posa sa main décharnée sur sa poitrine : *Prendi, prendi tutto, ragazzo*[1]. Il voulut la remercier mais la vieille s'était déjà mise à trotter vers les autres membres du groupe de pèlerins, d'autres vieillardes qui lui ressemblaient, avec leurs boucles blanches et leurs jupes en flanelle grise, leurs tailleurs démodés sortis de l'armoire une fois tous les deux ans lorsque le prêtre de la paroisse se rendait disponible pour organiser le voyage à Rome. Et toutes se mirent à l'interroger : *Allora, l'ha pigliati?*, « Alors, il les a pris » et la vieille hocha la tête, répondit que oui, que ça n'avait pas été sans mal mais qu'il avait tout pris et que, cette fois, elles avaient bien

---

1. « Prends, prends tout, mon garçon. »

225

fait de s'arrêter sur le chemin du port pour acheter les pains au chocolat et s'éviter la tristesse et la honte de la dernière traversée, lorsqu'elles avaient été témoins de scènes semblables, qu'elles avaient compris pourquoi les ouvriers roumains restaient si longtemps plantés devant les vitrines de la cafétéria et qu'il n'y avait plus rien à faire pour eux qu'une aumône d'un ou deux billets de cinq euros, d'inutiles morceaux de papier lorsque l'on a faim et qu'il ne reste plus rien à manger.

    C'est ainsi que se déroula la traversée du canal de Corse dans l'assourdissante rumeur de basse des machines, au milieu de cette société à l'échelle réduite où chaque comportement paraissait amplifié, la bêtise et la générosité, l'indifférence, l'avidité, la bassesse concentrés entre sept ponts et soixante et un milles nautiques, de Bastia au port de Livorno, que l'on devinait à présent à ses bassins très clairs, ses hautes grues tout à fait immobiles et son phare en pierre blanche, la porte de la Toscane.

*

Il faisait chaud. Une odeur de carburant se mêlait aux exhalaisons des bassins saumâtres. Sitôt à quai, les Roumains avaient disparu. Des collégiens en voyage scolaire remontèrent en file indienne vers la ville, traînant leurs valises à roulettes derrière eux, encadrés par cinq jeunes professeures d'italien. Les dames patronnesses se regroupèrent derrière la haute taille d'un prêtre à l'accent polonais qui les guida vers une flottille de minibus blancs garés près de la sortie du port.

Je pris le bus via Grande jusqu'à la petite gare aux murs clairs, avec ses marbres et ses stucs, où un guichetier apathique me délivra un billet pour Bologne avec correspondance à Santa Maria Novella, la gare de Florence, vingt-cinq minutes de battement seulement, trop peu pour tremper des cantuccini dans un verre de vin santo sur la Piazza della Signoria mais assez pour acheter un paquet de clopes et sortir en griller une près d'un binôme de bérets rouges de la brigade Folgore qui veillait sur l'entrée de la gare près d'un véhicule blindé.

Le train pour Bologne était en assez mauvais état mais il arriva à l'heure pile, ce qui n'allait pas toujours de soi, au quatrième sous-sol de la nouvelle gare de la ville, ultramoderne, avec ses murs gris propres, ses longs corridors de vaisseau spatial balisés d'interminables lignes blanches et jaunes et ses escalators vertigineux s'élançant vers la surface.

Dehors, sur la façade du bâtiment, les aiguilles d'une horloge géante étaient arrêtées sur dix heures vingt-cinq, l'heure à laquelle, le 2 août 1980, une bombe d'une forte puissance avait explosé dans la salle d'attente en plein chassé-croisé des vacances d'été – quatre-vingt-cinq morts, deux cents blessés. Les voyageurs passaient sans s'arrêter ou fumaient, indifférents, sous la plaque rappelant la tragédie. J'observai un instant deux jeunes femmes penchées sur l'écran de leur téléphone portable puis je fis signe à un taxi dont le chauffeur, peu loquace mais fort efficace, me conduisit en moins de dix minutes devant l'établissement qui lui paraissait le mieux convenir à mes attentes, le Splendid Hôtel, via Aurelio Saffi, triste et large avenue où la ville cessait déjà d'être elle-même.

Là, un réceptionniste indifférent me contraignit à faire le pied de grue pendant quinze longues minutes tandis qu'il s'entretenait au téléphone dans une langue inconnue, avec un correspondant dont je pouvais entendre le débit staccato à travers le combiné. Après avoir raccroché, il me considéra d'un œil mort et décrocha du tableau un lourd porte-clés en forme de globe cerclé de caoutchouc, qu'il me tendit du bout des doigts en précisant que ma chambre portait le numéro 408 et que le chiffre 4, peint au pochoir sur le porte-clés, se rapportait au quatrième étage.

Une odeur de désinfectant parfum chewing-gum à la fraise saturait l'atmosphère de la chambre, meublée d'un lit au matelas très dur et d'un placard aux portes dégondées. Au plafond, des lézardes traversaient comme des fleuves la cartographie de territoires inconnus, des continents en forme de larges taches sombres d'humidité, des archipels de giclures, la presqu'île formée par une retouche de peinture. Mais j'avais assez voyagé pour la journée et je m'endormis moins de cinq minutes après m'être allongé sur le matelas.

*

Je passai le reste de la journée à m'éveiller et repiquer du nez sitôt les yeux ouverts. Une tentative pour trouver un distributeur de bouffe à l'étage se solda par un cuisant échec et, vers dix-huit heures, je finis par prendre une douche à débit et température aléatoires, un geyser d'eau bouillante succédant à un ruisselet de flotte glacée et ainsi de suite.

Après avoir laissé mon porte-clés-massue à la réception, je suivis la via Aurelio Saffi jusqu'au centre historique de la ville où les *portici*, les arcades couvrant la plupart des rues, ne laissaient apparaître du ciel que les formes géométriques d'un rectangle bleu traversé par les lignes droites des caténaires du tramway, ou d'un losange que délimitaient les arêtes des toits, la perspective des façades.

Le jour n'éclatait vraiment qu'une fois atteint le cœur de la ville antique, vers la Piazza Maggiore, près de la colossale statue de Neptune où les touristes n'étaient pas si nombreux que ça et ne parvenaient pas à entamer la beauté du lieu. Je m'installai au café Vittorio Emanuelle, près d'un couple très distingué occupé à médire sur la mode du Spritz, et commandai un café.

Après une heure passée à contempler le va-et-vient des badauds, les touristes chinois vêtus de tenues colorées, je décidai de retourner à l'hôtel où je passai la soirée à contempler la géographie complexe du plafond.

Le lendemain, vers six heures du matin, une vibration sur la table de nuit me tira du sommeil. « RDV CEMENTARIO CERTOSA – 10:00 »

*

Il me fallut une demi-heure de marche pour rejoindre le cimetière de la Certosa et m'engager le long de l'allée principale d'où l'on apercevait, à travers le passage ouvert sous des voûtes, des statues d'anges aux ailes déployées, de jeunes filles pensives assises sur des tombes et, même, la sculpture d'un forgeron en tablier, poing à la hanche, le manche de son marteau monumental reposant contre une enclume de pierre. Les tombes racontaient plus d'un siècle d'histoire italienne, les soubresauts de vies déchirées, les fratries dispersées. L'une d'elles portait deux inscriptions : un frère mort sur le front russe, à Popowka, en 1942 ; l'autre tombé à Anzio, deux ans plus tard, sous l'uniforme américain. Je me promenai ainsi pendant près d'une heure, dans une atmosphère de calme absolu qui rendait mon rendez-vous plus inquiétant. Me rappelant les menaces de Nine Secchi – « Je te mettrai deux balles dans la nuque » – je m'attendais à recevoir, à tout moment, une volée de plombs tirée à la sauvette. Au moins, je me trouverais déjà sur place pour les obsèques.

Aux alentours de dix heures trente, le portable vibra encore et un nouveau message apparut à l'écran. Mon correspondant avait le sens de l'humour : « RDV TOMBE CAPITANO MARIO BASTIA, DIV. 3 »

Je mis vingt bonnes minutes à trouver l'endroit, à l'entrée de la 3e division du cimetière, une simple plaque posée au bord d'une allée dont les inscriptions en relief précisaient que le capitaine Bastia, officier à la courte carrière, était mort jeune et avait reçu une *medaglia d'oro* pour des faits d'armes qui ne faisaient l'objet d'aucune précision. Un homme d'une quarantaine d'années vêtu d'un pardessus bleu marine m'y attendait, légèrement penché en avant dans une attitude de recueillement, les yeux mi-clos. Je m'avançai à ses côtés, il ne prononça pas un mot. Après cinq minutes, il posa une carte de visite sur le rebord de la plaque, ajusta le col de son manteau et s'éloigna d'un pas lent, les mains au fond des poches de son manteau de laine, comme s'il devait réfléchir à un problème insoluble.

Sur le rectangle de papier, en caractères d'imprimerie, on pouvait lire «Dott. Montanari. 10, via Ugo Bassi».

*

Des taxis attendaient à la sortie du cimetière. Le premier accepta la course et me déposa dans le centre-ville à l'adresse indiquée. Je fis des confettis de la carte de visite et les dispersai dans une poubelle. Sur le côté droit d'une double porte en bois ornée de cercles sculptés, une plaque de laiton portait une inscription en élégantes lettres capitales : STUDIO LEGALE, DOTT. TESSIO MONTANARI, DOTT. COMMERCIALISTA, REVISORE CONTABILE, CONSULENTE TECNICO DEL GIUDICE.

J'appuyai sur la sonnette du dottore Montanari, la serrure se libéra dans un claquement sec et je poussai la lourde porte pour découvrir un portail au plafond décoré par des fresques. À droite, une cage d'escalier dont les marches étaient recouvertes d'un tapis vert maintenu par des barres de cuivre permettait d'accéder aux étages. Je montai l'escalier jusqu'au second, sonnai à une porte et une dame entre deux âges m'introduisit dans le cabinet de Montanari. Au bout d'un couloir, elle donna trois petits coups sur une porte et, sans obtenir de réponse, m'invita à entrer.

La pièce était plongée dans la pénombre. On y devinait à peine, entre les deux hautes fenêtres du fond dont les rideaux étaient tirés à moitié, le grand bureau derrière lequel se tenait la frêle silhouette d'un vieillard très bien mis. La tempe posée sur un poing fermé, il semblait rêver.

« Comment va-t-elle ? » demanda-t-il après un moment.

Sa voix chevrotait comme s'il reprenait son souffle après un effort.

« Je ne sais pas, monsieur.

— Vous ne savez pas… »

Il toussa dans son poing, reprit :

« … Vous ne savez pas parce que vous ignorez tout d'elle ou parce que vous ne connaissez pas son état ?

— Je ne sais pas, monsieur. C'est tout ce que je peux dire. »

Lentement, en arc-boutant ses bras sur les accoudoirs de son fauteuil, le vieux se redressa et toussa de nouveau. J'ignore pourquoi je me pris à imaginer, sous ces vêtements coûteux, son corps de vieillard, ses jambes maigres où le genou faisait une bosse, les cuisses tendues de nerfs et le sexe racorni couronné de poils blancs, les épaules pointues où s'attachaient des bras noueux comme des branches mortes, tous les signes d'une décomposition en cours qu'annonçaient des marbrures violacées, un lacis bleuâtre de veines courant sous la peau fine.

Cette anatomie du désastre m'apparaissait aussi

clairement que si l'on avait exposé son cadavre aux néons d'une salle d'autopsie et, tandis que je me le représentais mort à présent, nu et allongé sur une grande table en inox, ce corps usé se mit en mouvement tout doucement, passa comme une ombre chinoise dans le rectangle de la fenêtre donnant sur la via Bassi et, le bras gauche replié selon un angle curieux, son coude tourné vers l'extérieur, avança jusqu'à une bibliothèque dans un chuchotement de semelle glissant sur l'épaisse moquette du bureau. Le *dottore* tendit la main droite vers un cadre argenté posé sur une étagère devant une rangée de vieux recueils de jurisprudence, prit le cadre avec délicatesse et le ramena vers lui avant de s'approcher de la fenêtre, dont il écarta légèrement les rideaux.

« Venez, dit-il. Regardez. »

Sur la photo du cadre, deux visages monochromes souriaient. Le premier appartenait à une magnifique femme blonde d'une trentaine d'années, coiffée d'une permanente passée de mode depuis longtemps. Le second était celui d'une petite fille aux joues pleines qui pouvait avoir six ans. Une de ses dents du haut n'avait pas fini de repousser.

« Vous qui êtes un homme fait, dit le dottore Montanari, vous devez savoir ce que signifie perdre la personne que vous aimez le plus au monde, n'est-ce pas ? »

Il n'attendait pas de réponse. Il effleura la photo du pouce, s'attardant sur le visage et l'épaule de la gamine comme s'il cherchait à sentir sous le verre le grain de peau de la gamine, en éprouver la souplesse, y reconnaître peut-être une sensation perdue. La moitié de son visage se trouvait prise dans la lumière terne du dehors et le contraste formé par les rides profondes de son front apparaissait plus nettement, comme la tache brune en forme de losange sur sa tempe gauche et, plus bas, une cicatrice très fine, blanche, juste sous l'œil.

Quelques minutes passèrent et il frissonna, puis retourna du même pas traînant reposer le cadre où il l'avait pris, toussota une nouvelle fois dans son poing. À la grimace qu'il ne put retenir, je compris qu'il devait beaucoup souffrir.

« Bien entendu que vous savez, reprit-il. Si vous parvenez à comprendre qui elle est, dites-lui que je n'ai plus beaucoup de temps devant moi. J'ai passé ma vie à l'attendre, je peux consacrer ma mort à l'attendre encore. Quand ce moment arrivera, dites-lui bien, n'est-ce pas, qu'on m'emmènera dans le caveau familial de la Certosa. Nous pourrons nous rencontrer là-bas. C'est encore le plus simple. Vous connaissez le cimetière de la Certosa ?

— Ce n'est pas très loin de mon hôtel.

— Excellent, dit-il sans me quitter des yeux. Excellent. Alors, n'oubliez pas : la Certosa, caveau familial. Elle saura trouver, c'était une enfant très intelligente. »

Il regagna son fauteuil et s'y assit avec précaution. Puis il me désigna, posé sur une chaise près de la porte d'entrée, un sac de sport noir fermé par un cadenas.

*

Deux jours passèrent sans recevoir la moindre nouvelle, sans que je comprenne ce qui m'arrivait, ni ce que je devais faire du sac. Je n'avais même pas essayé de l'ouvrir : cette histoire ne concernait que les femmes du Commando Maria Gentile, pas moi. En revanche, je m'inquiétais de savoir ce que Leca ferait de moi une fois rentré en Corse, maintenant que j'avais manqué à ma parole de lui amener Marie-Thé et disparu avec son fric.

Je restai enfermé le jour suivant dans ma chambre de l'hôtel Splendid, guettant toutes les cinq minutes le message qui ne venait pas et commandant un plateau-repas à la réception. Les programmes télé étaient nazes, je n'arrivai pas à fermer l'œil et je priais pour que Fred le Ped ne se lasse pas : il avait peut-être glané un tuyau et essayait sans succès de me joindre depuis mon irruption dans son duplex-donjon.

Au matin du troisième jour, je me décidai à mettre le nez dehors, le sac du vieux Montanari en bandoulière – pas question de le laisser sans surveillance au Splendid – pour une balade dans les rues de Bologne. C'était une ville propre, agréable, dont les habitants dépouillaient leur hospitalité de toute emphase et les auberges, bien tenues, accueillaient le client sans la faconde artificielle que beaucoup d'Italiens affectent sitôt un touriste en vue.

La clientèle de Da Gianni, au 18 de la via Clavature, paraissait essentiellement constituée d'habitués et les imprudents qui avaient oublié de réserver étaient impitoyablement refoulés par le sourire navré d'une jeune serveuse, la fille des propriétaires. J'avais découvert l'adresse par hasard, en flânant et j'y déjeunai d'un plat de tortellini balanzoni couleur d'épinards frais, fourrés d'une farce de mortadelle si finement hachée qu'elle fondait sur la langue. À la fin du repas, le patron, auquel manquaient l'index et le majeur de la main droite, vint à ma table m'expliquer comment il faisait lui-même le miel et la confiture de figues fraîches, noire comme de la tapenade, qui accompagnaient son assiette de formaggi misti.

Il me porta l'addition, je ramassai le sac sous la table et le patron me raccompagna vers la sortie. La température était douce, je venais de remporter une victoire sur moi-même en me cantonnant à un verre de vin rouge. Je pris la via Marchesana, cherchai un instant mon chemin pour rentrer au plus vite à l'hôtel en prévision d'une sieste et, après avoir fait quelques mètres, tombai nez à nez avec mon couple de voisins sportifs, le bonhomme aux yeux bridés et la jolie blonde. Aussi étonnés que moi, ils ne firent plus un pas. Puis la jeune femme me sourit, s'approcha et, d'un air ravi, se pencha à mon oreille : « Souriez, dit-elle, et claquez-moi la bise. » Elle continua : « Maintenant, vous nous suivez gentiment ou mon camarade ici présent passe un coup de fil à la police italienne pour lui conseiller d'aller jeter un coup d'œil à votre chambre, numéro 408, quatrième étage de l'hôtel Splendid, via Aurelio Saffi, où on trouvera dans votre valise cinquante-trois photos de gosses en train de se faire enculer. »

24

Je notai mentalement le nom des rues que nous traversions, sa tête penchée sur mon épaule comme une vieille copine et lui sur nos pas, mon sac au bout du bras, sifflotant d'un air guilleret : un retour sur nos pas vers la via Clavature, puis à droite sur la via de Toschi et encore à droite, le long d'une galerie couverte où, dans un recoin voûté, trois marches menaient à un restaurant baptisé la Taverna del Postiglione.

Le type passa devant, ouvrit la porte et salua un serveur, cravate noire sur chemise blanche, tablier beige remonté sur la poitrine. À cette heure de l'après-midi, la première salle était déserte. Au fond de la seconde, sur la droite, un homme vêtu d'une veste de costume marron clair, d'une cravate sombre et d'un pantalon noir attendait devant une assiette où ne restaient que quelques tagliatelle al ragù, et une bouteille de San Giovese à moitié vide.

Mon faux voisin posa le sac sur une chaise et s'installa près d'une fenêtre pour se mettre à consulter son téléphone portable. La blonde gagna une table près de l'entrée de la salle en adressant un signe au serveur, qui s'évapora.

« Je ne pense pas que nous ayons besoin de faire les présentations, dit l'homme au costume. Nous avons appartenu à la même administration, n'est-ce pas ? »

Simon Beretti avait l'aspect physique des gens qui maigrissent trop et trop vite. Dans la presse, les photos illustrant les articles qui avaient accompagné ses succès dans la lutte antiterroriste montraient un homme gros et large, au teint rubicond, à la carrure de fort des Halles. Mais à présent, deux fanons de chair grise pendaient à son cou, qui dépassait du col de sa chemise immaculée sans en toucher les bords, et le geste qu'il fit pour m'inviter à prendre place face à lui paraissait maladroit, presque emprunté, comme s'il ne parvenait pas à s'habituer à sa nouvelle corpulence.

Depuis quarante ans, l'ex-commissaire Simon Beretti, qui avait entamé sa carrière à la DST, était le « monsieur Corse » officieux de tous les gouvernements, de droite comme de gauche, en plus de quelques autres fonctions qui n'apparaissaient pas sur son CV. C'était, plutôt qu'un commis de l'État, un serviteur loyal de la raison d'État.

« Pour être franc, dis-je, il ne manquait plus que vous au tableau.

— Je le prends comme un compliment. »

Il passa un bras derrière sa chaise. Ses doigts se mirent à rouler doucement une boulette de mie de pain.

« Ne pensez-vous pas que la manière la plus intelligente et la plus fructueuse d'aborder notre entretien consisterait sans doute à abandonner quelques minutes nos préventions mutuelles ?

— Vos phrases sont trop compliquées, surtout après un repas trop riche et cette rencontre inopinée avec vos deux laquais, qui m'a coupé la digestion.

— « Inopinée », ironisa Beretti avec un petit rire. Je vous concède qu'ils peuvent se montrer assez abrupts mais leurs talents ne sont plus à démontrer, croyez-moi. Ils se trouvaient déjà dans le bureau de Grossouvre, à l'Élysée, le fameux soir d'avril 1994. Leur première mission. Un succès sur presque toute la ligne s'ils n'avaient dû forcer un peu sur l'épaule gauche de ce malheureux. À présent, tout le monde se moque de cette péripétie mais souvenez-vous : nous ne sommes pas passés loin de la crise de régime.

— Vous m'avez convoqué pour me révéler des secrets d'État ?

— Ceux que vous approchez en ce moment suffisent amplement, inutile d'en rajouter avec le passé. Et je n'aime pas le mot "convocation". Nous avons un simple entretien.

— Bravo pour votre professionnalisme, en tout cas. Je n'ai rien compris au manège de mes nouveaux voisins. Je les ai pris pour un de ces couples de Parisiens qui font monter les prix de l'immobilier en rachetant des apparts au prix fort. Vous me faites suivre depuis combien de temps ?

— Le temps nécessaire. Il faut bien avouer que M. Leca et vous-même n'avez pas été très discrets. On dirait d'ailleurs qu'il a renoncé à la prudence dont il était coutumier du temps de sa splendeur. C'est là un travers commun à tous les anciens mauvais garçons qui pensent être arrivés : ils finissent par se croire hors d'atteinte et multiplient les erreurs. Évidemment, un jour ou l'autre, ils finissent par les payer. »

Sans m'en proposer, Beretti se servit un verre de vin auquel il ne toucha pas.

« Paul-Louis Leca a longtemps été l'individu le plus calculateur qu'il m'ait été donné de rencontrer, continua-t-il. Un homme capable d'anticiper les coups bien avant que le premier de ses adversaires y songe seulement. Un adversaire d'une extrême finesse.

— Ce ne devait pas être pratique pour vous.

— Au contraire. Pour traiter l'épineuse question du nationalisme corse, nous avions besoin d'interlocuteurs à même de déjouer certains pièges dans lesquels il nous était interdit de tomber.

— Vous avez eu moins de scrupules à les y pousser.

— Détrompez-vous : nous ne sommes pratiquement pour rien dans la guerre entre nationalistes et c'est là toute l'ironie de l'histoire. Ce que nous avons échoué à faire en quinze ans, avec nos petites réunions policières, nos fonds secrets et nos hommes de main pas toujours très fréquentables, les natios y sont parvenus sans notre concours. »

Beretti approcha le verre de son nez, en huma l'arôme un moment puis y trempa les lèvres.

« Voyez-vous, reprit-il, j'appartiens à une génération qui a grandi dans une profonde admiration pour la République. Mon pauvre père était programmé pour prendre la suite du sien et devenir cantonnier. Mais il a terminé à l'état-major de la 1re division blindée à Trèves, en Allemagne, avec le grade de colonel. C'était un homme extrêmement impressionnant, patriote jusqu'au bout des ongles mais qui ne s'exprimait qu'en corse en dehors du service. Lorsque les autonomistes ont commencé à faire leur barouf, il refusait de croire que ses compatriotes puissent renier la Mère Patrie. Pour lui, ces gens-là ne pouvaient être que des benêts plus ou moins manipulés par une puissance étrangère et, compte tenu de ce qu'il avait vécu sous l'Occupation en Corse, alors qu'il n'était qu'un enfant, il y voyait la main de l'Italie. "Ces nationalistes, disait-il : *lucchisacci è figlioli di lucchisacci*[1]." Absurde, n'est-ce pas ?

— Où voulez-vous en venir ?

— À ceci : quelques mois avant sa mort, vers la fin 1994, alors qu'il était déjà très malade, il m'a appelé et m'a dit "Mon fils, je me suis trompé, ces gens-là appartiennent à notre race : il n'y a que des Corses pour s'exterminer aussi impitoyablement." »

Je posai mes coudes sur la table, avançai le cou vers Beretti.

« Pourquoi me racontez-vous tout ça ?

— Pour vous faire comprendre que les choses sont rarement aussi simples qu'elles le paraissent, dit-il. Et c'est précisément là que vous intervenez.

— De quelle façon ?

— La politique, les petites combines, les berlines

---

1. « ... des sales Ritals et des fils de sales Ritals. »

qui venaient le chercher à Orly pour le déposer place Beauvau, les putes moldaves qui l'attendaient à l'hôtel, Leca a fini par s'en lasser. Il a aussi oublié ses devoirs et nos liens, disons, de confiance réciproque. C'est pourquoi il s'est abaissé à la satisfaction d'instincts moins élevés que la quête du pouvoir. L'argent est tout ce qui l'intéresse aujourd'hui. Et chez nous, qui dit argent dit aussi, souvent, mauvaises fréquentations, le genre que nous ne pouvons plus tolérer par les temps qui courent.

— Qui est ce *nous* ? L'État ? »

Beretti émit un petit rire moqueur.

« Qu'est-ce que l'État, aujourd'hui, je vous le demande ? Une fiction ? La somme virtuelle de quelques intérêts particuliers ? Je représente autre chose, cher ami. Non plus l'État mais ce qui subsiste de l'idée qu'on s'en fait. »

La blonde se leva de sa chaise, rejoignit son compagnon pour lui glisser un mot à l'oreille. Il haussa les épaules sans décoller les yeux de son portable. Elle regagna sa place d'un air dépité.

« C'est vous qui avez mis Leca dans cette position il y a vingt-cinq ans. C'est à vous de nettoyer la merde qu'il laisse sur son passage.

— Ce que vous appelez sa merde peut devenir la vôtre. Et plus vite que vous ne le pensez.

— C'est pour me menacer plus facilement que vous avez attendu que je quitte la Corse pour me coincer ? Je connais les techniques des gens de votre acabit. Ici, je suis coupé de tout.

— Et très vulnérable. Mais nous nous moquons

éperdument de ce que vous êtes venu fabriquer ici, avec vos rendez-vous dans les cimetières et les cabinets de juristes. Vous avez entendu parler de César Orsini, le parrain allergique aux abeilles ? »

J'acquiesçai.

« Eh bien, reprit Beretti, nous savons que Leca et feu L'Empereur étaient associés dans un projet industriel de grande envergure et nous désirons ardemment connaître la nature exacte de ce projet, même si nous avons notre petite idée là-dessus.

— Pourquoi ne pas le lui demander directement ?

— Parce qu'il a coupé les ponts et s'estime sans doute protégé par ses anciens amis nationalistes au pouvoir. Ils le haïssent, comme vous le savez peut-être, car il leur rappelle trop de mauvais souvenirs. Mais le jour où il aura besoin d'une signature pour concrétiser son fameux projet, ils la lui donneront parce que Leca dispose d'un considérable capital d'influence. Année après année, élection après élection, nous l'avons aidé à placer les bonnes personnes aux bons endroits, dans les administrations et le monde économique, au Medef, dans les chambres de commerce et d'agriculture. Enfin, partout où c'est utile.

— De la même manière que vous avez essayé de le tuer avant d'en faire votre allié. Votre créature se retourne contre vous.

— Peu importe. Ce qui nous intéresse aujourd'hui, c'est de comprendre à quoi joue M. Leca. Et quels étaient ses projets avec le regretté César Orsini. »

Du coin de l'œil, je vis le type posté près de la fenêtre

ranger son portable dans la poche de son blouson et adresser à la blonde un discret mouvement du menton. Elle se leva, frappa du talon sur le carrelage pour se dégourdir les jambes.

« Je vois que nos anges gardiens ont décidé que l'entretien touchait à sa fin, dit Beretti. Je me fie toujours à eux pour savoir à quel moment il est temps de partir même si je regrette de devoir vous quitter.

— Qu'est-ce que je gagne à vous aider ?

— Votre intérêt se situe très précisément là où je décide qu'il soit. Et, dans le cas présent, il consiste à faire ce que je vous demande. »

Beretti s'essuya la bouche avec le coin d'une serviette puis il repoussa sa chaise et boutonna sa veste de costume trop large.

« Mais je ne suis pas un homme ingrat, dit-il. C'est pourquoi je vous laisse votre précieux sac en gage de bonne foi. Je forme simplement le vœu que toute cette histoire ne vous mène pas au fond d'une allée sombre, avec deux balles dans la nuque. »

25

J'étais rentré le surlendemain de l'entrevue avec Beretti, après avoir poireauté une journée supplémentaire à Bologne en attendant le message «RETOUR OK» qui m'avait été adressé juste à temps pour que je me retrouve dans le ferry du retour vingt-quatre heures plus tard.

Sitôt arrivé chez moi, lesté du foutu sac, j'avais consulté mon portable, saturé de messages du commissaire Rochac : deux jours auparavant, l'oncle Baptiste avait été retrouvé par des touristes amateurs de canyoning au bord d'un affluent du Golo, tout au fond d'une vallée encaissée, à plus de sept kilomètres au nord de son point de départ. Il avait dû suivre le cours de la rivière sans savoir où aller et était mort en chemin, quelques jours après sa disparition.

Au téléphone, Rochac s'était montré furieux de mon silence prolongé et ne s'était calmé qu'en m'entendant lui annoncer, sur un ton de loser professionnel, la raison de ces journées d'indisponibilité : une hospitalisation liée à mon addiction. Décontenancé, sans même se donner la peine de vérifier, il s'était calmé et avait consenti à me préciser les circonstances de la mort de Baptiste. « Aucune trace de la moindre lésion létale. Le légiste attribue la mort à une hypothermie. Son corps n'est pas dans un état convenable. L'humidité, les bêtes… Surtout les bêtes, d'ailleurs.

— Ça ira, je vous remercie.

— Eh bien, dit-il, pressé d'écourter la conversation, je vous souhaite une bonne journée. C'est à peu près tout ce que j'avais à vous dire.

— C'est aimable à vous, j'apprécie. Monsieur ?

— Je suis toujours là.

— Pour l'enterrement…

— M. Maestracci n'avait plus de famille depuis le décès de son neveu. À ce que l'on m'en a dit, c'est une vieille dame du village de Santa-Lucia qui a pris les frais d'obsèques à sa charge. Il a été enseveli dans le caveau familial du cimetière près de son père, sa mère et son frère. Et de Fabien Maestracci, naturellement.

— Je vous remercie. Et j'ai une dernière question.

— Je vous écoute.

— L'enquête sur l'assassinat de Fabien ? »

Rochac soupira lourdement.

« La femme est toujours portée disparue. Aucun élément nouveau. Je ne vous cache pas que la proc nous a fait savoir qu'elle avait d'autres priorités.

— C'est en effet quelqu'un qui a l'air de savoir où sont ses priorités.

— Je ne suis pas en mesure de vous en dire beaucoup plus, lâcha Rochac. Mais je vous tiendrai au courant le cas échéant. D'ici là…

— Je vais y songer, monsieur. Merci de ne pas me donner ce conseil. »

*

L'oncle Baptiste était mort en ignorant le tumulte engendré par sa disparition, mort comme il avait vécu, en innocent, longeant le cours d'une rivière où son père l'emmenait peut-être pêcher lorsqu'il était enfant, où ses copains du village et lui se baignaient aux beaux jours. Je ne l'avais jamais connu autrement que sur un cliché flou dans l'album photos du portable de Fabien : un regard de gosse démenti par des rides profondes, la bouche fermée sur un sourire timide et pourtant, d'une certaine manière, il me manquait.

Je me rasai pour la première fois depuis quinze bons jours, tentai sans succès de discipliner un épi rebelle sur le sommet de mon crâne et, ces opérations accomplies sans grande conviction, je m'autorisai un petit tour en ville.

Le boulevard Paoli, l'artère principale de Bastia, et la rue César-Campinchi, bordée de commerces, avaient été partiellement débarrassés des montagnes de détritus sous lesquelles la ville pourrissait depuis près d'un mois. Les quartiers populaires, en revanche, se transformaient petit à petit en gigantesque décharge à ciel ouvert. Des sacs-poubelle s'entassaient au pied des barres d'immeubles, le long des allées, près des écoles. Une association de commerçants avait fait de son mieux pour en évacuer une partie mais rien ne pouvait endiguer le flot d'ordures produites chaque jour par des milliers d'habitants. On ne comptait plus les malaises de personnes âgées incommodées par les miasmes des ordures, des rats traînaient leur ventre rebondi d'un tas de déchets à un autre, s'aventuraient dans les cages d'escaliers des immeubles, les arrière-cours, se comportaient avec une arrogance de maîtres des lieux. De temps à autre, une bande de gamins déboulait d'une cité et s'amusait à faire un carton sur les rongeurs les moins vifs, les plus gras, à coups de carabine à plombs. L'exemple dissuadait les autres rongeurs le temps de quelques jours puis les plus courageux quittaient à nouveau leurs tanières, bientôt imités par une troupe sans nombre.

*

Les filles du Commando Maria Gentile étaient invisibles. Tout comme Leca, qui paraissait avoir d'autres chats à fouetter qu'organiser une entrevue avec Marie-Thé. Pendant plusieurs jours, je ne fis rien d'autre qu'écluser des Colomba, me traîner de mon lit au canapé déglingué du salon, d'un documentaire animalier à une série policière danoise où les personnages s'exprimaient par grognements, plongé du matin au soir dans une demi-ivresse cotonneuse entrecoupée de douches brûlantes et de repas pris à n'importe quelle heure, des barquettes de plats cuisinés à réchauffer au micro-ondes pour l'essentiel.

J'éprouvais surtout la sensation désagréable de servir de boule de flipper à tout ce que la Corse comptait de représentants en cicatrices. Beretti et ses onctueuses manières d'archevêque sodomite, les cinglées de la gâchette du Commando Maria Gentile et Leca, avec ses gardes du corps et son mystérieux projet, ses promesses de lendemains qui ne chantaient plus tant que ça : par moments, l'envie me venait de les envoyer tous au diable, qui les attendait certainement en enfer avec un programme des réjouissances chargé.

Deux jours encore passèrent à me triturer les méninges en espérant recevoir le message qui me délivrerait et nous laisserait quittes, Marie-Thé et moi. Puis, le troisième jour, vers onze heures du matin, on sonna à ma porte. Je passai une robe de chambre et ouvris la porte sur le visage impénétrable de mon faux voisin, qui me tendait une chemise cartonnée.

« M. Beretti vous fait remettre ceci, dit-il. Il m'a demandé de préciser que vous aviez le droit de savoir à quelles personnes vous vous apprêtiez à rendre service. » Puis il tourna une paire d'épaules et traversa la rue pour disparaître dans le hall de l'immeuble d'en face.

Je refermai la porte derrière moi et regagnai la salle à manger, les élastiques du dossier claquant sous mes doigts.

*

La photo, reproduite sur un papier très fin, montrait le visage endurci d'une jeune femme qui ne devait pas avoir plus de seize ans. Une tache sombre étoilait sa pommette droite à l'endroit où elle avait reçu un coup. Le portrait anthropométrique, exécuté à la va-vite, ne ressemblait pas à ceux réalisés par la police française. Le visage était trop rapproché de l'objectif, mal cadré, comme si le photographe n'avait pas eu une minute à perdre avec la jeune femme, dont la photo était agrafée à plusieurs pages couvertes de paragraphes espacés, tapés avec une machine à écrire électronique ou un vieil ordinateur.

Les tournures utilisées dans le document ne laissaient aucun doute sur sa provenance mais le texte était dépourvu de l'en-tête d'un service officiel. Il retraçait le parcours d'une certaine Margherita Montanari, née à Bologne le 15 août 1964, du dottore Tessio Montanari et de son épouse, née Clemenza Pentangeli. Fugues répétées à l'adolescence, exclusions de plusieurs institutions catholiques pour «propagande en faveur des idées communistes» puis fuite du domicile familial vers Rome à l'âge de dix-sept ans et, là-bas, «fréquentation assidue des milieux radicaux». De manière très détaillée, la note s'attardait sur la dérive d'une jeune fille de bonne famille vers le terrorisme d'extrême gauche, sa participation à des manifestations violentes, sa vie dans un squat autonome parmi des dizaines d'autres «contestataires» en compagnie desquels elle avait été interpellée plusieurs fois. À deux reprises au moins, les carabiniers l'avaient ramenée à ses parents. Chaque fois, elle s'était enfuie.

D'après la note, qui faisait état «d'éléments recueillis auprès de contacts au sein des services italiens», la jeune femme avait rejoint la colonne romaine des Brigades rouges à peine âgée de vingt ans, à l'été 1984. Dès l'année suivante, elle était déjà fortement soupçonnée d'avoir participé à plusieurs opérations terroristes dont, fin juillet 1985, l'exécution d'Ezio Tarantelli, un professeur d'économie âgé de quarante-quatre ans, sur le parking de la faculté d'économie et de commerce de l'université La Sapienza, à Rome : plusieurs témoins assuraient l'avoir reconnue alors qu'elle déposait le communiqué de revendication de soixante pages sur la voiture de la victime.

Moins de deux ans plus tard, en mars 1987, elle avait probablement fait partie du commando qui avait exécuté le général d'aviation Licio Giorgieri, via del Fontanile Arenato, à Rome, pour son rôle présumé de référent des autorités américaines dans le projet de bouclier spatial mis en œuvre par Ronald Reagan.

La note précisait que les services italiens avaient fini par localiser la jeune femme, «désormais rompue aux techniques de la clandestinité», un an après l'assassinat de Giorgieri. Mais Margherita Montanari était parvenue à prendre la fuite «en suivant un itinéraire non confirmé» : départ du port de Civitavecchia sous une fausse identité jusqu'en Sardaigne, puis trajet jusqu'à l'île de la Maddalena, entre la Sardaigne et la Corse.

«Plusieurs renseignements dignes de foi recueillis de part et d'autre du détroit de Bonifacio, était-il écrit, font état de la traversée à bord d'un voilier de neuf mètres, propriété de VOLONTE, Gian Maria, comédien italien de renom rencontré fortuitement dans le nord de la Sardaigne. Le navire aurait déposé MONTANARI Margherita à Bonifacio, où elle aurait vécu d'abord dans un établissement hôtelier du port avant d'être prise en charge par PALMESANI, Rita, ressortissante italienne née en Corse, animant un réseau local de soutien aux activistes italiens en fuite.»

La note se concluait par une liste de personnes susceptibles d'avoir accueilli la terroriste italienne en cavale. Toutes appartenaient à la mouvance nationaliste. Francesca Ottomani, Nine Secchi et Marie-Thé Maestracci, née Pusini, y figuraient en bonne place.

*

Je n'eus pas même le temps de réfléchir à la portée de ce que je venais de lire. À midi pile, les consignes s'affichèrent sur l'écran du téléphone remis par Marie-Thé : «PARVIS DE LA GARE, 13:00».

Je remontai le sac de la cave où je l'avais entreposé pour plus de sécurité, vérifiai le barillet de mon 38 et m'habillai pour un tour de reconnaissance en ville, où je ne notai rien de particulier du côté de la gare, n'était l'épouvantable odeur de poubelles désormais mêlée au parfum d'un puissant désodorisant industriel «arôme conifère» que des margoulins avaient réussi à fourguer par tonnes aux autorités du district de Bastia, rarement en retard d'une mauvaise idée : à humer l'air ambiant, on avait l'impression que la moitié de la population de la ville avait chié dans une invisible forêt de pins.

J'entrai à la Brasserie de la Gare, commandai un café

et, accoudé à un mange-debout près de la fenêtre, me mis à scruter les environs pour n'y remarquer aucun signe inhabituel, aucun mouvement particulier, pas de Marie-Thé ni de Francesca en embuscade, pas non plus de cette Nine Secchi qui caressait le rêve de m'expédier dans l'autre monde. Les deux autres femmes aperçues pendant ma brève détention entre les mains du Commando Maria Gentile pouvaient surveiller les alentours mais il m'était impossible de les reconnaître, probablement la raison pour laquelle elles n'avaient pas quitté leurs cagoules en ma présence.

À midi quarante-cinq, je me dirigeai vers la gare devant laquelle le terrain de boules, où les habitués s'engueulaient d'ordinaire dès le milieu de la matinée, était désert. L'arrivée du prochain train était prévue à une heure moins cinq. Je m'installai à l'intérieur de la petite gare, consultai les panneaux des horaires et les affiches vantant la ponctualité des chemins de fer.

Une vieille dame attendait, son sac à main sur les genoux.

Un étudiant de Corte faisait les cent pas tout près, les mains dans les poches.

De l'endroit où je me tenais, je pouvais garder un œil sur l'extérieur du bâtiment et le parvis. Mon mystérieux correspondant ne m'avait adressé, par téléphone interposé, aucune autre indication qu'un lieu et un horaire. J'ignorais même ce que je devais faire du sac : le remettre à quelqu'un ? Et comment reconnaître le destinataire ?

À midi cinquante-deux, on entendit arriver le train et,

deux minutes plus tard, avec une poignée de secondes d'avance sur l'horaire prévu, ses portes s'ouvraient, libérant une cinquantaine de passagers dont la fiancée de l'étudiant cortenais, qui lui sauta au cou avec trop d'empressement, comme si les tourtereaux se retrouvaient après des années de séparation et un départ au front.

La vieille dame plissa le nez en frôlant le couple pour rejoindre l'endroit où les employés déchargeaient les colis. Du doigt, elle montra un carton à l'un des cheminots, qui lui demanda de patienter en lui expliquant que tout n'était pas encore déballé et qu'il ne pouvait lui remettre son paquet avant d'avoir trouvé le bon bordereau.

À midi cinquante-huit, venant d'une rue qui coupait l'avenue Zuccarelli à angle droit, Francesca Ottomani traversa la terrasse de la pizzeria installée sur le parvis de la gare. Je quittai le minuscule hall de gare et sortis à sa rencontre.

Elle était apprêtée, maquillée, les cheveux soigneusement coiffés. Elle me salua poliment.

« Tout y est ?

— Je ne sais pas ce qu'il contient. Il y a un cadenas. Je n'ai touché à rien. »

Ses traits s'adoucirent tandis qu'elle se baissait pour récupérer le sac. « Rien qui vous intéresse, de toute façon.

— Est-ce que je peux revoir Marie-Thé ? Je dois lui parler. C'est très important.

— Pas pour le moment, dit-elle. Nous devons prendre un certain nombre de dispositions.

— Pour protéger Margherita Montanari ? »

Francesca Ottomani parut s'apprêter à prononcer une parole qu'elle aurait regrettée sur-le-champ. Derrière elle, une Suzuki Swift blanche au volant de laquelle se trouvait Nine Secchi se rangea le long du trottoir, près des arrêts de bus. La conductrice se pencha pour ouvrir la portière côté passager. Autour de nous, les passagers s'égaillaient, d'autres arrivaient pour prendre le train du retour.

Je n'entendis la détonation qu'après coup. Une mèche de cheveux se souleva sur le côté gauche du crâne de Francesca et des éclats d'os, des morceaux de cervelle volèrent sur les tee-shirts de l'étudiante enjouée et de son petit ami, qui se dirigeaient vers la pizzeria. Quelqu'un hurla, une autre balle frappa la carrosserie de la Swift et Nine Secchi, à travers la vitre, me jeta un regard de haine pure en démarrant pied au plancher. La Swift faillit décoller en heurtant le trottoir, évita plusieurs passants qui couraient se mettre à l'abri et fonça dans la rue qui contournait la gare pour disparaître dans un grondement de moteur.

Sans comprendre ce que je faisais, je me baissai pour récupérer le sac. La troisième balle ricocha sur le sol, un éclat déchira ma joue. Du coin de l'œil, tandis que je me mettais à courir droit devant moi, je vis s'évanouir l'étudiant et sa fiancée.

26

Je venais de propulser Fred à l'intérieur de son appart, j'avais claqué la porte, donné un tour aux trois verrous de la porte blindée. Il protesta, tenta de me repousser puis s'immobilisa au milieu de son immense living, en caleçon et tee-shirt Harry Potter assortis, une main couvrant sa bouche.

« Je peux savoir…

— Je suis dans la merde. J'ai besoin d'un endroit où rester quelque temps.

— Ici ? Tu veux que…

— Je n'ai pas le temps de t'expliquer et, de toute façon, je ne sais pas ce qui se passe. »

Il se laissa tomber dans un grand canapé en cuir blanc, le regard roulant de mon visage ensanglanté au sac, que j'avais jeté à ses pieds.

« La même histoire que ta… ?

— Non. Rien à voir. Je peux me passer de l'eau sur le visage quelque part ? »

Il poussa un cri en apercevant une goutte de sang s'écraser sur son parquet, bondit du canapé et m'entraîna vers une salle de bains au miroir encadré d'ampoules électriques où il ouvrit un placard, choisit une serviette de toilette noire et me la tendit.

« Tu peux m'expliquer au moins ce que je risque en t'ouvrant ma porte ? »

Je tamponnai mon visage avec la serviette. L'éclat avait ouvert une plaie longue mais superficielle, qui courait sur la largeur de la pommette gauche. Plus ajusté de deux centimètres, le tir aurait projeté ma propre cervelle sur le parvis de la gare, en plus de celle de Francesca Ottomani.

Fred me fit asseoir sur le rebord d'une baignoire jacuzzi, m'arracha la serviette des mains et acheva d'essuyer le sang. Puis il ouvrit la pharmacie et nettoya la plaie à l'aide d'un coton imbibé d'eau oxygénée.

« Tu veux boire quelque chose ? Tu es en train de tomber dans les pommes. »

Je glissai ma main dans mon dos, saisis la crosse du 38 et mis le flingue dans la paume de Fred.

Il le saisit à travers la serviette comme un morceau de métal brûlant et l'emporta avec lui dans le couloir. J'étais au bord de l'évanouissement.

« Bois, dit Fred en me présentant un verre rempli de rhum à ras bord. Ça ne pourra pas te faire tomber plus bas.

— Le flingue ?

— À l'abri, dans une cachette que personne ne connaît à part moi.

— Je risque d'en avoir besoin.

— Pas de cette saloperie sous mon toit. Je commets suffisamment de péchés pour ne pas avoir à me cogner ceux des autres. »

J'engloutis la moitié du rhum. Le liquide brûla quelques secondes dans ma poitrine.

« Tu m'expliques ? recommença Fred.

— Quelqu'un vient de tuer une femme avec laquelle j'avais rendez-vous. Je n'ai nulle part où aller. Des gens ont pu me reconnaître sur place, l'info ne va pas tarder à tourner. Des flics sont peut-être déjà en train d'enfoncer la porte de chez moi.

— Dans quoi es-tu allé te mettre, bon sang ?

— Aucune idée mais une femme est morte devant moi et d'autres sont probablement en train de réfléchir à la meilleure manière de me faire la peau. »

Autour de nous, les ampoules du miroir se mirent à tournicoter comme des lampions de fête foraine.

Le visage étonné de Francesca.

Le son mat de la balle claquant contre la carrosserie de la Swift.

Et les mouchetures rouge sang sur le tee-shirt de la gamine.

Puis une dernière image avant de sombrer : le visage affolé de Fred incliné sur le mien, ses paroles assourdies et ses gifles, qui ne suffirent pas à me tenir éveillé.

*

Lorsque je rouvris les yeux, j'étais en slip, allongé sur le divan de Fred.

« Je vais devoir faire désinfecter mon Kartell, dit-il, assis sur un fauteuil. Tu sues comme un bœuf.

— Quelle heure est-il ?

— Seize heures. J'ai dû annuler ma manucure, ce qui n'était pas arrivé depuis avril 2011, lorsque tes imbéciles de collègues m'ont soulevé pour une sombre histoire de kétamine. By the way, la radio ne parle que de ton histoire. Francesca Ottomani, c'est ça ? J'écoutais son émission, à l'époque.

— Ils disent quoi ?

— Qu'elle a été abattue par un tireur probablement posté au dernier étage du parking de la gare, à ciel ouvert. Ils ont retrouvé trois douilles sur place, si j'ai tout suivi. Tu m'expliques ? »

Je me redressai en grognant.

« Je voudrais bien. Où est le sac ?

— Dans la cuisine. Tu ne m'en voudras pas mais j'ai fait sauter le cadenas, des fois que tu trimballes une bombe.

— Tu as fait ça ? »

Fred se leva.

« Tu commences à me fatiguer. Tu débarques ici avec ta tronche de coupable, je te soigne, je te file un verre de mon meilleur rhum, tu roupilles pendant trois heures en salopant mon canapé et moi, pendant ce temps, j'apprends que tu es mêlé au meurtre d'une ex-star de la radio. Tu permets que je m'inquiète un peu ? »

La tête entre les mains, j'essayai de rassembler mes idées.

« Qu'est-ce qu'il y a dans le sac ?

— Je t'en prie, dit Fred : va te rendre compte par toi-même. »

Le sac était posé sur le sol de la cuisine, grand ouvert sur une paire de téléphones portables semblables à des talkies-walkies, un sachet en plastique qui contenait une cinquantaine de milliers d'euros et deux passeports, l'un français et l'autre italien, pour deux identités, Pia Morellini et Bianca Sievert, et un seul visage. Fred m'avait rejoint et se tenait appuyé au chambranle de la porte de la cuisine.

«Je ne sais pas où tu es allé te foutre, dit-il, mais ça ne sent pas très bon. Vraiment pas.»

Je retournai dans la salle à manger, Fred piaillant et me demandant ce qui allait se passer pour moi, si je me trouvais en danger de mort et si oui, ce qui pouvait bien me valoir des ennemis prêts à me tuer pour si peu, un sac de sport et quelques billets de banque que je n'avais qu'à rendre puisque au fond…

«Où est mon portable?»

Il me montra la table basse du salon, où mes trois téléphones du moment étaient posés l'un à côté de l'autre près d'une pile de magazines: *Sueurs et Moustaches*, *Déco&Brico*, *L'abécédaire de l'apothicaire*. Je ne touchai ni au mien, ni à l'appareil crypté qui me servait à contacter Leca mais j'allumai celui des filles du Commando Maria Gentile, accédai aux messages pour constater que je n'en avais pas reçu de nouveau. Je disposais d'une chance sur mille pour que la ligne n'ait pas été coupée. J'appuyai sur la touche «appel» de l'unique numéro depuis lequel les textos laconiques me parvenaient.

La sonnerie s'éternisa. Je recommençai. Sans succès.

«T'appelles qui?» demanda Fred, au comble de l'angoisse.

Nouvel appel. Zéro réponse.

«Hein, t'appelles qui?» recommença Fred.

Quatrième appel.

«Quelqu'un que tu connais? Il sert à quoi, ce portable?»

Cinquième appel. Cette fois, il fut coupé à la troisième sonnerie: il y avait bien une personne à l'autre bout de la ligne.

Sixième appel.

Quelqu'un décrocha.

Silence.

Je pouvais deviner le rythme d'un souffle heurté, pris une longue inspiration avant de tout balancer.

«Je ne sais pas qui vous êtes mais vous savez qui je suis. Je n'ai rien à voir avec la mort de Francesca Ottomani, j'ai été blessé par une balle qui a failli m'emporter la tête et j'ai dû m'enfuir. Il est inutile de me chercher, je ne mettrai pas le nez dehors avant d'être certain de ne courir aucun danger. Je veux des garanties pour ça. J'ai toujours votre sac, que je suis prêt à vous remettre quand vous le voulez si j'obtiens ces garanties. Je peux aussi…»

On raccrocha.

Debout face à moi, Fred se rongeait l'ongle du petit doigt.

«Tu ne comptes pas mettre le nez dehors?» demanda-t-il.

*

La mort de Francesca Ottomani fit les gros titres de la presse nationale et RCFM lui rendit hommage tout au long de la journée du lendemain en rediffusant un florilège de ses meilleures émissions, dont l'interview devenue culte d'un chanteur local qui se piquait d'écriture. À l'antenne, Francesca avait qualifié son œuvre de «minuscules petites flatulences nostalgiques» et le bonhomme avait failli s'étouffer en direct, à une heure de grande écoute.

«Tu comptes faire quoi, maintenant? demanda Fred après s'être gondolé en écoutant la rediffusion.

— Attendre.»

Il se leva, prit la direction de la cuisine et en revint un bon quart d'heure plus tard, deux tasses de thé fumantes posées en équilibre sur un plateau.

«Attendre trop longtemps n'est jamais une bonne solution, dit-il en trempant ses lèvres dans sa tasse.

— Ne te fais pas de souci, dis-je. Je ne vais pas m'incruster chez toi. Je te demande seulement un jour ou deux de répit avant de partir.

— Pour aller où?

— Je vais essayer de voir du côté de…

— … de tes nombreux amis qui t'accueilleraient volontiers dans leur villa cinq étoiles avec piscine d'eau de mer à débordement?»

Il s'étendit dans son sofa, le dos bien calé contre l'assise. Puis il renifla, regarda à droite et à gauche et se souvint que je m'y étais couché.

«Seigneur, fit-il. Va prendre une douche. Promis, je ne regarderai pas par le trou de la serrure.»

*

Les deux jours après lesquels j'avais promis de mettre les voiles se transformèrent en cinq journées d'enfermement pendant lesquelles Fred réduisit au minimum ses rendez-vous et ses déplacements. Il grognait pour la forme, me traitait de saboteur : trois de ses clients avaient dû s'asseoir sur leur séance de fouet hebdomadaire et deux livraisons de dope « high tech de chez high tech » étaient reportées sine die, au risque d'entacher son irréprochable réputation de dealer. Malgré ces contretemps, il n'était pas fâché de rompre avec sa vie solitaire. Pour une fois, la compagnie d'un autre être humain ne se résumait pas à deux heures de tortures médiévales sur fond sonore de death metal ou d'interminables discussions entre accros à la dope synthétique.

Nous n'avions pas mis trop longtemps à instaurer nos propres rituels, comme les repas à heure fixe devant le journal télévisé de France 3 Corse, où le visage fermé d'Éric Luciani était apparu plusieurs fois pour commenter l'assassinat de Francesca Ottomani, à propos duquel aucune info valable ne transpirait. Le soir, après une partie de rami que je perdais invariablement, il gagnait sa cambuse à dix heures précises et je m'enfermais dans une chambre d'amis.

Pendant tout ce temps, le téléphone du commando resta muet, comme l'appareil crypté de Leca. Même Mustapha, sans nouvelles de moi depuis pas mal de temps, ne semblait pas décidé à en prendre, ce qu'il était possible d'interpréter comme un fait totalement anodin dans le meilleur des cas et, dans le pire, comme un signe de prudence.

Au matin du cinquième jour, Fred revint chargé de provisions, la mine soucieuse. Il ne prononça pas un mot en préparant le déjeuner et m'épargna son habituelle séance de médisance sur les coupes de cheveux des présentatrices du JT. Lorsque arriva l'heure de sa sieste – le seul cérémonial auquel il n'avait jamais dérogé une seule fois depuis l'âge de quinze ans –, je lui demandai si quelque chose n'allait pas.

« Tout va très bien, dit-il. J'ai un mec en cavale avec lequel je ne peux même pas baiser vu qu'il a le mauvais goût d'être hétéro, je perds du fric et je vis enfermé. Franchement, je ne vois pas comment ça pourrait aller mieux. »

Je me levai, me dirigeai vers la chambre d'amis. Sur le lit, je posai le sac contenant l'argent et les faux passeports puis je tirai du placard les deux chemises à fleurs, la paire de tee-shirts et le jean trop serré que Fred avait achetés à mon intention dans une grande surface. Il avait raison : je lui pourrissais la vie, en plus de lui préparer peut-être un rôle sur mesure de victime collatérale des événements. Il me rejoignit sur le seuil de la chambre, croisa les bras en cassant ses hanches d'une manière théâtrale.

« Tu es une insupportable personne », finit-il par lâcher.

Je plaçai mes fringues dans un cabas en passant en revue les options qui s'offraient à moi : aller taper à la porte de Mustapha pour réclamer son aide ou retourner chez moi et prendre le risque de vérifier la promesse de Nine Secchi – *Je te mettrai deux balles dans la nuque.*

Je reposai les tee-shirts.

Immobile, au milieu de la chambre dont j'avais laissé les volets fermés, j'essayai de me souvenir des paroles de Rochac. Et de celles de Simon Beretti.

Fred s'approcha. «Pour ton histoire de l'affaire *Sampiero-Corso*, dit-il, je crois que j'ai du nouveau.»

27

Des coups de billard à trois bandes, des noms qui n'étaient pas toujours les bons, des petites mains du trafic jetées en taule et les caïds qui s'en sortaient souvent. Derrière chaque histoire de flingues et de came, derrière chaque assassinat et chaque trafic se dissimulaient des mobiles planqués sous d'autres mobiles, des prête-noms, des secrets et des pièges que couvrait une couche épaisse de rancœurs et de haines, de manœuvres, de silences et de rumeurs. Les seuls grands prédateurs capables de se hisser au sommet de la pyramide alimentaire, et s'y maintenir une fois acquises leurs positions, étaient les voyous capables d'interpréter les signes, de prévoir les coups et se protéger coûte que coûte, quitte à jeter leurs hommes en pâture et sacrifier les plus dévoués d'entre leurs lieutenants. Dans l'affaire du *Sampiero-Corso*, c'était la stratégie adoptée par Jacques Cotoni, précurseur du trafic de stups dans l'île, qui avait fait sauter un à un et sans regrets les fusibles de son réseau avant de prendre le large pour quelques mois de vacances bien méritées dans les Caraïbes, d'où il avait suivi les développements d'une affaire dans laquelle son nom n'avait jamais été cité. Ses hommes de confiance avaient rempli leur part du contrat en se montrant insensibles aux intimidations des flics et aux menaces de l'avocat général à leur procès, bouches entrouvertes sur des mensonges auxquels personnes n'avait cru, proférés dans le seul but de satisfaire le spectacle judiciaire. D'après Fred, qui avait tiré quelques ficelles pour apprendre le fin mot de l'histoire, le Ciel avait puni Cotoni, blanc comme la neige fourgué par son réseau dans les bars et les boîtes de nuit mais désormais bouffé jusqu'aux os par un cancer assez dégueulasse. « Si quelqu'un peut te rencarder sur cette affaire, avait dit Fred, je ne vois que lui. Mais ça m'étonnerait qu'il te reçoive avec des petits-fours. » Rongé par le crabe, Cotoni survivait reclus dans une grande villa de la Plaine orientale depuis que sa femme s'était tirée avec leur fille pour dénicher un nouveau bienfaiteur susceptible de maintenir son train de vie et lui épargner, au petit déjeuner, le spectacle d'une ombre humaine traînant derrière elle une potence à roulettes.

Après ses explications, j'avais demandé à Fred de rester seul un moment dans la chambre d'amis, où le moment s'était transformé en une heure, puis deux, puis en une après-midi entière à élaborer un plan pour parvenir à mes fins avant que les filles du Commando Maria Gentile, les flics rencardés par des témoins de l'assassinat de Francesca Ottomani, les sbires de Leca ou le couple aux ordres de Beretti ne me mettent le grappin dessus, ce qui faisait beaucoup pour un seul homme. Mais j'avais toujours été si peu doué pour la stratégie que j'en étais parvenu à l'évidente conclusion : la seule manœuvre adaptée à mon tact légendaire consistait à mettre les deux pieds dans le plat, advienne que pourra. À la nuit tombée, j'avais récupéré toutes mes affaires et le revolver que Mustapha m'avait refilé à crédit. Fred s'abîmait devant une émission de téléréalité, un pilulier débordant de dragées fourrées au sommeil chimique à portée de main. Il leva un œil sur moi comme s'il me regardait une dernière fois pour graver chaque détail de mon visage dans sa mémoire.

« J'aurais dû fermer ma gueule », dit-il.

*

Le vent s'était levé et la météo annonçait l'un de ses coups de tabac de moins en moins inhabituels pour la saison, avec des rafales à 200 km/h sur les côtes du Cap Corse et des escadrilles de troncs de pin volant par-dessus les toitures. Compte tenu des milliers de tonnes d'ordures répandues à travers l'île, cette petite tempête promettait un Noël avant l'heure, avec de belles décorations suspendues en guirlandes aux arbres qui resteraient debout.

À une cinquantaine de bornes au sud de Bastia, je pris l'embranchement qui quittait la route territoriale juste avant San Gaetano, suivis la direction de Crucetta et enquillai les virages serrés jusqu'à parvenir à ma destination finale, au bord de la route : une lourde grille ouvragée ornée d'arabesques de fer forgé dans le plus pur style Beauf de la fin du XXe siècle, avec feuilles d'acanthe enroulées autour de barreaux torsadés et cartouche ajouré à l'intérieur duquel s'entrelaçaient un J et un C dorés, pour Jacques Cotoni – la grande classe.

Je sortis de la Saxo pour sonner à l'interphone. L'état de la bagnole dut rassurer la caméra de vidéosurveillance : un type conduisant un pareil tas de boue ne pouvait être dangereux. Le mécanisme de la grille produisit un grincement aigre et les deux battants pivotèrent lentement, dévoilant une allée bordée de deux étendues couvertes d'un gazon très bien entretenu. Cent mètres plus loin, au bout de l'allée, derrière une gigantesque fontaine d'où émergeait une Diane chasseresse éclairée par des projecteurs, une villa blanche déployait sa majestueuse prétention sur une largeur d'une bonne trentaine de mètres jalonnée de colonnes et de statues des dieux de l'Olympe. Surplombant le premier étage, le long duquel courait une galerie débordant de plantes grimpantes, une étrange tour en pierre sèche achevait de composer le tableau de la plus monstrueuse habitation qu'il m'ait été donné de voir.

Sur les marches de l'entrée un grand type dégingandé et sans âge se tenait les mains.

« Vous êtes le remplaçant de Laurent ?

— Tout juste. »

Le type prit une mine contrite.

« C'est un peu tôt. M. Cotoni attend ses soins à vingt-deux heures trente précises, juste avant de se mettre au lit. Le docteur…

— Réjouissez-vous : ce soir, le bonheur est en avance. »

Les yeux du type s'agrandirent, je l'esquivai et poussai

la porte vitrée qui ouvrait sur un vestibule raccord avec le reste de la baraque : sol en marbre et escalier central aux marches couvertes d'un tapis rouge avec, au mur, un gigantesque tableau représentant un trois-mâts en équilibre sur une lame de fond. On percevait l'écho d'un programme télévisé venant de la droite.

Sur mes talons, le type demanda : « Vous n'avez pas de matériel ? M. Cotoni a été très fatigué tout au long de la journée… »

Le séjour donnait plein sud, à l'arrière de la villa. À travers une baie vitrée, on apercevait un vaste bassin dont l'eau prenait des teintes changeantes toutes les cinq secondes sous l'effet d'un jeu de lumières jaunes, vertes, mauves. La pièce était pratiquement vide, n'était un canapé en cuir fauve disposé face à un home cinéma de la dimension approximative d'un court de tennis. De l'assise du canapé dépassait une touffe de cheveux d'un noir sans reflet : Jacques Cotoni aurait sans doute mieux fait de changer de moumoute mais son état ne devait pas lui laisser le loisir de réfléchir à ce genre de considérations.

Sur l'écran géant, un type doublé par une voix grave et traînante expliquait qu'au bout de sa ligne, dans cette rivière d'Amazonie, se trouvait sans doute la plus redoutable poiscaille qu'il ait eu à affronter au long d'une existence passée à traquer des monstres aquatiques.

Cotoni tourna lentement la tête vers moi. Deux perfusions étaient plantées dans ses bras osseux. Une odeur de médicaments et de flatulences incontrôlées rendait l'air irrespirable.

«Monsieur Cotoni, annonça le type, le remplaçant de Laurent est un peu en avance et…

— Le remplaçant de Laurent…, murmura Cotoni.

— Voulez-vous que je lui demande de patienter ? Au moins le temps que votre émission soit terminée ? »

Je me tournai vers le larbin.

« Vous pouvez y aller, dis-je. Je dois parler à votre patron en privé.

— C'est que… »

Je pris le type par le bras et l'entraînai vers un couloir au bout duquel on devinait l'îlot central d'une cuisine design. À gauche, une porte donnait sur une buanderie où deux machines tournaient à plein régime. Je le fis entrer.

« Vous avez un portable ? »

Il porta la main à la poche de son pantalon trop large.

« Non, dit-il.

— Donnez. »

Il s'exécuta et je refermai la porte en soulevant les pans de ma chemise sur la crosse finement striée du 38. « Si vous vous avisez de sortir d'ici, je vous abats comme un chien. Nous discuterons de tout ça plus tard. Compris ? »

Le domestique hocha la tête sans même chercher à conserver un semblant de dignité et je retournai sur mes pas.

« *Quale si*[1] ? » s'essouffla Cotoni en essayant de s'extirper du canapé.

---

1. « Qui es-tu ? »

La maladie débordait de son corps, suintant ses humeurs au-dehors, en sueur poisseuse, en plaques brunes sur la peau virant à l'ocre. Ses lèvres retroussées sur des gencives d'un violet brillant montraient de mauvaises dents, gâtées et branlantes. Seuls deux méchants cailloux noirs enfoncés sous des arcades sans sourcils gardaient encore un peu de vie. Cotoni n'était pas malade. Il mourait.

«*Pianu*[1], dis-je. Reste où tu es. On n'en aura pas pour longtemps.»

Il se rencogna dans le canapé, soulagé de n'avoir pas à résister davantage. Sur le mur, le visage ahuri du pêcheur contemplait une sorte de dinosaure à nageoires qu'il venait de tirer d'une eau boueuse. Il semblait très fier de sa prise, qu'il remit à l'eau après avoir exhibé à la caméra «ces dents tranchantes comme des poignards».

«Tu sais où tu es? demanda Cotoni. Tu sais qui je suis?

— Qui tu *étais*.»

Il me lança un regard venimeux.

«Va-t'en, finit-il par dire en se laissant aller sur le côté, comme si le simple effort de parler avait suffi à lui broyer les côtes. Des gens vont venir. Des amis.

— Tu n'en as plus, Jacques. Ils sont trop occupés à faire de l'argent ou à éviter les balles.»

Il grogna.

«Je suis comme toi, dis-je, un type très fatigué qui aimerait qu'on le laisse tranquille. C'est pour ça que je

---

[1]. «Doucement.»

vais te poser des questions très simples qui appellent des réponses très simples. Elles ne te coûteront rien, n'auront aucune conséquence sur la fin de ta vie. Tu y réponds et je m'en vais, tu ne me reverras plus.

— Va te la prendre au cul. Et sors de chez moi.

— Facilite-nous la tâche. Le *Sampiero-Corso* : ça te rappelle quelque chose ?

— Jamais rien eu à voir avec ça », articula-t-il.

Même à l'agonie, un type de son calibre entendait laisser derrière lui une vie que n'avait pas tachée l'injure d'être une balance.

« Arrête ton cinéma, on n'est pas en audition à la PJ. Je veux juste savoir ce qui s'est passé. »

Il se redressa doucement, fronça les sourcils, leva les yeux le long du tube qui reliait son bras gauche à la potence. À la pliure du coude, un hématome autour duquel avait séché un sang très noir était visible à travers un pansement translucide.

« C'est terminé, tout ça.

— Presque. Tu n'as jamais été condamné. Et je répète ma question : il s'est passé quoi, dans l'affaire du *Sampiero-Corso* ?

— Ce qui se passe toujours, putain, siffla-t-il. On a été donnés.

— Par qui ? »

Il respirait difficilement.

« Une petite merde, un camé que ces idiots ont recruté sans me demander mon avis parce qu'il proposait de ramener le double de marchandise à chaque traversée.

— Son nom ? »

Un râle et Cotoni reprit :

« J'en sais rien, un *pinzutu*. Son père bossait aux Douanes, il était au courant des contrôles. Les flics de Marseille l'ont serré pour une autre affaire et ils se sont mis à table.

— Qui ça "ils" ?

— Lui et sa copine. Elle s'est pointée à l'Évêché, à Marseille, pour passer leur mettre le marché en main : s'ils le laissaient sortir, elle leur donnerait un gros trafic.

— Et après ?

— Les flics n'ont eu qu'à tirer le fil. D'abord à Marseille. Puis ici. »

J'essayai de garder mon calme.

« Qui était cette fille ?

— Qu'est-ce que ça peut faire ? Une Arabe, à ce qu'on m'a dit. Ou une Noire. Je ne l'ai jamais vue.

— Ça s'est passé quand, exactement ?

— Le marché avec les flics ? Comment tu veux que je le sache ? On l'a appris après coup, par des gens à nous qui bossent à la JIRS de Marseille. Le truc marrant, c'est…

— C'est ?

— … Que cette fille se tapait un flic. Un flic d'ici. »

Je regardai Cotoni sans rien dire. Une flamme sombre s'était mise à danser dans son regard.

Elle n'avait jamais mis un pied à Marseille sans moi, je m'en serais souvenu. L'affaire du *Sampiero-Corso* remontait à cinq ans et demi, courant 2014 et l'enquête, si je me souvenais des coupures de presse consultées avec Éric Luciani, avait dû commencer huit ou neuf mois plus tôt, un an maximum, vers la fin de l'année 2013. Il fallait fouiller mes souvenirs, me rappeler un détail, un événement particulier qui pourrait situer ce moment précis de la fin 2013. En novembre de cette année-là, je me trouvais affecté depuis cinq ans au Bureau des homicides simples, occupé à élucider les crimes de rôdeurs et les meurtres alcoolisés et, comme tout flic qui se respecte, je conservais une mémoire précise des affaires que j'avais eu à traiter.

Novembre 2013 : dossier Maurizi, arrestation d'un frère et d'une sœur qui avaient arrosé leur père avec de l'essence avant d'y foutre le feu dans le jardin de leur baraque à la sortie de Bastia. Gros titres, ma photo floutée dans le journal, prise à la volée au moment où j'installais la sœur à moitié débile à l'arrière d'une voiture banalisée. Début décembre 2013, quinze jours plus tard : identification d'un corps emporté par une crue du Golo, un retraité balancé dans la rivière pendant un orage par sa femme qui ne supportait plus les coups. Puis, le soir de Noël, la même année, deux clodos entrelardés de coups de tournevis en sortant du repas organisé par une association d'aide aux sdf.

Ça y est.

Fin 2013, juste après Noël, elle part précipitamment pour l'Essonne rejoindre ses parents : sa mère a fait un malaise, elle a été transportée en urgence à l'hôpital. Au téléphone, elle me dit de ne pas m'en faire si elle n'est pas vraiment disponible les jours à venir, tout le monde est inquiet et sa mère est au plus mal, les médecins ne parviennent pas à la stabiliser, elle doit rester auprès d'elle – impossible d'utiliser son portable dans les chambres. Elle refuse que je l'accompagne à l'aéroport et revient quatre jours plus tard, fatiguée et tendue. Elle élude mes questions sur l'état de santé de sa mère, évoque une dispute avec son père. Elle n'en parlera plus jamais.

Imperceptiblement, le corps de Cotoni s'est redressé. Il peut encore faire mal, c'est tout ce qui lui importe.

Je remarque des traces blanches à la commissure de ses lèvres.

Je sais déjà ce qu'il va dire. Et je sais qu'il faut que je me retienne.

« C'est ta femme, hein ? »

Il répète : « C'est ta femme. »

J'essaie de respirer lentement, d'éteindre l'incendie dans ma poitrine.

Le grand écran happe tout mon temps de cerveau disponible, une pub pour un soda précède une pub pour des serviettes hygiéniques, une autre pour des assurances, une autre pour du jambon.

Il ricane : « C'est toi, le flic qui boit. »

Je tire le 38 de mon pantalon.

« Ensuite ?

— Les flics ont arrêté tout le monde.

— La fille ?

— La négresse du camé ? Aucune idée. »

La négresse.

La crosse s'abat sur sa main. Le choc produit un craquement de chips écrasées dans un sac en papier. La potence tombe, l'aiguille souple se tord dans sa veine et du sang frais, plus clair, goutte sous le sparadrap transparent. Dans le couloir, la porte s'ouvre sur le visage du larbin, je braque le calibre dans sa direction, et elle se referme.

Cotoni tient sa main brisée en gémissant. Il n'a même pas eu la force de pousser un cri.

« Putain, tu es mort. »

J'arrache le tube de son bras, un minuscule geyser rouge pulse sur le canapé puis se tarit. Cette fois, un gargouillis de douleur lui racle la gorge.

« Qu'est-ce qui est arrivé à la fille ? »

Cotoni halète.

« Elle et le type ont pris le bateau.

— Pour où ? Le Continent ? »

Il fait non de la tête.

« L'Italie ? Livourne ? »

Non, encore. Il se penche en avant, geint, en tenant sa main déjà gonflée. Un filet glaireux coule sur le tapis.

Il dit : « Dans l'eau. »

Je ne veux pas comprendre.

« Dans l'eau, il répète. Il les a balancés à l'eau.

— Qui ? »

Une odeur d'œuf pourri monte de son corps.

Cette fois, pas de cri, juste un son mat lorsque sa pommette éclate sous le coup de crosse et il bascule sur le côté, laisse voir le fond de son pantalon souillé. Des gouttes de sang tachent l'accoudoir de son canapé. Un nouveau coup de crosse sur la vitre de la table basse, qui vole en éclats. Derrière la porte de la buanderie, un cri de stupeur.

Je ramasse un éclat de verre.

« Ouvre la bouche. »

Cotoni halète, essaie de détourner le visage.

« Ouvre-moi cette putain de bouche. »

De ma main libre, je presse ses joues l'une contre l'autre et je reçois son haleine en pleine figure, de la bile, des remugles de digestion.

« Ouvre grand. Encore. »

Je force le morceau de verre entre ses lèvres, l'enfonce dans la bouche. Il essaie de cracher le tesson mais se coupe, tousse et écarquille les yeux de douleur lorsque j'abats la crosse du 38 sur sa joue gauche. Je peux sentir les bords tranchants de l'éclat de verre déchirer ses gencives, taillader sa langue.

Il suffoque et je frappe encore, plus fort, deux fois, trois fois. Le morceau se brise dans sa bouche, entaille son palais tandis que j'abats toujours la crosse, quatre fois, cinq, six fois et ses yeux se mettent à rouler dans ses orbites, je lâche ma prise, le repousse dans le canapé, il se pisse dessus, son corps se met à convulser en glissant sur le sol. À quatre pattes, Cotoni tousse, expulse des lambeaux de langue d'un rouge très vif sur le tapis angora puis s'effondre.

Je me penche sur lui.

« Qui ? »

Il bredouille, sanglote.

Je répète : « Qui ? »

Il recommence, plus faiblement encore.

J'approche mon oreille et ce que j'entends rallume aussitôt le brasier dans ma poitrine.

28

Je ne compris que plus tard la manière dont elles avaient retrouvé ma trace, en activant la géolocalisation du portable que m'avait remis Marie-Thé. C'est comme ça qu'elles m'avaient pisté jusqu'à Bologne pour s'assurer que je faisais bien le job. C'est aussi grâce au téléphone que, plus tard, elles avaient situé la résidence sécurisée de Fred, avaient patiemment attendu l'occasion d'agir puis m'avaient suivi sur la petite route de campagne menant à la villa de Cotoni, avant de percuter la Saxo avec la Swift, d'où Nine avait jailli 357 au poing, imitée par une silhouette bien en chair armée d'un fusil à pompe.

À présent, Nine me braquait et Miss Grassouillette, qui portait toujours sa cagoule, avançait d'un air résolu vers le côté passager, le canon du fusil à pompe pointant sur le pare-brise.

«Fais passer ton calibre par la fenêtre», ordonna Nine Secchi après avoir jeté un rapide coup d'œil à la route.

Je m'exécutai, encore sonné par le choc, carbonisé

par ce que je venais d'apprendre. Je sortis le 38 de sous le siège, le lui tendis.

« Maintenant, sors de la bagnole. »

Je ne bougeai pas.

« Sors de là ! » hurla la cagoulée en cognant le museau du calibre 12 contre la vitre du côté passager. Puis elle changea d'angle de tir en se positionnant à l'arrière de la Saxo.

Je déverrouillai la portière. D'où elles se trouvaient, et à cette distance, chacune d'elles pouvait me foudroyer en un millième de seconde avant que je puisse lever le petit doigt.

« OK, dit Nine. Place-toi face à ta voiture. Mets tes mains derrière ta tête, doigts croisés. Fais vite, on n'a pas le temps. »

Ses intonations étaient froides, méthodiques. Elle s'approcha, me saisit le poignet gauche qu'elle rabattit doucement dans mon dos, fit de même avec le droit et, d'un coup sec, tira sur les languettes d'un serflex. Puis elle me dirigea vers sa voiture, dont elle ouvrit le coffre en gardant le 357 braqué sur ma tempe. Il n'y avait toujours aucune voiture à l'horizon.

« Grimpe », dit-elle.

Je me penchai au-dessus du coffre. Il empestait une odeur d'iode et d'essence, de vieille couverture mouillée. Je m'y laissai tomber et repliai les genoux lorsqu'elle le referma. Une fois recroquevillé à l'intérieur, j'entendis la Saxo démarrer et un échange de mots entre les deux femmes à propos du sac, qu'elles avaient trouvé à l'intérieur. Puis les portières de la Swift claquèrent.

Quelques secondes plus tard, la voiture se mit à rouler vers une destination inconnue, d'abord sur une route bien entretenue puis, à en juger par les secousses et la mitraille de gravillons projetés contre le bas de caisse, sur un chemin de terre. Au bout d'une demi-heure, la voiture de Nine s'engagea à nouveau sur une route goudronnée, prit quelques virages et se mit à cahoter sur une longue piste en ligne droite, puis freina dans un crissement de gravier.

À quelques mètres, la porte de la Saxo claqua et la voix de la cagoulée s'éleva dans l'obscurité : « Jamais conduit une merde pareille. »

Le coffre s'ouvrit sur le visage chiffonné de Nine, qu'éclairaient les diodes des veilleuses : une tête de gamine ridée, des cheveux de paille, la bouche étroite d'un petit poisson.

« Lève-toi ».

Je me redressai, le cœur au bord des lèvres, aidé de la cagoulée qui me tira du coffre pour me remettre sur mes jambes.

« Avance », dit-elle en me serrant le bras une fois que je fus sur pied.

Je titubai jusqu'à un bâtiment dont la forme blanchâtre apparaissait entre les troncs de pins, une trentaine de mètres plus loin. Un chien se mit à aboyer, Nine chuchota quelque chose et l'animal se tut. Quelque part sur la gauche, le clapotis de l'eau, une odeur de sel et de sable mouillé indiquaient la proximité du rivage.

Nine et sa copine me poussèrent à l'intérieur de la

bâtisse. Elles ouvrirent une porte qui donnait sur une volée de marches et me firent passer devant.

Au sous-sol, je retrouvai la cave de la première fois. Une couverture avait été jetée sur le sol de ciment nu et on avait déplacé les caisses de manière à permettre le passage vers un dégagement, qui se perdait dans les ténèbres de l'autre côté de l'escalier.

Nine me fit asseoir sur la couverture mitée. Debout derrière elle, la cagoulée tenait le fusil à pompe le canon pointé vers le sol mais les doigts solidement refermés sur la poignée-pistolet, l'index le long du pontet, histoire d'épauler et tirer pratiquement dans le même mouvement si l'envie me prenait de jouer au mariole.

« Est-ce que vous avez fait du mal à mon ami ? demandai-je à Nine en essayant de trouver une position confortable, les bras rabattus dans le dos.

— Quel ami ?

— Il s'est contenté de m'héberger. Il n'est au courant de rien. »

Nine leva la tête vers la grassouillette, dont la cagoule oscilla légèrement.

« Est-ce que vous lui avez fait du mal ?

— On ne l'a pas touché, on ne sait même pas qui c'est », dit l'autre.

Je poussai mes talons contre le sol pour m'adosser au mur humide dans une position moins inconfortable.

« Cigarette ? »

Nine fouilla dans la poche de poitrine de sa veste de treillis. Elle planta la cigarette entre mes lèvres, l'alluma. Au fond, crever sur place ne m'aurait pas dérangé puisque la femme que j'aimais était morte. Mais je préférais mourir après avoir transformé les paroles de Cotoni en vengeance.

« Je n'ai rien à voir avec la mort de Francesca, dis-je en rejetant une bouffée de tabac. Rien du tout.

— Bien sûr que si, répondit Nine. Le problème, c'est que tu ne le sais pas. Nous aussi, on a mis du temps à comprendre mais, depuis le début, c'est toi qui le mènes jusqu'à nous. »

Debout près de Nine, la cagoulée raffermit sa prise sur la crosse du fusil à pompe. Pour ce que j'avais encore à foutre de mon existence, autant jouer mon va-tout en balançant ce que je savais.

« Avec vos manies de me promettre deux balles dans la nuque, j'ai moi aussi fini par comprendre, dis-je. Pourquoi "deux" et pas une ? Pourquoi "la nuque" et pas "la tête" ou "le crâne" ? Parce que c'est ta signature, Nine. C'est comme ça que tu as flingué LoRusso il y a vingt ans. Avant que vous ne planquiez son cadavre au palazzu Angelini.

— Ferme ta gueule, cracha Nine Secchi.

— C'était à la fin des années 90, une certaine Margherita Montanari se planquait en Corse depuis le jour où vous l'aviez recueillie quand elle a fui l'Italie. C'était une révolutionnaire aguerrie, elle a embrassé votre cause. Sans doute par conviction, peut-être aussi parce qu'elle ne tenait pas à oublier le goût du sang ou qu'elle voulait vous prouver sa gratitude. Il y a eu les barbouzes, flinguées sur ordre de Leca. Puis les trafiquants de came lorsque vous avez quitté le FLNC-Canal opérationnel pour créer le Commando Maria Gentile. C'était une idée de Margherita, pas vrai ? Comme son coup de maître : Barbato, un mafieux de classe internationale. Grâce à ses contacts en Italie, elle seule pouvait savoir qu'il était atteint d'une infirmité et ne voyait plus rien de l'œil gauche depuis un accident de la route. »

La silhouette de la cagoulée s'était imperceptiblement affaissée. Les yeux de Nine Secchi me fixaient sans me voir. Le 357 toujours à la main, elle écoutait sans broncher, comme absorbée dans une profonde réflexion.

« Et puis vous avez laissé tomber en comprenant que personne ne vous suivrait, que les dés étaient pipés et que les hommes dans lesquels vous aviez cru étaient trop occupés à s'entretuer pour penser à la cause. Mais quinze ans plus tard, un certain LoRusso, un petit délinquant qui faisait des extras pour le compte de l'État italien, a été expédié ici pour localiser des membres des Nuove Brigate Rosse après l'assassinat du ministre d'Antona en 99. Je ne sais pas s'il les a trouvés mais en tout cas, il a débusqué Margherita Montanari. Sauf que le chasseur est devenu le gibier. Il ne pouvait pas savoir que Margherita pouvait compter sur ses sœurs d'armes : cinq femmes qui savaient tuer, c'était beaucoup trop pour lui. Et vous ne l'avez pas raté. Deux balles. Dans la nuque. Marie-Thé s'est souvenue du palazzu Angelini, la vieille maison de maître abandonnée près de Santa-Lucia, où elle accompagnait Fabien rendre visite à son oncle, et vous avez transporté le cadavre là-bas. Il a fallu qu'un vieillard ait la mauvaise idée de se dégourdir les jambes pour que toute la merde remonte à la surface. »

Nine secouait doucement la tête. Trois pas en retrait, la cagoulée baissa le canon de son fusil vers le sol et retira d'un geste sa cagoule. Elle s'essuya le visage, celui d'une gentille Madame Tout-le-Monde entre deux âges, la voisine dont on ne se souvient jamais du prénom mais qui aide les petites vieilles de l'immeuble à monter leurs commissions.

« Lorsque le corps a été identifié, les signaux des services de renseignement se sont affolés, les autorités italiennes ont expédié en quatrième vitesse deux faux agents consulaires, pour rapatrier le corps d'un bonhomme qu'elles avaient chargé d'éliminer d'anciens terroristes d'extrême gauche sur le sol d'un pays ami. La seule chose que je ne m'explique pas, c'est le rôle de Costantini. »

Les traits de Nine donnaient à son visage l'apparence d'un masque de cire fondue. Elle appuya le canon du revolver sur le sol, le fit pivoter sur lui-même.

« C'est l'homme des Italiens, répondit-elle. Ils recherchent Pia depuis des années. C'est le nom qu'elle nous a toujours donné. Pas Margherita : Pia. Pia Morellini. »

La cagoulée prit la parole à son tour, expliquant que Costantini avait toujours frayé avec les cercles d'extrême droite italiens « et pas seulement par idéologie, pour faire des affaires aussi ». Si elles l'avaient épargné au moment de la liquidation des barbouzes, c'était parce qu'elles n'avaient pas eu vent de son implication dans le projet d'assassinat de Leca.

« Tu as découvert le cadavre de LoRusso au palazzu Angelini, dit-elle. La nouvelle s'est ébruitée et Costantini a aussitôt alerté les Italiens. Il connaissait l'existence de Pia, il avait déjà aidé LoRusso à la localiser en 1999.

— C'est lui qui s'est invité chez Fabien et a tué Francesca ?

— Non, fit Nine. C'est le frère de LoRusso. Un fou furieux, ancien du Gruppo intervento speciale des carabiniers. Il est passé par le réseau Gladio.

— Le ?

— Des cellules clandestines chargées de harceler les troupes ennemies en cas d'invasion de l'Europe par les Russes. Ne m'en demande pas plus : il y a quinze jours, je ne savais même pas que ce truc existait.

— Il travaille pour qui ?

— Cette fois, probablement pour son propre compte. Lorsqu'il s'est pointé chez Fabien, il espérait faire avouer à Marie-Thé où se planquait Pia mais cette nuit-là, Fabien l'a surpris et ils se sont battus dehors, puis à l'intérieur. Marie-Thé s'est précipitée pour l'aider. Ils gardaient un flingue chez eux. Elle a tiré. Il faisait noir. Un accident. »

J'imaginais la scène, la bagarre entre Fabien et ce LoRusso, les coups de poing et la rafale tirée dans les fenêtres, puis Marie-Thé déboulant une arme à la main, visant en priant pour toucher la bonne cible et Fabien foudroyé, la silhouette de l'Italien s'enfuyant dans les ténèbres, sa voiture dérapant en laissant des traces de pneus devant la bergerie.

« Si ce type me suivait, pourquoi est-ce qu'il n'a pas essayé d'intervenir lorsque vous m'avez coincé dans la bergerie ?

— Parce que ce jour-là, Costantini et lui planquaient encore chez Francesca. On les a repérés mais ils ont plié bagage aussi sec. »

Nine releva, épousseta son jean.

« Qu'est-ce que tu comptes faire de tout ça ? demanda-t-elle en me fixant.

— Qu'est-ce que vous comptez faire de moi ? »

Les deux femmes échangèrent un regard.

« Tu vas nous donner un coup de main, dit Nine. Mais avant ça, on doit régler un autre problème. »

*

Même du temps de mon affectation au Bureau des homicides simples, j'avais rarement vu un bonhomme aussi amoché. Dans la pièce, tout au bout du couloir où elles m'avaient guidé le long de murs gaufrés par les infiltrations, flottait une odeur lourde de sueur aigre, de pisse et de merde.

« Mets-toi là », ordonna Nine en me désignant un coin. Lucie se posta à l'angle opposé, dans le dos de l'homme affalé sur la chaise.

Les yeux de Costantini ressemblaient à deux morceaux de barbaque attendris à coups de merlin et la moitié de son oreille droite pendait sur le côté de son visage. Son pantalon, déchiré aux genoux, laissait voir deux plaies creusées et noircies. Sur le sol, près de l'endroit où se tenait Lucie, une perceuse sans fil était posée sur une caisse, près d'un nécessaire de premiers secours.

« Tu t'attendais à quoi, demanda Nine en me voyant

sur le point de vomir, qu'on lui taille une pipe à tour de rôle pour le faire parler ? »

Costantini frissonna. Des bulles rosâtres éclataient au coin de sa bouche à chaque inspiration.

« Trois jours qu'on le tient, continua Nine. Il nous a déjà lâché pas mal, tout le pedigree de LoRusso frère. Mais pas encore de quoi retourner la situation. Hein, *tesoru*[1], tu ne nous as pas encore dit où on pourrait le trouver, ton copain… »

Je fis un pas en avant et le canon du fusil à pompe de Lucie se leva vers mon visage.

« À cette distance, dit-elle d'une voix douce, je n'ai pas besoin de viser : j'appuie sur la détente et tu te transformes en papier peint. »

Du bout de sa chaussure, Nine donna un petit coup dans le tibia de Costantini.

« Oh, tu te réveilles ? »

Costantini gémit de nouveau, une plainte exténuée. Nine retourna dans le couloir pour en revenir un tuyau d'arrosage à la main. Elle se plaça à deux mètres du prisonnier et tourna la molette de l'embout d'un coup sec. Un jet d'eau brune le frappa en plein visage. Après dix secondes, Nine tourna la molette dans l'autre sens et Costantini hoqueta plusieurs fois. Un filet de sang s'écoula de sa bouche pour se perdre entre les poils de sa barbe.

« Il va vous retrouver, parvint-il à articuler. Toutes.

---

1. « Mon trésor. »

— Vous ne pouvez pas continuer, dis-je. Pas comme ça.

— Au contraire on peut le garder dans cet état encore très longtemps. Lucie, dit Nine en désignant l'autre femme, est infirmière. On peut aussi en terminer en cinq secondes. C'est à lui de voir.

— Vous pouvez lui courir après tant que vous voulez… Il est assez loin, maintenant. »

Nine et Lucie échangèrent un regard.

Costantini émit un rire de gargouille.

«Trois jours, dit-il. C'est suffisant.»

Nine parut manquer d'air.

«Espèce d'enculé.»

Il cracha encore, respirait de plus en plus difficilement.

«On y va», dit Lucie.

Nine s'accroupit face à Costantini, parut réfléchir un moment puis se redressa d'un coup et tendit vers le visage du prisonnier le 357 chromé. Sa main tremblait. Elle resta dans cette position en fournissant un effort surhumain pour ne pas appuyer sur la détente puis elle se tourna vers Lucie en me montrant du bout du canon.

«Détache-le.»

Lucie trancha les serflex autour de mes poignets sans discuter et recula de deux pas, son fusil à pompe pointé sur mon visage. Pendant ce temps, Nine avait glissé son 357 dans sa ceinture et enfilé une paire de gants en latex tirée d'une poche de sa veste de treillis. Une main disparut dans son dos, réapparut en tenant un automatique 9 millimètres. Elle éjecta le chargeur, fit tomber les munitions une à une sur le sol, remit le chargeur et engagea la dernière balle dans la culasse. Puis elle posa le flingue par terre, à deux mètres de la chaise où Costantini râlait, et se positionna derrière moi.

« Prends le calibre, dit-elle. Et fais-lui sauter le crâne.
— Je ne peux pas faire ça.
— N'importe qui peut le faire. »

Costantini rejeta la tête en arrière. Ses lèvres laissaient passer un fredonnement à peine audible.

« *Spiccia ti*[1]. On n'a plus le temps, dit Nine.
— Je ne peux pas. »

Lucie actionna la pompe du fusil.

« Un », dit-elle.

« Deux. »

Costantini ricana.

Sans réfléchir, je ramassai le flingue, visai son front et pressai la détente.

---

1. « Dépêche-toi. »

29

En quittant la cave, elles m'avaient de nouveau bandé les yeux et serré les poignets. Nous étions remontés à la surface et j'avais dû rester assis sur une chaise pendant un quart d'heure. Puis elles m'avaient amené à la voiture et installé sur le siège passager après m'avoir enfoncé une casquette sur la tête.

J'entendis le coffre claquer, Lucie monter à l'arrière.

« Le fusil à pompe est dans le coffre, dit-elle. Mais tu as un 11.43 braqué sur les reins. »

Nine nous rejoignit, s'installa au volant et démarra le moteur.

« Enculé, répéta-t-elle à l'adresse du fantôme de Costantini.

— Tu crois que… commença Lucie.

— Je ne crois rien », répondit Nine.

Et elle démarra. La voiture roulait dans un silence de mort, enfilant virage après virage si bien qu'il m'était impossible de localiser l'endroit exact où je venais de passer une partie de la nuit. Au bout d'un moment, lorsque le roulement des pneus eut atteint un rythme hypnotique, Nine demanda à Lucie d'ôter mon bandeau et les lueurs des lampadaires alignés le long de la quatre-voies se mirent à danser dans le pare-brise. L'horloge du tableau de bord indiquait minuit moins vingt. Il faisait froid, j'avais faim et soif. Nous filions vers le sud.

« Il pue, dit Lucie.

— On ne peut pas s'arrêter », répondit Nine, concentrée sur la route, ses phalanges blanchies autour du volant.

Son 357 était posé entre ses cuisses maigres. Impossible à atteindre avec des serflex autour des poignets, Lucie m'aurait flingué à bout portant.

« Je peux savoir où on va ?

— Non.

— Et tu la fermes », ajouta Lucie.

Puis, s'adressant à Nine :

« On aurait reçu un message si…

— Quel message ? Là-haut, le réseau ne passe pas. Il faut descendre sur la route. S'il est déjà… »

Elle se tut. La voiture accéléra. À cette heure-ci, aucun risque de tomber sur un barrage de gendarmes. J'aurais voulu me saouler à tomber raide, oublier ce cauchemar, les révélations de Cotoni, les yeux de Costantini à moitié fermés par les hématomes, sa bouche ensanglantée.

« Il va dégueuler », prévint Lucie.

Nine baissa la vitre de mon côté et l'air frais de la nuit me fouetta le visage en s'engouffrant dans la voiture. Un instant, je crus que j'allais pouvoir résister. La seconde d'après, je m'évanouis.

*

Ma propre odeur me réveilla alors que nous nous apprêtions à doubler le panneau «Propriano». J'ouvris péniblement un œil. À côté de moi, Nine ne quittait pas la route du regard. J'esquissai un geste pour jeter un coup d'œil à l'arrière mais la voix grasseyante de Lucie me parvint du siège: «Retourne-toi et profite du paysage.»

Il faisait encore nuit, le soleil ne se lèverait pas avant une bonne heure et demie. Nine prit la montée de Sartène, roula encore pendant une dizaine de kilomètres puis, lorsque la voiture s'engagea sur une longue ligne droite, donna un coup de volant vers une piste qui quittait la route pour l'intérieur des terres. Elle conduisait prudemment, les phares coupés, en prenant soin de ne pas pousser le moteur. La voiture brinquebalait, franchissait les ornières au pas, retombait lourdement sur son châssis après une bosse.

La piste suivait le cours d'une rivière puis obliquait vers le sud avant de s'incliner en pente douce vers un plateau qu'il fallut traverser pour rejoindre une autre route secondaire qui ne devait même pas figurer sur les cartes topographiques. De là, la voiture roula encore une bonne vingtaine de minutes puis une nouvelle piste, encore plus scabreuse que la précédente, apparut comme une trouée dans un mur de végétation.

«C'est là-bas qu'on se réunissait après les coups, dit Nine au bout d'un moment. Chez un ami. Plus haut en montagne, il y a une propriété avec trois maisons en bois en bordure d'un enclos à cochons et d'une petite forêt.

Marie-Thé et Pia y sont. On leur amène le sac et on avise. On n'a plus beaucoup de temps.

— Pourquoi tu lui racontes tout ça ? demanda Lucie.

— Pour qu'il sache ce qu'il a à faire s'il nous arrive quelque chose.

— Elles doivent nous attendre tranquillement, dit Lucie. Il n'y aura pas de problème. »

La piste se mit à grimper plus sérieusement, elle se coulait en virages pentus, serrés. Trois cents mètres environ après le dernier tournant, une grille imposante barrait le large sentier cailouteux, surmontée d'un écriteau « Propriété privée, défense d'entrer ». La grille était à moitié repoussée.

« Il y a quelque chose plus loin », dit Lucie en se penchant entre les deux sièges de devant.

Nine approcha son visage du pare-brise et plissa les yeux. Sur la droite de la piste, un gros véhicule tout-terrain garé en biais.

« C'est le Defender de Joachim », dit Nine.

Elle s'empara du 357, déverrouilla la portière.

« Prends le volant, dit-elle en s'adressant à Lucie. Et tu me suis au pas. »

Lucie sortit à son tour, contourna la voiture puis s'installa sur le siège conducteur sans lâcher son 11.43. Elle enclencha la première et effleura l'accélérateur tandis que Nine avançait prudemment, le flingue pointé devant elle.

Nine poussa la grille de manière à laisser passer la voiture, fit encore quelques mètres, l'arme tenue au bout de ses bras fléchis, en position de tir. Un point de lumière éclata au bout de la piste, une motte de terre se souleva près d'elle, elle bascula en arrière au moment où nous parvint la détonation du premier coup de feu, précédant d'une fraction de seconde celle du second tir.

Lucie écrasa la pédale d'accélérateur, la voiture patina, s'élança et faillit heurter Nine.

« Recule ! » cria-t-elle à Lucie, paniquée, qui tira sur le levier de vitesse pour passer la marche arrière. Une balle claqua contre la carrosserie. Nine plongea dans les fourrés à l'endroit où une butée masquait le côté gauche de la piste. La voiture fit un bond en arrière, ma tête heurta le montant de la portière. Lucie contrebraqua et remit la bagnole dans l'axe de la piste puis commença une manœuvre hasardeuse pour faire demi-tour mais une nouvelle balle nous frôla dans un bourdonnement de frelon. Les poignets entravés, je tirai de toutes mes forces sur la poignée de la portière pour tenter de m'éjecter. Nine s'était ruée à découvert le long de la butée, avait ouvert la portière à la volée et bondi sur le siège arrière.

« Il a eu Joachim », dit-elle.

Je me retournai. Dans l'obscurité, je pouvais voir la veste de treillis déchirée, l'auréole sombre autour de l'épaule de Nine qui grimaçait, essoufflée.

« Je ne sais pas comment il a pu savoir, dit-elle. Je prends le fusil à pompe dans le coffre. Foncez là-haut. S'il nous attend ici, c'est que les filles y sont toujours. »

Elle quitta la voiture et, courbée en deux, ouvrit le coffre. Puis elle donna deux coups brefs contre la carrosserie.

« Pleins phares, cria Nine. Et sans t'arrêter. »

Lucie lâcha d'un coup l'embrayage et la voiture fit une embardée, frôla le Defender et, d'un coup de volant, reprit sa trajectoire. Le décor se retrouva éclairé comme en plein jour : le talus couronné de végétation, les trous de la piste semée de cailloux gros comme le poing, les arbustes dissimulant le côté droit de la pente qui dévalait vers un ravin. La voiture sursauta, dérapa et une série de coups de feu ponctua le rallye improvisé. La première balle fracassa la vitre arrière droite, la seconde fit siffler un pneu. Lucie jura, appuya sur l'accélérateur et un grincement strident monta de la jante nue écrasant les pierres. Un premier virage à gauche, trente mètres plus loin, un deuxième sur la droite et la piste s'évasait en débouchant sur une sorte de large clairière bordée par un muret de pierres sèches. À droite, une minipelle mécanique était juchée sur un tas de terre. Plus loin, une maison modeste, à l'écart de la piste.

La voiture parvint à rouler jusqu'à un groupe de trois bungalows en rondins, dépassa les deux premiers, accéléra vers celui qui se trouvait le plus éloigné de la piste, en bordure des premiers arbres d'une forêt de chênes. La voiture manqua percuter les piliers d'une terrasse en bois. Une volée de plombs, tirée depuis une fenêtre du bungalow, troua le capot.

« C'est nous ! » hurla Lucie.

Elle coupa les phares, se pencha en avant pour tenter d'agripper le flingue sous son siège. Je lui fis signe de me détacher mais elle ne m'adressa pas un regard, sortit de la voiture et me tira de l'habitacle pour me traîner vers la maison de rondins, le sac rempli de billets et de faux passeports sur l'épaule. La porte s'ouvrit sur la silhouette de Marie-Thé.

« Coincées depuis ce matin, dit-elle. Impossible de vous joindre. »

Elle attendit un moment puis : « Joachim ? »

Lucie fit non de la tête.

Marie-Thé nous fit entrer dans la pièce qui servait de séjour. Deux fenêtres donnaient sur la clairière. Les rideaux étaient tirés, on avait poussé les meubles contre une porte à l'arrière du bungalow. Sur une table étaient posés un calibre 12 semi-automatique, un pistolet-mitrailleur Uzi avec une crosse en bois et deux pistolets automatiques avec plusieurs chargeurs.

Marie-Thé nous fit signe de nous baisser. Puis elle réalisa que quelqu'un manquait à l'appel. Elle se tourna vers Lucie, l'interrogea du regard.

« Elle a été blessée, dis-je. Elle est restée en bas, près de la grille. »

De l'autre côté de la pièce plongée dans l'obscurité, une voix légèrement voilée, presque rauque :

« Gravement ? »

La grande fille que j'avais aperçue dans la cave était assise sur le plancher, à côté d'une porte ouverte sur une cuisine dont les fenêtres étaient obstruées par une couverture à carreaux en laine. Une jambe tendue devant elle, un genou replié sur lequel reposait son coude, Margherita Montanari, alias Pia Morellini, fumait une cigarette. La faible lueur de la clope éclaira partiellement son visage, que l'ombre reprit aussitôt.

«Touchée à l'épaule mais on n'a pas eu le temps de voir, dis-je.

— Et vous l'avez laissée seule ? Blessée ?

— Pia... » commença Lucie.

L'Italienne tira sur sa clope.

«C'est à vous», dis-je en me contorsionnant pour saisir le sac et le faire glisser jusqu'à elle. Puis, en m'adressant à Marie-Thé, poignets tendus vers elle : « Je ne vous sers à rien comme ça. Dis-leur de me détacher. »

Personne ne réagit. De la pointe de sa chaussure de randonnée, Pia crocheta une anse du sac et le ramena vers elle. Elle l'ouvrit, y fourra la main et le repoussa.

«Il nous a localisées, dit Marie-Thé en tranchant les serflex d'un geste vif avec un couteau de poche. On ne sait pas encore comment mais ce n'est pas vraiment le débat du jour. Peut-être par Costantini.

— Il est mort», dit Lucie.

À voix basse, elle raconta comment Nine et elle avaient réussi à capturer l'ex-barbouze après l'avoir repéré alors qu'il planquait devant le domicile de la mère de Lucie, où elle avait déménagé après ma découverte du cadavre au palazzu Angelini. Elle ne dit pas un mot de la perceuse, ni de leur petite séance de torture pendant trois jours. Elle ne parla pas davantage de la façon dont il était mort.

Elle avait à peine terminé son récit, haletant toujours, lorsque l'écho assourdi de plusieurs coups de feu retentit plus loin sur la piste.

Marie-Thé se mit à genoux, avança vers la fenêtre. Du doigt, elle écarta le rideau. La nuit commençait à pâlir, les formes se précisaient : la masse de la minipelle en équilibre sur son tas de terre, le feuillage des arbres plus nettement découpé contre le ciel.

De nouveaux coups de feu éclatèrent, plus rapprochés.

« Il faut aller chercher Nine », hasarda Lucie.

Pia se leva avec souplesse. Elle paraissait encore plus grande, plus musclée que dans la cave. Elle traversa la pièce debout tandis que nous restions accroupis, se dirigea vers la table basse et saisit l'Uzi, y inséra un chargeur.

« Baisse-toi, lui dit Marie-Thé.

— Pour quoi faire ? Les rideaux sont tirés. Il ne peut rien voir.

— Et Nine ? demanda Lucie.

— Elle sait ce qu'elle fait », répondit Pia en s'asseyant dans un fauteuil en tissu râpé poussé contre la porte de derrière. Le peu de lumière permettait de mieux distinguer ses traits, ses cheveux blancs coupés à la garçonne et son visage aux pommettes hautes constellées de taches de rousseur, ses lèvres pleines. Elle posa l'Uzi sur ses genoux, alluma une nouvelle cigarette.

Dehors, une nouvelle salve retentit : une courte rafale puis sa réponse, une seule détonation, l'aboiement d'un fusil à pompe.

« Elle doit être en train d'essayer de l'éloigner, observa Marie-Thé.

— On est coincées quand même : derrière nous, il y a la forêt qui donne sur une muraille de pierre. Devant, le chemin où Nine et lui se tirent dessus.

— Et ce fameux Joachim ? »

Elles tournèrent vers moi leurs visages, comme trois taches dans la pénombre.

« Un lointain cousin, dit Marie-Thé. Il nous a aidées dès le début : on faisait un coup, on venait ici se mettre au vert. Il n'était même pas natio. Tout ça lui appartient : ce bungalow, les deux autres. Il les loue l'été. L'hiver, il se repose. Il vit seul dans la petite maison à l'écart. »

Pia laissa échapper un claquement de langue.

« Il faudrait peut-être arrêter de parler et réfléchir à la manière de sortir d'ici », dit-elle.

Lucie s'approcha des rideaux, tira légèrement sur le bord pour se ménager une ouverture et scruta les alentours sans y apercevoir autre chose que les troncs serrés des arbres sur la gauche et, devant elle, la route que nous avions empruntée à tombeau ouvert.

« Donnez-moi un flingue », dis-je.

Immobile à son poste d'observation, Lucie resta silencieuse. Marie-Thé glissa un regard vers Pia.

« Pourquoi ? demanda Pia.

— Parce que je sais m'en servir. Et que vous avez plus d'armes que vous ne pouvez en utiliser.

— Comme ça, dit Lucie, tu pourras nous buter et négocier. »

À l'instant précis où elle prononça ces mots, une balle frappa l'extérieur du bungalow. Une autre fracassa la vitre de la fenêtre. Le tireur avait dû réussir à se débarrasser de Nine.

« Ferme ce foutu rideau ! », hurla Marie-Thé.

Pia se déplaça jusqu'à la table basse en prenant soin

de rester hors d'atteinte. Elle y prit un automatique et revint vers moi. Je manœuvrai la culasse, vérifiai qu'une balle était bien engagée dans le canon. Lucie commença à riposter à travers la fenêtre, vida un chargeur dans la direction des tirs. Quand elle se plaqua contre la paroi de rondins, la pièce, saturée d'odeur de cordite, vibrait encore de l'écho des coups de feu.

« Écoutez », dit Pia.

Une voix étouffée nous parvint de l'extérieur. Elle était proche, moins de trente mètres peut-être.

« Qu'est-ce qu'il dit ? demanda Lucie. On n'entend rien.

— J'ai entendu *cramer* et *putes* », dit Pia.

Marie-Thé s'était emparée du fusil à pompe. À genoux, elle appuyait son front au canon. Ses épaules s'affaissaient au rythme de ses sanglots. Lucie éjecta le chargeur de son automatique, le remplaça par un autre.

Pia arma la culasse de l'Uzi puis, à quatre pattes, se déplaça vers la cuisine. Elle se redressa, poussa la couverture de laine de quelques centimètres. Une balle siffla, brisa la vitre et s'écrasa sur une cloison en faisant sauter un paquet d'échardes.

Lucie tira encore au jugé, vidant au hasard un nouveau chargeur. Elle se retourna vers moi : « Ton calibre, c'est pour nous tirer dans le dos ou t'en servir ? »

La même voix, du dehors. Un cri guttural.

« Je l'ai, dit Pia depuis la cuisine. Derrière le muret, juste à l'endroit où la piste s'élargit. »

Lucie hissa son regard au bord de la fenêtre.

« À gauche de la minipelle ?

— De l'autre côté de la piste. Il nous aurait fallu une carabine. »

Marie-Thé ne bougeait toujours pas, cramponnée à son fusil à pompe.

D'un geste, Pia épaula le pistolet-mitrailleur en se décalant légèrement dans l'axe de la fenêtre puis lâcha une courte rafale. Dans l'autre pièce, Marie-Thé se mit à tirer, actionnant la pompe du fusil et balançant cartouche après cartouche.

Un cri leur répondit.

« Il faut sortir et s'abriter derrière la voiture pour le prendre à revers », dit Lucie depuis le séjour.

Pia secoua la tête, se releva, pressa encore la détente et un essaim de balles alla s'enfoncer dans le sol, près du coin de muret derrière lequel elle avait aperçu LoRusso.

Le rire monta de l'autre côté de la piste, près de l'engin de chantier.

Dammi il culo, brutta puttana[1] *!*

Je retournai dans la salle de séjour à croupetons, un sifflement dans les oreilles. Marie-Thé était en train de recharger son fusil à pompe et Lucie avait changé de position : postée près de la seconde fenêtre, la seule à être restée intacte, elle essayait de se faire une idée plus précise de la situation.

« J'ai huit cartouches chargées, dit Marie-Thé. Il m'en reste une vingtaine mais, de toute façon, à cette distance… »

---

1. « Donne-moi ton cul, sale pute ! »

Le soleil se levait. Des grains de poussière se mirent à voler dans la lumière incertaine que laissaient passer les vitres brisées. Près de Lucie, des douilles étincelaient sur le sol comme un vieux trésor.

Elle inséra un nouveau chargeur dans son automatique, se redressa et annonça :

« Je sors par-devant et je me glisse sous la terrasse. Le soleil n'est pas assez haut et elle doit encore être à l'ombre. De là, j'essaierai d'atteindre le coin du bungalow pour voir d'où tire ce fils de pute. Que je crève s'il… »

Elle n'acheva pas sa phrase. Une pierre rebondit sur le toit du bungalow, roula et atterrit devant la fenêtre de la cuisine dans un sifflement de bouilloire. Un lourd panache de fumée d'un gris bleuté s'enroula sur lui-même avant de s'insinuer à travers les ouvertures répandant une odeur âcre à travers la pièce.

« Gaz », cria Pia.

Lucie se précipita vers la porte, l'ouvrit et se jeta au bas des trois marches de la terrasse. À son tour, Marie-Thé se dirigea vers la porte, le corps secoué de spasmes, une main plaquée sur la bouche. Pia me fit signe. Je la suivis à l'extérieur où je me jetai à l'extrémité de la terrasse la moins exposée aux tirs de LoRusso.

Lucie s'était mise à canarder depuis sont poste de tir improvisé, sous la terrasse en bois.

« À droite du tas de terre », cria-t-elle.

Du coin de l'œil, j'aperçus Marie-Thé protégée derrière le capot de la voiture, épaulant son fusil à pompe et tirant vers l'endroit qu'avait indiqué Lucie.

Près d'elle, Pia se dressa à son tour derrière le capot et balança une rafale qui toucha la minipelle.

Personne n'avait repéré la silhouette de LoRusso contourner le second bungalow, dans notre dos. Sans se faire remarquer, il était parvenu à effectuer un large détour pour nous prendre à revers. Je hurlai, braquai mon automatique dans sa direction et appuyai sur la détente. Pia me rejoignit d'un bond, en plein dans la ligne de mire de LoRusso. Elle épaula. Sa rafale souleva de petits geysers de terre près de l'endroit où il venait de se jeter à couvert. Marie-Thé se précipita vers nous mais Pia la repoussa, lui montra le second bungalow.

Lucie avait rampé à l'air libre, elle se tenait debout, sans comprendre ce qui était en train de se passer.

« Il nous a tournées, lui cria Pia. Couche-toi ! »

Lucie la regarda et hésita. Puis elle se mit à courir dans notre direction et elle culbuta avant d'atteindre la voiture, une expression d'incrédulité sur le visage. Pia se découvrit, l'Uzi à la hanche et, avant qu'elle ait pu presser la détente, une boîte de conserve s'envola de l'endroit où s'était jeté LoRusso, tournoya un petit moment et atterrit deux mètres devant nous. Le souffle projeta Pia contre la carrosserie de la voiture. Une pluie de cailloux retomba autour de nous.

Lorsque la fumée se dissipa, Pia était allongée sur le dos, les yeux écarquillés. Elle ne paraissait pas blessée, juste sonnée par la déflagration de la grenade offensive. Marie-Thé, elle, rebroussait chemin en titubant, trébucha sur une souche et tomba lourdement à terre.

Un cri de victoire jaillit devant nous. Lucie se releva

avec peine et se rua en avant. Le pull qui lui couvrait les hanches était étoilé d'une tache écarlate. Elle franchit les trente mètres qui la séparaient de LoRusso, appuya sur la détente en hurlant et s'effondra lorsque trois balles lui traversèrent la poitrine.

Pia tourna son regard vers moi, fit « Non » de la tête et se traîna jusqu'à la voiture. Elle tendit le bras, ses doigts rencontrèrent le canon de l'Uzi.

Un nouveau hurlement monta de la cachette de LoRusso et il tira encore. Une balle fit exploser la vitre arrière de la voiture, à dix centimètres du visage de Pia. Plus loin, Marie-Thé restait étendue sur le sol, son dos secoué de sanglots.

LoRusso avait gagné. Il le savait. De l'endroit où je me tenais, je ne pouvais pas l'atteindre. Il n'avait plus qu'à terminer le travail. Il se redressa à découvert, observa la scène un petit moment puis, le fusil d'assaut pointé devant lui, se mit à avancer en prenant soin de viser à chaque coup qu'il tirait. Une première balle s'enfonça dans le corps inerte de Lucie avec un bruit mou. Une autre fouetta le sol à cinquante centimètres du visage de Marie-Thé, qui se mit sur les coudes et poussa des talons en griffant la terre. Une troisième balle propulsa en l'air un caillou près de sa main. Je levai mon arme, ripostai sans le toucher. Pia se débattait avec le second chargeur de l'Uzi, qui lui échappa des mains tandis que LoRusso avançait toujours. Il ne se trouvait plus qu'à une vingtaine de mètres de la voiture derrière laquelle s'abritait Pia. Encore quelques mètres et il pourrait la tirer comme un lapin. Elle tourna la tête vers moi, me désigna l'Uzi : une balle avait fracassé la poignée-pistolet.

J'inspirai profondément, essayant de me rappeler le nombre de cartouches grillées. Il m'en restait sans doute quatre, peut-être cinq. Lorsque j'entendis les pas de LoRusso sur ma droite, à cinq ou six mètres, je roulai sur moi-même et le visai, il m'aperçut, se jeta derrière un buisson de ronces au moment où j'appuyai sur la détente jusqu'à ce que l'automatique soit vide.

Aucune balle ne l'atteignit. C'était fini.

LoRusso émergea du taillis. Je pouvais voir son gilet pare-balles passé sur une veste de treillis camouflage, ses gestes prudents, la manière dont il tenait son arme dans le prolongement de son regard, inspectant les alentours en cherchant à se faire une idée de la situation. Le corps de Lucie ne bougeait plus. Couchée à plat ventre sur le sol, Marie-Thé se trouvait derrière moi, dissimulée à la vue de LoRusso par la voiture près de laquelle Pia ne cherchait plus à s'abriter. Adossée à la carrosserie, elle laissait sa tête se balancer de droite à gauche, mollement, doucement, en murmurant des paroles inintelligibles. LoRusso aurait sans doute aimé se réserver Pia pour la fin, cette pute rouge sans qui son frère serait toujours vivant. Mais le jeu avait assez duré et l'endroit avait beau être reculé, quelqu'un avait peut-être entendu l'explosion de la grenade et ne tarderait plus à venir aux nouvelles. Pia lui offrait une cible parfaite, tout droit dans sa ligne de mire. L'ombre d'un sourire passa sur le visage de LoRusso lorsqu'il épaula, appuya doucement sa joue sur la crosse de son arme et ferma un œil. À cette distance, il lui était impossible de rater son coup.

Derrière lui, surgissant de l'ombre projetée par un énorme rocher, la silhouette de Nine Secchi apparut dans le contre-jour en faisant cracher le feu de son fusil à pompe. La première décharge poussa LoRusso en avant. Les autres firent sursauter son corps alors qu'il était déjà mort.

30

Marie-Thé nous avait accompagnés sur le quai du port de Bonifacio, où accostait un minuscule ferry. Vêtus de combinaisons blanches, les marins sardes s'interpellaient de leurs voix nasillardes avec de grands gestes, en lançant des plaisanteries douteuses. Les véhicules commencèrent à débarquer, faisant claquer sur leur passage les lourdes plaques métalliques de la poupe. La file de passagers sur le départ s'ébranla, les piétons d'abord, puis les automobilistes qui cuisaient sous le soleil depuis trente minutes. Un type portant un talkie-walkie en sautoir contrôlait les billets avec des gestes mécaniques, une énorme boule de chewing-gum passant d'une joue à l'autre. Il saisissait d'une main distraite les billets que lui tendaient les automobilistes, penchait la tête sur le côté et les leur rendait sans un regard.

Marie-Thé et Pia se tinrent longtemps serrées l'une contre l'autre. Puis Pia s'en détacha et murmura : « C'est comme ça. S'il m'a retrouvée, d'autres pourront le faire. »

Marie-Thé acquiesça en silence, les traits défaits. Elle se tourna vers moi.

« Je te ferai signe pour le retour. »

J'avais envie de lui répondre que je m'en foutais pas mal, que je ne comprenais pas pourquoi elle tenait tant à ce que j'accompagne Pia en Sardaigne et ce que nous aurions à y faire, quelles histoires merdiques attendaient encore là-bas une fugitive des Brigades rouges munie d'un jeu de faux passeports et un détective sans diplôme impliqués dans une série d'homicides. Au lieu de quoi, je fermai ma gueule comme j'en avais pris l'habitude depuis très longtemps, en essayant de chasser de mon esprit les dernières images de la fusillade près des maisons en rondins : l'ombre de Nine surgissant derrière LoRusso et la dernière détonation, une décharge de calibre 12 qui avait pulvérisé la moitié de la tête de l'Italien.

J'étais incapable d'expliquer pourquoi la présence de Marie-Thé me mettait si mal à l'aise. Ce n'était pas à cause de la mort de Fabien, qu'elle n'avait pas voulue et avec laquelle elle devrait vivre désormais. J'avais au contraire le sentiment que cet épisode ne revêtait plus à ses yeux qu'une valeur très relative, celle d'un événement déjà lointain noyé par un flot ininterrompu de péripéties, infiniment moins important que les adieux du moment, la main de Pia dans la sienne, au milieu du quai sur le petit port de Bonifacio. Et puis il y avait eu cette manière froide de prendre les opérations en main lorsque Nine nous avait débarrassés de LoRusso. Marie-Thé s'était relevée, le visage couvert de terre, ses vêtements déchirés et salis, avec des airs de folle soudainement tirée d'un délire. Elle avait promené un regard vide sur la scène : le corps sans vie de Lucie, le visage de LoRusso répandu en débris rouges et blancs sur les cailloux autour de son cadavre et Nine, recroquevillée sur elle-même, les yeux grands ouverts sur le néant. Puis elle avait ramassé les armes une à une, les avait jetées sur le sol près du bungalow tandis que Pia se relevait à son tour, hagarde, avec l'air de ne rien comprendre à la scène, comme si elle s'éveillait d'un coma profond pour découvrir l'étendue d'un désastre auquel elle n'avait participé ni de près, ni de loin. En traînant les pieds, elle avait rejoint le tas de flingues abandonnés comme un fagot de bois mort au pied du bungalow, y avait laissé tomber son pistolet-mitrailleur et elle était restée là, debout, sans rien dire, devant les trois marches menant à la terrasse du bungalow. Ensuite, Marie-Thé et elle avaient accompli un cérémonial dont les moindres détails paraissaient convenus de longue date, et que rien n'aurait pu contrarier, ou repousser, ni les trous dans la carrosserie de la voiture, ni la ferraille tordue projetée par la grenade autour de nous, ni les trois cadavres ensanglantés que le soleil éclairait à présent, révélant la fixité de leurs poses grotesques.

J'avais fini par les suivre à l'intérieur du bungalow où, penchées sur le lavabo d'une minuscule salle de bains, elles se débarbouillaient, Pia frottant ses ongles d'un air concentré et Marie-Thé rendant au miroir son regard glacé, le visage ruisselant. Elles avaient terminé leur toilette en silence avant de me céder la place, sans un regard, sans une parole. Lorsqu'elles étaient passées près de moi, l'odeur musquée de leur sueur m'avait frappé.

Le temps de me rafraîchir, le ronflement d'un moteur s'était fait entendre du côté de la maison de Joachim, juste avant qu'un Scenic n'apparaisse en cahotant sur la piste. Au volant, Marie-Thé avait enfilé un blouson de toile et chaussé une paire de lunettes de soleil. Assise à côté d'elle, Pia tenait contre sa poitrine le sac que son père m'avait remis à Bologne à l'intention d'une Margherita qui n'existait plus depuis très longtemps, et dans lequel je l'avais vue glisser un pistolet automatique. «Monte», avait-elle dit. Je m'étais exécuté et Marie-Thé avait démarré, nous avions roulé sur la piste jusqu'au Defender et Pia m'avait ordonné de descendre de voiture avec elle pour lui donner un coup de main, avait ouvert la portière du Defender, pris contre elle le corps d'un homme très petit, très maigre, dont le visage était mangé d'une barbe épaisse, et avec d'infinies précautions, avait traîné la dépouille de Joachim jusqu'au coffre du Defender, l'y avait installé et était montée à bord du 4×4 pour le ramener près de la petite maison, suivie par le Scenic à l'intérieur duquel Marie-Thé m'avait fait signe de reprendre place.

Puis, une fois que tout parut en ordre, Pia était revenue à bord du Scenic et nous avions pris la route de Bonifacio en nous arrêtant dans une station-service pour faire provision de saloperies, des bonbons, un pack d'eau minérale et plusieurs paquets de biscuits dévorés en silence sur la route.

*

Le navire était loin d'être complet. Sur le pont, les passagers prenaient des photos à la proue, où une femme en robe à fleurs manqua se rompre le cou en glissant sur la fine pellicule de graisse qui recouvrait le sol, provoquant les rires du groupe de touristes allemands dont elle faisait partie. Plus loin, un jeune couple observait un type aux longs cheveux blancs en train d'écrire sur un petit carnet de voyage, très absorbé par sa tâche.

Pia emprunta l'étroite volée de marches menant au pont supérieur, où des bancs peints dans un rouge très foncé se trouvaient alignés comme à l'église. De part et d'autre du pont, des canots de sauvetage aux flancs blancs étaient solidement arrimés au-dessus de grosses caisses métalliques peintes d'un bleu très brillant. Elle s'installa dans le sens de la traversée, au troisième rang, le seul où personne n'avait pris place. Je la suivis, m'assis à ses côtés pendant que, indifférente, elle croisait les jambes et posait sa main sur le sac rempli de billets.

Les machines du ferry se mirent à gronder et une odeur d'huile chaude vint couvrir le parfum salé de la mer puis, dans un grondement sourd et continu, le navire quitta lentement son poste à quai pour franchir la passe du port de Bonifacio, laissant dans son sillage les hautes falaises blanches où s'accrochaient de très vieilles maisons génoises.

La traversée dura moins de trois quarts d'heure pendant lesquels Pia ne décrocha pas un mot, se contentant de fixer le ciel à travers ses lunettes de soleil. À l'arrivée à Santa Teresa di Gallura, lorsque le ferry accosta au milieu de l'après-midi sous un soleil blanc, elle se leva en bâillant et quitta le bord pour gagner la sortie du port.

Je ne m'expliquais ni ma docilité, ni les raisons qui m'avaient poussé à accepter sans même rechigner l'ordre donné par Marie-Thé : «Tu dois rester avec elle jusqu'à nouvel ordre. Elle te dira quand partir.» J'y avais songé pendant la traversée, anesthésié par les heures qui venaient de s'écouler, la rencontre avec Cotoni, ce qu'il m'avait appris de la femme que j'aimais, puis le fort Alamo des montagnes et le bain de sang qui avait suivi. Sur les conseils de Marie-Thé, Pia avait peut-être convenu de supprimer le seul témoin gênant de toute l'histoire en balançant mon cadavre dans un coin paumé de Sardaigne. Elle connaissait l'île, y avait entamé sa longue cavale. Elle disposait sans doute de relations sur place, des *latitanti*, des fugitifs comme elle, qui lui rendraient ce service. Mais pourquoi ne m'avaient-elles pas abattu en pleine montagne, après le siège du bungalow par LoRusso? Un cadavre de plus ou de moins : qu'est-ce que ça pouvait bien leur faire?

En pleine mer, mes nerfs avaient fini par lâcher et je m'étais précipité dans les toilettes du ferry pour m'effondrer, mon poing enfoncé dans ma bouche pour étouffer mes pleurs. J'y étais resté pratiquement jusqu'à l'arrivée du ferry en Sardaigne et, lorsque j'étais remonté sur le pont supérieur, Pia n'avait pas bougé de sa place, comme si elle savait que je ne donnerais pas l'alarme, que je finirais par retourner auprès d'elle.

Elle marchait à présent devant moi, d'un pas souple. Après avoir quitté le port, elle longea une route puis traversa une esplanade et emprunta une rue pentue bordée de petites maisons individuelles aux façades colorées, qui se serraient les unes aux autres jusqu'à une place centrale. Elle se dirigea sans hésitation vers les parasols blancs d'un café à l'enseigne du Baretto, s'installa à une table et commanda une assiette de fromage avec un verre de vin rouge. Son cou, malgré sa toilette, portait encore des stries crasseuses et la serveuse, qui s'en aperçut, fronça les sourcils avant de disparaître dans l'ombre du bar. Deux tables plus loin, un jeune couple de touristes français commentait chaque prix de la carte en le comparant à de précédentes escapades, à Hyères et Santorin, évaluant le bénéfice tiré de chaque cocktail vendu, chaque café servi, pour finir par trouver les boissons «trop chères de toute façon».

Au bout de cinq minutes, la serveuse revint en rougissant : c'était son premier jour, dit-elle et elle ignorait qu'on ne servait plus d'assiettes de fromage après deux heures et demie de l'après-midi. Elle n'avait rien d'autre à nous proposer que des sandwiches déjà préparés. Pia acquiesça, le visage dénué de toute expression, et ajouta à la commande une bouteille d'Ichnusa, la bière sarde.

À cette heure des premières chaleurs, la petite place était encore déserte et il était difficile d'imaginer que, le soir venu, elle s'animerait des jeux de dizaines de gosses, des promenades des habitants auxquels se mêlaient des familles de vacanciers italiens et français, attablés aux terrasses des cafés et des restaurants des rues voisines ou déambulant, un cornet de glace à la main, en prenant tout leur temps.

Des années auparavant, j'avais passé ici des soirées d'été merveilleuses. Notre rituel était rodé : il suffisait qu'elle se réveille un beau matin avec l'envie de prendre le large pour que nous traversions aussitôt la Corse du nord au sud, de Bastia à Bonifacio, puis en ferry jusqu'à Santa-Teresa. S'il restait une chambre disponible, nous choisissions toujours le même petit hôtel caché dans une ruelle, d'où il ne fallait que quelques minutes pour rejoindre la plage de Capo Testa en voiture. Le soir, il nous arrivait de prendre la route pour aller dîner dans un restaurant d'Olbia où le patron avait fini par nous reconnaître d'une année sur l'autre et plaisantait chaque fois à propos de la table que nous avions occupée l'été précédent, occupée ce soir-là mais qui serait sans doute libre l'été prochain avec l'aide de Dieu, pour que nous puissions retrouver nos habitudes d'amoureux et tous ces souvenirs affluaient brutalement tandis que Pia dévorait ses sandwiches : la chambre dépouillée du petit hôtel, la matrone qui servait les petits déjeuners et rouspétait après le propriétaire des lieux, son propre frère, parce qu'il n'était qu'un bon à rien incapable de prendre correctement soin de ses clients, son corps musclé qui aimantait les regards dès que nous étalions nos serviettes sur le sable de Rena di Ponente ou de Santa-Reparata, parfois plus loin encore, lorsque nous décidions de prolonger notre séjour en poussant jusqu'à Alghero, et je pensai en cet instant à tout ce que j'avais perdu et ne retrouverais jamais.

*

« Tu t'es endormi ? » demanda Pia.

Sans attendre ma réponse, elle se leva et s'étira : « On doit trouver un hôtel.

— Et après ? Pourquoi je devrais t'accompagner ?

— Donne-moi une cigarette. »

Je lui tendis le paquet acheté dans la station-service où nous avions fait provision de bouteilles d'eau et de bouffe sur la route, le matin même. Elle alluma la clope, ramassa le sac et se mit en route. Il fallut marcher près d'une vingtaine de minutes pour laisser derrière nous les ruelles ensoleillées et paisibles, franchir à nouveau l'esplanade que nous avions traversée à notre arrivée et couper jusqu'à une avenue que Pia longea comme si elle savait d'avance où s'adresser pour trouver une chambre conforme à ce qu'elle attendait. Cinq cents mètres plus loin, elle s'engagea dans un quartier résidentiel. Au fond d'une rue étroite, elle s'arrêta devant un hôtel trois étoiles veillé par trois drapeaux : celui de la Sardaigne avec ses quatre têtes de Maure, le drapeau italien et celui de l'Europe, effrangé, qui pendait à mi-hauteur d'un mât rongé de rouille.

« Pourquoi ici ?

— Parce que c'est un bouiboui », dit-elle.

Elle prit une chambre double, déclina la proposition du réceptionniste de monter notre unique bagage et se renseigna sur les horaires de fermeture de la grille d'entrée. Lorsqu'il demanda si nous possédions une voiture et désirions bénéficier du parking situé à l'arrière de l'hôtel, elle le remercia d'un sourire et répondit que ce n'était pas nécessaire, que nous nous débrouillerions bien sans ça. Le type parut navré et m'adressa un sourire de compassion.

La chambre, au deuxième étage, était spartiate : murs blancs comme le carrelage de la salle de bains et le cadre du lit ; draps blancs, comme les oreillers, la table et les deux chaises métalliques disposées dans un coin. La seule touche de couleur était apportée par un clic-clac recouvert d'une housse bleu marine piquée de triangles jaune, rouge et orange. Pia déposa le sac au pied du lit et contempla le décor en tournant lentement sur elle-même, les mains sur les hanches.

« Je connais des cellules de prison plus gaies, dit-elle. Si tu veux, je peux prendre le canapé. Ça ne me dérange pas. »

Je me laissai tomber sur une chaise métallique.

« Un problème ? demanda-t-elle.

— On ne sait rien de ce qui se passe là-bas, on ne sait même pas si on est recherchés et il y a notre ADN partout dans le bungalow. Quelqu'un va forcément remarquer l'absence de Lucie, de Nine, peut-être de Joachim. Et puis il y a l'enquête sur la mort de Francesca. Tout remonte à nous. »

Elle s'assit à son tour, sur le lit, demanda une nouvelle cigarette qu'elle alluma au mépris du panneau *Vietuto de fumare* cloué sur la porte de la chambre. Puis, les coudes sur les genoux, elle me regarda.

« Nine n'avait plus de famille depuis longtemps, dit-elle. Elle ne mettait jamais le nez en dehors de chez elle, sauf pour les courses à l'hyper d'à côté, une fois par semaine. Elle ne voyait personne, ne fréquentait personne. »

Elle tira une nouvelle bouffée, qu'elle garda longtemps dans ses poumons avant de recracher.

« Lucie n'avait plus que sa mère, qui a déjà perdu la moitié de sa tête et ne tardera plus à perdre l'autre. Aucune de nous n'a d'enfants.

— Et c'est aussi simple que ça ? Tuer et passer à autre chose ? »

Pia se renversa sur le lit, les pieds toujours posés à plat sur le sol, les mains croisées sur sa nuque. La cigarette dressée entre ses lèvres, elle reprit :

« Il y a longtemps, nous nous sommes juré que s'il devait arriver quoi que ce soit à l'une d'entre nous, les survivantes feraient tout pour se protéger. C'était notre pacte. Et c'est ce qu'est en train de faire Marie-Thé.

— Ah oui ? Elle va reboucher les impacts de balles sur la voiture de Joachim et les rondins des bungalows ? Et les cadavres ?

— Tu n'as rien à craindre, même celui de Costantini disparaîtra : personne n'a intérêt à ce que tu te retrouves entre les mains des flics. Marie-Thé va s'occuper de tout, comme Nine ou Lucie l'auraient fait si elles s'étaient retrouvées à sa place.

— Vous êtes toutes malades. Des fanatiques. »

Pia ne releva pas. Du même ton neutre, elle continua :

« Les gens comme toi ont toujours appelé de cette manière ceux qui croient à quelque chose de plus grand qu'eux. »

Puis, avec un soupir, elle se leva du lit, fit coulisser la baie vitrée qui donnait sur un étroit balcon et écrasa le mégot dans un cendrier.

*

Le cliquetis de clé de la serrure me tira du sommeil. Pia entra dans la chambre, referma derrière elle et posa deux sacs en papier près de la table.
« J'ai pris ce que j'ai trouvé.
— Il est quelle heure ?
— Huit heures, dit-elle en passant dans la salle de bains. Habille-toi, on sort dîner. »
Je me levai, inspectai le contenu des sacs en papier : un pantalon en toile et un maillot de bain, avec deux tee-shirts, une chemisette bleue et une paire de chaussures en toile, dans le premier. L'autre contenait des fringues de femme.
« Tu as une brosse à dents neuve sur le lavabo », cria-t-elle, une fois sortie de la douche. Quelques secondes plus tard, son grand corps emmailloté dans une serviette de bain XXL, elle quitta la salle de bains et se pencha sur l'un des sacs, en tira un pantalon écru qu'elle déplia sous ses yeux, fit la moue, se pencha de nouveau et saisit un débardeur blanc. Je gagnai à mon tour la salle de bains où je pris une douche glacée. Une serviette autour de la taille, je sortis de la salle de bains au moment où Pia, déjà habillée, glissait le pistolet automatique dans un sac banane puis mettait un genou à terre pour nouer les lacets de ses baskets blanches.

« On va être en retard, dit-elle en se relevant. Je t'attends en bas. »

Elle choisit elle-même le restaurant, dans une rue adjacente à la place Vittorio Emanuele II, une très bonne adresse où elle commanda du poisson. Je crevais de soif. L'ambiance était surnaturelle, elle jouant à merveille le rôle de Madame Touriste, me parlant de tout et de rien, enchaînant les mots sans attendre mes réponses et sans leur prêter la moindre attention, juste pour donner le change et nous faire passer pour un couple de vacanciers lambda, me prenant même la main à un moment en me fusillant du regard lorsque, par réflexe, je la retirai. Au moment de l'addition, dans son français presque sans accent, elle plaisanta avec le jeune serveur et tira de sa poche un billet de cinquante euros qui couvrait le prix du repas et un petit pourboire.

Puis, de retour à l'hôtel, elle ferma la porte de la chambre à clé et prit une nouvelle douche avant de se coucher dans le lit en posant le calibre sur la table de nuit. Nous n'avions pas échangé un mot depuis la fin du repas.

*

Le lendemain matin, Pia se leva peu après six heures, passa dans la salle de bains et brancha son portable sur RCFM. Le journal du matin ne fit aucune allusion à la fusillade autour des bungalows, se contentant de revenir sur la crise des déchets, qui atteignait un pic. À Bastia, une rixe avait éclaté entre plusieurs commerçants et les employés des sociétés privées chargées de la collecte des ordures. Le préfet avait promis des solutions que tout le monde savait inutiles et les élus de la Région s'étaient emportés contre le «colonialisme de l'État français» qui bafouait les prérogatives de l'assemblée de Corse. Tout le monde avait fini par tomber d'accord sur un point: il était urgent de réfléchir à la situation autour d'une table, avec de gros dossiers parcourus mille fois et des experts incapables de proposer une issue satisfaisante.

En sortant de la salle de bains, Pia coupa la radio.
«On va à la plage, dit-elle.
— On n'a pas de voiture.
— Je me suis entendue avec le patron. Pour cinquante euros, on dispose de sa camionnette pendant trois jours.»

Une heure plus tard, notre petit jeu du couple de touristes sans histoires avait repris et nous nous tenions allongés l'un près de l'autre à Capo Testa, comme si nous y avions nos habitudes. Elle paraissait encore plus grande en maillot de bain, encore plus musclée, sa peau, constellée de taches de rousseur, encore plus ferme, ses seins encore plus lourds. De manière incompréhensible, j'éprouvais une sorte de honte en pensant aux sentiments que pouvait inspirer notre faux couple: un type dégarni au corps mou et blanc, aux bras flasques, flanqué d'une femme dans la force de l'âge, dont les formes déliées, le visage aux lèvres charnues puaient la santé, la sensualité, l'assurance. De temps en temps, je surprenais le regard concupiscent d'un voisin de serviette glisser comme une couleuvre sur le corps de Pia, suivre ses courbes et s'attarder un instant sur la cambrure de ses reins. Je me mettais à le fixer et le type, se sentant épié à son tour, détournait subitement les yeux, mal à l'aise, pour les fixer sur deux gosses occupés à construire au bord de l'eau un château dont le ressac sapait, vaguelette après vaguelette, les fondations.

Après une heure passée à rôtir au soleil, Pia se leva de sa serviette et fit quelques pas vers le bord de l'eau. Puis elle se retourna et, pour la première fois, parut hésiter.

« Tu ne viens pas ? » demanda-t-elle.

Je l'avais rejointe pour une longue baignade dans une eau très claire. Drôle de couple, nageant la brasse côte à côte sans jamais se rapprocher, sans s'effleurer et sans perdre de vue le sac banane posé près d'une serviette, à l'intérieur duquel était dissimulé un pistolet automatique.

À la fin de la journée, nous avions regagné la voiture et fait un détour par la place Vittorio Emanuele pour prendre un verre, au Central Bar cette fois, près d'une table où des motards sirotaient des bières et se mirent à la reluquer du coin de l'œil. Elle portait le débardeur de la veille sur son maillot de bain, avec un bermuda beige moulant. Sans être tout à fait détendue, elle paraissait se faire à l'idée que je n'essaierais pas de m'enfuir dès qu'elle aurait le dos tourné, que j'étais d'accord pour attendre tranquillement le moment où elle me dirait : « Tu peux y aller, je n'ai plus besoin de toi. »

Nous n'étions restés qu'une demi-heure à l'hôtel, le temps de prendre une douche et nous changer, et nous étions aussitôt retournés flâner dans les ruelles où elle avait dégoté un nouveau restaurant. Les pâtes étaient succulentes mais elle ne toucha presque pas à son plat, ne cilla pas davantage lorsque je m'enhardis en commandant une Ichnusa puis, instantanément grisé par les premières gorgées, une nouvelle bouteille.

« Marie-Thé m'a raconté ton histoire, dit-elle alors que nous attendions les cafés.

— Des histoires, j'en ai eu des tas.

— Ta femme. Celle qui a disparu. »

Elle me fixait intensément de son regard vert, le corps légèrement avachi sur sa chaise, sa tête dans les épaules, sans parvenir à être moins désirable.

« C'était il y a combien de temps ?

— À peu près cinq ans.

— Aucune nouvelle ? »

Je fis non de la tête.

« Est-ce que mon père t'a dit quelque chose, à Bologne ? »

Je revis la silhouette malingre du vieux Montanari se déplacer à petits pas jusqu'à la bibliothèque où il avait saisi le portrait d'une petite fille.

« Qu'il t'attendait. Et que, si tu n'arrivais pas à temps, il t'attendrait au cimetière de la Certosa. »

Son visage resta impassible.

« De temps en temps, dit-elle au bout d'un moment, je pense à lui.

— Il m'a montré une photo de toi lorsque tu étais enfant. Une femme très belle te tenait la main.

— Ma mère, dit-elle.

323

— Toujours vivante ?
— Dans un asile. Depuis 1991. »
Elle but une gorgée d'eau minérale.
« Elle a toujours été dérangée. Elle disait descendre des rois normands de Sicile alors que mon père l'a connue dans un bar à putes le soir où son propre oncle l'a emmené perdre son pucelage.
— L'un n'empêche pas l'autre.
— Et moi, je n'ai pas envie de parler d'elle », dit Pia.
Le serveur déposa les deux cafés près de nos assiettes, qu'il débarrassa.
« C'est quoi, la suite ?
— J'attends un signal. Après ça, je saurai que je peux partir d'ici en toute sécurité.
— Pour aller où ? »
Elle sourit, avala son café d'un trait et tira de sa banane un billet de cinquante euros et un de dix, qu'elle plia et coinça sous la bouteille d'eau minérale.

*

La seule chose à dire à propos de la nuit qui suivit notre second dîner à Santa Teresa di Gallura est qu'elle me réconcilia avec quelque chose resté enfoui en moi depuis très longtemps. Sans dire un mot, en sortant de la salle de bains, Pia m'avait rejoint sur la terrasse et avait allumé une cigarette à la mienne. J'avais vainement tenté de lancer la conversation sur un sujet anodin qui pourrait dissimuler mon trouble et, elle fumant toujours, s'était contentée de ramener ses jambes sur sa poitrine sans me répondre. J'avais contemplé longtemps son profil dur tendu vers la nuit, les genoux écrasant sa poitrine, le filet de fumée soufflé doucement par des lèvres entrouvertes, des lèvres faites pour embrasser et ne laisser passer aucun mot superflu.

Puis elle s'était levée et m'avait pris par la main. Nous nous étions couchés sur ce lit triste, au milieu de cette chambre triste et blanche et, lorsqu'elle avait repoussé ma main en blottissant son visage dans mon cou, je m'étais laissé bercer par le bourdonnement du ventilateur au plafond, ses pales blanches coupant l'air où mes pensées s'évanouissaient.

Ce furent des heures sans rêves ni espoir. Je ne lui fis pas l'amour et elle ne m'embrassa pas. Elle se contenta d'ouvrir les yeux au milieu de la nuit, d'un air perdu et plein de colère mais ma main se mit à caresser ses cheveux et cela suffit pour qu'elle se rendorme.

Lorsque la femme de ménage me réveilla en toquant à la porte, la chambre était déserte. Sur la table de nuit, le réveille-matin au capot déboîté indiquait onze heures trente-trois. Je me levai d'un bond, ouvris le sac banane posé en évidence sur la table. Il renfermait le pistolet automatique et mille cinq cents euros en liquide glissés dans une feuille de papier pliée en deux.

«Bonne chance», disait le mot qu'elle avait laissé.

31

Elle avait payé les deux nuits. D'un air navré, le patron me regarda quitter l'hôtel à pied, direction le port où je me renseignai sur l'horaire des ferries puis m'installai à la cafétéria du bar. Cinq Ichnusa plus tard, j'étais suffisamment engourdi pour ne garder pratiquement aucun souvenir de la traversée à bord du rafiot de la Moby. Arrivé à Bonifacio, je grimpai juste à temps à bord d'un bus ultramoderne qui mit près de cinq heures pour me laisser à la gare routière de Bastia. Je dormis pendant presque tout le trajet, d'un sommeil profond comme une nuit d'encre.

Le jour abandonnait la partie lorsque je poussai la porte de mon appartement. Deux Colomba dans le frigidaire : je les bus d'une traite, cherchai un fond de whisky et l'avalai. Une fois mon portable rechargé, j'écoutai un message de Rochac, qui avait tenté de me joindre à deux reprises. Sur le répondeur, sa voix m'indiquait d'un ton tranquille qu'il n'y avait rien d'urgent mais qu'il tenait à me voir dès que j'aurais un peu de temps à lui consacrer. Un autre message, de Marie-Thé cette fois, m'expliqua que ma Saxo était garée au Fangu, à deux pas de la préfecture. Il datait du jour même.

Je me couchai épuisé et ne me réveillai que tard dans la matinée du lendemain, le crâne fracassé par la migraine. J'allumai la radio. Toujours aucune nouvelle de la tuerie. Marie-Thé ne répondit pas à mes appels et le portable crypté qui me servait à communiquer avec Leca restait muet lui aussi.

Je sortis acheter de quoi tenir debout, un paquet de café, un autre de biscuits au chocolat, du jambon sous vide et une baguette de pain, puis je retournai chez moi et m'empiffrai sans penser à Pia, ni à la seule nuit que nous passerions jamais ensemble. Je ne ressentais aucune tristesse mais une colère froide et l'envie de démolir à peu près tout ce qui passerait à ma portée.

Fred ne décrocha qu'au troisième appel. Sa voix était pâteuse.

«Je te hais, dit-il. Je me suis fait un sang d'encre.

— Le pire, c'est que je ne peux même pas t'expliquer.

— J'ai cru que tu étais allé… Tu comprends?

— Cinq sur cinq. Laisse tomber. Rien de tout ça.»

Il attendit un moment avant de répondre.

«Tu veux passer? Je crois qu'il faut qu'on parle. Toute cette histoire…

— Je voulais juste que tu saches que tout va bien», dis-je.

Puis je raccrochai sans lui laisser le temps de répondre et coupai mon téléphone.

32

Il avait fini par décrocher, avait accepté de me retrouver au deuxième étage du parking couvert de l'ancien hôtel Mediterranea, à la sortie de la ville, à l'endroit même où, avec notre bande de copains, nous jouions à nous faire peur en explorant les chambres au papier peint décollé, la grande cuisine remplie de toiles d'araignée et le grenier, encombré de cadres de lits bouffés par les mites.

Je garai la Saxo dans le coin le plus reculé du parking, près des boxes où la direction du Mediterranea tenait autrefois à la disposition de ses clients une bonne demi-douzaine de voitures de prêt, du temps où le palace était si réputé qu'il recevait des grandes fortunes libanaises. Je sortis de la voiture après avoir actionné la culasse pour faire monter une balle dans le canon puis traversai le parking vers la sortie donnant sur la route du Cap. Les lieux étaient déserts, remplis d'une odeur d'urine tenace. Poussé dans un coin, un caddie rouillait là depuis des années. Je ne comptais pas discuter deux heures avec lui. Je lui demanderais simplement si Cotoni avait dit vrai, s'il l'avait balancée par-dessus bord pendant une traversée en mer entre Bastia et Marseille. Puis je lui mettrais une balle dans la tête avant d'enfoncer le canon dans ma propre bouche : avec Leca et Beretti aux trousses et Cotoni qui avait déjà dû mettre ma tête à prix, je n'avais plus rien à perdre.

Je passai devant les boxes vides, la main serrée sur la crosse de l'automatique, en me promettant de ne pas trembler le moment venu.

*

Le premier coup de batte s'écrasa sur mes reins, si fort que j'en perdis le souffle et tombai à genoux. Le deuxième coup, moins puissant, me heurta sous l'œil. Le dernier me cueillit en pleine mâchoire dans un bruit de bûches entrechoquées. Le type connaissait suffisamment son affaire pour m'amocher sans me faire perdre conscience.

«C'est bon», lâcha Mustapha.

Il se tenait à l'entrée du parking, sa lourde silhouette immobile, les mains glissées dans les poches d'un sweat à capuche. Son ombre se détachait à l'intérieur d'un carré de lumière projeté par les lampadaires plantés au bord de l'avenue, en contrebas. Il me laissa reprendre ma respiration pendant que son homme de main me délestait du pistolet automatique. J'essayai de me relever, le type me posa la main sur l'épaule presque affectueusement pour me faire comprendre que je n'avais pas trop intérêt à faire le moindre geste. J'avais l'impression qu'un trente-huit tonnes m'avait roulé sur le dos.

« Comment est-ce que tu as su ? »

Mustapha prit une lente inspiration.

« Tu as refusé le calibre que je t'ai proposé quand les deux Ritals te filaient puis tu m'en as demandé un quinze jours plus tard. Entre-temps, ton grand ami Fred le Ped a appelé la moitié de la Corse pour se renseigner sur l'affaire du *Sampiero-Corso*. Puis tu disparais et, lorsque tu refais surface, tu me fixes rendez-vous ici pour me dire un truc au lieu de passer au bar. Je vais finir par croire que tu es vraiment con.

— C'est Cotoni qui t'a averti ? »

Mustapha fit un pas en avant.

« Tu as passé les derniers jours sur Saturne ? Il est mort avant-hier. "Des suites d'une longue maladie" : c'est ce qui était écrit sur l'avis de décès dans le journal. Je te rassure, je me suis assuré que son garde-malade ne parlerait à personne de ta visite. »

Il avança encore en faisant signe à son homme de main de s'éloigner.

« Je me doutais que ça finirait bien par arriver, qu'à force de fouiner partout tu finirais par savoir.

— Pourquoi tu as fait ça ?

— Tu dois m'écouter, murmura-t-il. Sans t'énerver ni essayer de faire quoi que ce soit qui me forcerait à me défendre. Tu comprends ?

— Tu m'as vu sombrer et tu savais depuis le début, tu l'as balancée à la flotte, tu m'as regardé en train de la chercher pendant des années.

— Je sais à quoi tu réfléchis, dit-il. Et il vaut mieux que tu arrêtes d'y penser tout de suite.

— Je vais te tuer.»

Le type derrière moi remua. Mustapha l'arrêta d'un regard.

«Non. D'abord parce que ça ne servirait à rien. Ensuite parce que si je pensais sérieusement que tu allais le faire, je ne serais pas là en train de te parler. Maintenant, écoute-moi bien et tu décideras ensuite quoi faire.»

Je parvins à me redresser. Puis, en tanguant sérieusement, j'essuyai ma bouche ensanglantée.

«Quand Cotoni a appris que quelqu'un avait donné l'affaire aux flics, dit Mustapha, il était en train de se faire dorer le cul à Saint-Domingue. Toute son équipe était tombée et certaines personnes trouvaient ça bizarre, le coup du patron qui se tire à l'autre bout de la planète pile avant les arrestations. Il n'a pas cherché midi à quatorze heures. Il fallait éliminer les balances : le petit camé et sa copine. Je venais de sortir de prison. Il m'a fait appeler, on m'a demandé si j'acceptais le boulot fissa parce qu'il fallait couper très vite les ragots sur son compte, il était prêt à mettre beaucoup de fric sur la table. Lorsque j'ai compris qui était la bonne femme, il était trop tard, je ne pouvais plus faire marche arrière.»

Il fit craquer ses doigts avant de poursuivre :

«J'ai embarqué en même temps qu'eux, une traversée de nuit. J'ai loué une cabine. Évidemment, fauché comme il était, ce type n'en avait pas réservé : elle et lui devaient passer la nuit sur des fauteuils. J'ai attendu le bon moment, en plein milieu de la traversée, qu'il sorte fumer un joint sur le pont pendant que tout le monde dormait. Je l'ai suivi. Lorsque je suis arrivé près de lui, il était accoudé au bastingage et m'a souri. Je n'ai même pas entendu de bruit quand il a touché l'eau.

— Et elle ? »

Mustapha me regarda droit dans les yeux.

« Je l'ai trouvée seule dans un coin, sous une espèce de manteau beige. Elle dormait et, de temps à autre, elle avait comme des tics, on aurait dit qu'elle était en plein rêve. Puis j'ai attendu qu'on soit à bonne distance de l'endroit où j'avais foutu l'autre connard à l'eau et je l'ai réveillée doucement. Elle a ouvert les yeux, j'ai posé un doigt en travers de mes lèvres et elle a remué la tête. On est allés dans ma cabine et là, j'ai fouillé son sac. Elle trimballait un bon paquet de cachetons que les flics leur avaient laissés en remerciement. Je lui ai expliqué que j'étais chargé de la surveiller pendant que d'autres types discutaient avec son petit copain, que tous les deux s'en sortiraient s'ils jouaient cartes sur table. Elle m'a demandé si c'était grave et j'ai répondu que ça dépendait de ce que son mec avait à nous dire. Je lui ai proposé des calmants, elle en a avalé un et lorsque nous sommes arrivés à Marseille, elle dormait encore. Je l'ai réveillée, elle était complètement HS, et je l'ai transportée jusqu'à ma voiture : Cotoni avait peut-être envoyé des gens à lui pour surveiller la descente du ferry et s'assurer qu'elle et son copain ne figuraient pas parmi les passagers. Je l'ai installée sur le siège arrière puis j'ai mis une couverture par-dessus. J'ai roulé jusqu'à un hôtel sur l'autoroute, près de Toulon. Elle était trop dans les vapes pour protester ou dire quoi que ce soit. Elle n'a émergé que vers la fin de la journée.

— Est-ce qu'elle est vivante, putain de merde ? »

Mustapha continua sur sa lancée :

« Je lui ai expliqué la situation, aussi calmement que j'ai pu. Elle s'est mise à pleurer. Je lui ai dit qu'elle ne devait jamais revenir en Corse, que les gens qu'elle avait balancés la tueraient, elle et tous ceux qui tenaient à elle, qu'elle avait causé suffisamment de dégâts et que ça devait s'arrêter.

— Elle a parlé de moi ?

— J'avais préparé un sac et dix mille euros, un tiers de ce qu'on me donnait pour les faire disparaître. J'ai pris un très gros risque, tu comprends ? Je suis resté enfermé deux jours avec elle pour m'assurer qu'elle ne ferait aucune connerie sous le coup de l'émotion puis je l'ai laissée dans cet hôtel et je suis rentré. C'est tout. »

Son téléphone se mit à vibrer. Il le sortit de sa poche, l'y remit sans décrocher et approcha sa grosse figure près de la mienne.

« C'était une traînée, dit-il d'une voix froide, une balance maquée avec un petit toxico de merde. Si tu n'oublies pas cette fille, je serai forcé de te tuer. »

33

Je n'avais pas dessaoulé pendant trois jours, une cuite sans fin entrecoupée de larmes, de serments de vengeance et de shoots d'espoir. Lorsque Mustapha m'avait finalement laissé seul dans le parking désaffecté, trop dévasté pour penser à quoi que ce soit, j'étais rentré chez moi après m'être arrêté dans une station-service où je savais que le veilleur de nuit ne me casserait pas les couilles avec l'interdiction de vente d'alcool après dix-huit heures. J'avais fait le plein, des packs de Colomba et des bouteilles de whisky discount, des flasques de rhum de cuisine, de la vodka pour ivrognes.

Trois jours et trois nuits, espérant mourir puis m'en sortir, priant pour qu'elle soit morte quelque part, priant pour la retrouver en vie. À deux reprises, on avait sonné à ma porte. Je n'avais pas ouvert, retranché dans mon délire et cette ivresse entretenue à coups de doigts dans la gorge, un verre et encore un autre, dormir, réduire en confettis nos dernières photos, demander pardon à son portrait déchiré en mille morceaux, avaler encore une dose puis l'inconscience et l'éveil, des heures plus tard, sale dedans et sale dehors, recommencer jusqu'à en crever.

*

Je me réveillai allongé sur le canapé du salon en essayant de trouver une bonne raison de repousser la promesse faite avant de sombrer : prendre une douche, la première en soixante-douze heures, essayer de me débarrasser de cette odeur de charogne qui me collait à la peau. Le sol du salon était jonché de kleenex souillés, des bouteilles vides avaient roulé de la table sur le parquet. Du papier de verre frotté sur ma peau, du sang séché sur mon front et cette image : je glisse sur une bouteille, mon crâne rebondit contre le coin de la cheminée, je me traîne en riant jusqu'au canapé.

Le téléphone sonna alors que mes yeux ne s'étaient pas encore habitués à la lumière du jour. Je décrochai en grommelant.

« Éric Luciani, France 3, fit la voix à l'appareil. Je suppose que vous êtes au courant.

— De quoi ? »

Un long silence à l'autre bout du fil.

« Paul-Louis Leca vient d'être abattu à Porto-Vecchio. Avec deux gardes du corps et son fils. Quatre morts. »

*

J'avais dû attendre le flash info de midi, sur RCFM, pour en savoir plus. Il en ressortait que Leca avait été exécuté par un nombre d'assassins inconnu alors qu'il regagnait une villa sur les hauteurs de Porto-Vecchio où, assurait la présentatrice, il résidait depuis une dizaine de jours. L'un de ses gardes du corps l'accompagnait, on l'avait retrouvé sur le bord de la route, deux kilomètres environ avant d'arriver à la villa, criblé de balles de gros calibre à l'extérieur de l'Audi blindée.

Le gilet pare-balles que portait Leca ne lui avait été d'aucune utilité. Tirée à bout portant, une balle lui avait traversé la tête de part en part sans qu'il ait le temps de se servir du pistolet-mitrailleur retrouvé sur le siège arrière à côté de son cadavre. « Le second garde du corps, disait la voix féminine de la radio, a été abattu dans le jardin de la villa tandis que le fils de Paul-Louis Leca, un jeune homme de vingt-quatre ans qui s'apprêtait à passer en jugement à Bastia pour une affaire de tentative d'extorsion, a été découvert par les gendarmes à deux cents mètres de l'habitation, touché de plusieurs balles alors qu'il tentait manifestement de fuir les lieux. »

Je récupérai le téléphone crypté que son sbire m'avait remis, le tins longtemps dans mes mains en guettant un appel, comme si Leca allait me passer un coup de fil depuis l'au-delà.

Puis je pris une longue douche pour me débarrasser de la nausée et rappelai Luciani.

« Vous êtes sur place ?

— Non, la rédaction d'Ajaccio a envoyé quelqu'un.

— Ça s'est passé quand ?

— Les cadavres de Leca et de son garde du corps ont été aperçus ce matin par un voisin, un producteur de cinéma continental qui possède une villa dans le coin.

— Vous avez une idée de la raison pour laquelle il est allé s'enterrer là-bas ?

— Aucune. Mais depuis la mort de César Orsini, les nouvelles cartes sont distribuées beaucoup trop vite et personne ne sait qui tient le rôle du croupier. En tout cas, c'est du boulot de pro : quelqu'un ou quelque chose a poussé le garde du corps à sortir de la bagnole blindée en plein milieu de la route. Pour enfumer des gens aussi méfiants, il faut être costaud.

— Des concurrents ?

— Leca n'en avait pas. Et je ne crois pas à l'hypothèse d'un règlement de comptes organisé par une équipe de jeunes. La barre est beaucoup trop haute pour eux.

— Des mecs venus d'ailleurs ?

— Si c'est le cas, ils étaient très bien renseignés. La villa était protégée par un système de vidéosurveillance et des capteurs de mouvements. D'après ce que me dit une source sur place, les écrans ne parlent pas et les capteurs n'ont enregistré aucune intrusion. Pourtant, le second garde du corps a été fumé dans le jardin, à dix mètres de l'entrée principale. Et le fiston a récolté une rafale dans le buffet à l'intérieur de la propriété.

— Vous avez une idée du mobile ?

— La moitié de la Corse en voulait à Leca, l'autre moitié avait intérêt à se retrouver dans ses petits papiers. Ça fait pas mal de monde. »

La nouvelle présentait un avantage, celui de me sauver du suicide par l'alcool.

*

L'intérieur de Xavière Cinquini, veuve Acquatella, se distinguait des habituels décors rustiques des maisons de campagne. Outre le puissant parfum d'encens qui se répandait à travers le salon où elle se tenait assise, très droite, ses yeux laiteux fixés droit devant elle, des dizaines de bibelots encombraient plusieurs guéridons, des bustes en porcelaine figurant des jeunes filles au sourire figé, la reproduction d'un crâne humain en bronze, des dizaines de figurines dépareillées dressées partout comme des sentinelles.

Allumée on ne sait pourquoi, sur une petite tablette près du fauteuil où la vieille était assise, une seule lampe peignait un disque lumineux sur un mobile en bois, une sorte de casse-tête chinois qui devait occuper ses longues journées solitaires.

Elle m'avait ouvert la porte en plissant son visage ridé dans une mimique de dégoût. « On dirait que vous n'avez pas renoncé à vos vices », avait-elle grincé en me précédant dans le corridor qui menait à la salle de séjour. Puis elle s'était assise et, avant même que je n'ouvre la bouche, comme si elle avait attendu ma visite depuis notre première rencontre dans la maison du vieux Baptiste trois semaines plus tôt, elle me raconta d'une voix sourde et mouillée, aussi faible qu'un murmure échappé d'une grotte, l'histoire de la famille de Fabien

Maestracci, de son grand-père Hannibal qui, de petit cultivateur, s'était soudain vu notable et gros propriétaire, obsédé par l'idée d'agrandir son patrimoine, ses lopins de terre où il faisait pousser de la luzerne et des légumes vendus à Corte et à Bastia. Un beau jour, travaillé par cette ambition, il s'en était allé cogner à la porte du palazzu Angelini, d'où le patriarche, Jules Angelini, régnait sur des centaines d'hectares depuis Santa-Lucia jusqu'à la Balagne, de bonnes et riches terres travaillées par une armée docile de paysans et de bergers, d'ouvriers agricoles italiens et même, du côté de Corbara, de prisonniers de guerre allemands qui n'étaient plus repartis après l'armistice de 1918 et avaient fini par s'établir là-bas, s'y marier et engendrer des dynasties à présent aussi solidement installées que si leurs ancêtres y étaient nés, y avaient vécu, y étaient enterrés depuis le Moyen Âge.

La vieille Xavière raconta comment Jules Angelini, tout riche qu'il était et même plus que ça encore, sans avoir besoin de l'être davantage puisque son âge avancé lui interdisait d'en profiter, avait dépouillé Hannibal Maestracci, le grand-père de Fabien, en lui accordant un prêt sans aucun intérêt pour qu'il agrandisse ses propriétés et devienne à son tour un homme riche, puissant et respecté.

« Mais à la condition, avait poursuivi la vieille, que ce naïf d'Hannibal, ce rien qui voulait devenir un peu plus que rien, le rembourse rubis sur l'ongle avant minuit, à une date convenue qui devait être vers le début de la belle saison, en mai ou peut-être en juin, faute de quoi tout lui appartiendrait à cette outre, à ce bandit en veston d'Angelini, absolument tout, les terrains qu'Hannibal cultivait avec son père et son grand-père, ceux qu'il avait achetés ensuite en mettant le moindre sou de côté et même ceux acquis grâce au prêt, tout : terres, bêtes, cailloux et même sans doute les chants des oiseaux perchés dans les arbres, tout reviendrait à Angelini. »

Je me demandais où elle voulait en venir mais, du même ton coupant, elle avait continué son histoire : « Les affaires d'Hannibal marchaient plutôt bien, il était dur à la peine et Rosa, sa femme, la mère de Baptiste et du soldat mort en Algérie, le secondait efficacement. C'était un couple uni par l'amour, ils se tenaient la main et travaillaient avec ardeur, si bien qu'elle-même avait fini par acheter de beaux terrains, à Santa-Lucia et en Balagne, où des cousins lui avaient cédé leurs champs. »

Au jour convenu pour le remboursement du prêt, Hannibal s'était présenté à la grille du palazzu Angelini dans son costume des dimanches, avec ses billets de banque tout frais et un chapeau neuf. On l'avait introduit dans le grand parc où Jules Angelini avait convié, ce jour-là, le sous-préfet et le colonel commandant la garnison de Bastia, qui buvaient du punch. Tout ce petit monde avait devisé tandis que l'horloge tournait et l'alcool, la conversation, les galons dorés de l'officier et les belles phrases du haut fonctionnaire avaient tourné la tête d'Hannibal, soudain si fier d'être admis comme un égal parmi ces personnalités. On était passé à table où, sur la nappe immaculée, des plats de gibier en sauce, des pâtés, des confitures, voisinaient avec les meilleurs vins, et la discussion s'était poursuivie, Jules Angelini tout en paroles caressantes et en attentions pour Hannibal qui, le paquet de billets glissé dans le sac à ses pieds, avait oublié l'heure et les termes du contrat.

À la fin de la soirée, bien après les derniers verres d'armagnac et d'acquavita, Angelini avait prié ses invités de rester encore un peu pour profiter de sa collection de cigares et ils étaient passés dans son bureau pour deviser encore longuement, de politique et d'autre chose, tandis que passaient les heures. Peu après minuit, un domestique avait fait son apparition et s'était tenu, silencieux, devant la porte. Angelini avait reposé son cigare en faisant mine d'être surpris, et désolé, secouant doucement la tête de droite et de gauche. Puis il avait regardé Hannibal Maestracci qui ne réalisait toujours pas le piège dans lequel on l'avait fait tomber. Minuit était passé et Angelini disposait de trois témoins qui pourraient attester, si le besoin s'en faisait sentir, qu'à l'heure et au jour dits, la somme prêtée par Angelini n'avait pas été remboursée.

« Ce nigaud d'Hannibal, reprit la veuve, s'est retrouvé tondu et ne pouvait agir devant les tribunaux : qui serait allé à l'encontre des témoignages d'un sous-préfet, d'un colonel ? »

Hannibal avait quitté le palazzu Angelini la tête vide et on l'avait retrouvé pendu le lendemain. Par la suite, Jules Angelini avait mis la main sur toutes les terres des Maestracci, à l'exception des douze hectares de Balagne, qui revenaient à Rosa.

« Elle les a confiés à des cultivateurs, dit Xavière Cinquini. Elle en tirait une petite rente parce que ces terres étaient loin de tout, qu'elle ne pouvait s'en occuper seule avec ses deux fils à élever et que bientôt, il se trouva de moins en moins de paysans pour les cultiver. Mathieu, le père de Fabien, a quitté la maison dès qu'il a pu pour aller se faire tuer en Algérie alors que son fils n'avait pas trois ans. Quant à Baptiste, il est resté toute sa vie dans les jupons de sa mère. Il était déjà âgé lorsqu'elle a rejoint Hannibal dans la tombe. »

Le récit de la vieille aveugle avait duré près d'une heure, pendant laquelle je ne l'avais pas interrompue une seule fois. Sa silhouette s'était peu à peu tassée dans le fauteuil recouvert d'un beau velours.

Au bout d'un moment, alors qu'elle ne disait plus rien, je lui avais demandé : « Madame Acquatella, pourriez-vous me dire où se trouvent les terrains de Rosa Maestracci ? »

Un tic avait agité sa bouche, comme si un fil invisible tirait ses lèvres du côté de son visage.

« À Campanella, dit-elle. Je n'y suis jamais allée mais on m'a toujours dit que c'était un beau village. »

*

Des titres de propriété. C'était ce qui avait décidé Paul-Louis Leca à rompre un silence de vingt-cinq ans en rendant visite à Fabien Maestracci : les titres de propriété de terrains situés à Campanella, le village où César Orsini, dit L'Empereur, avait fait bâtir sa propriété-forteresse et où Théodore Giorgi jouait les entremetteurs entre personnalités qui comptent. Des terrains idéaux pour un projet d'envergure. Lequel ?

Xavière Cinquini m'avait remis le double des clés de son ami Baptiste. « Montez voir, avait-elle dit. Même un individu stupide comme vous doit pouvoir trouver là-bas ce qu'il cherche. »

Fabien avait menti en prétendant n'avoir pu se rendre à Santa-Lucia les jours précédant la disparition de son oncle. Au contraire, il l'avait fait dès le lendemain de la visite de Leca, pour persuader Baptiste de lui remettre les titres de propriété avant que Leca ne l'en dépouille, ne lui fasse signer un acte de vente contre une poignée d'euros. Mais le vieux Baptiste n'avait rien voulu entendre. Il savait à peine où se trouvaient ces terres mais c'était la seule chose qui lui restait de sa mère, pas question de donner les morceaux de papier à qui que ce soit. Il avait refusé, s'était entêté, n'avait pas compris pourquoi Fabien s'intéressait soudain à ce tas de maquis empierré. L'oncle et le neveu s'étaient disputés et cela avait suffisamment troublé le vieux Baptiste pour le jeter sur les routes, celle qui l'avait mené à la mort et celle de ses souvenirs d'enfance, lorsqu'il avait entendu de vagues conversations, des bribes de mots où il était question de trahison et de suicide, de ruine, de ce salaud de Jules Angelini qui avait tué son père en l'escroquant. Alors, en chemin, il s'était arrêté devant les grilles du palazzu Angelini, cette bâtisse qui l'avait toujours impressionné et que sa mère lui défendait d'approcher, même le jour de la fête patronale, lorsque les propriétaires conviaient tout le village dans le grand parc.

La suite était d'une logique imparable : Baptiste mort, Fabien héritait de son bien. Mais entre-temps, le cadavre d'Attilio LoRusso avait refait surface et précipité sans le vouloir la mort de mon ami. Fabien tué, Marie-Thé devenait sa seule héritière. C'est pourquoi Leca m'avait chargé de la retrouver. Il voulait les foutus terrains.

*

La petite maison de Baptiste était plongée dans le silence. C'est ici, autour de la table de la salle à manger, que tout s'était joué, que Fabien avait essayé d'amener Baptiste à la raison, le priant, le suppliant, le bousculant enfin, quand le vieillard entêté, après avoir protesté et refusé, s'était muré dans un silence de gosse boudeur.

Plus rien ne vivait dans cette pièce que le souvenir du père de Fabien, son image prisonnière du cadre doré, le rectangle de verre bombé derrière lequel avaient été épinglées ses médailles et ce portrait de soldat, tombé à des milliers de kilomètres de la petite maison de Santa-Lucia, loin des mauvais souvenirs, de la vision d'Hannibal retrouvé au bout d'une corde, pendu à la branche d'un chêne, des larmes de Rosa, de la morgue de Jules Angelini qui avait raflé toute la petite fortune de la famille.

Le visage de Mathieu Maestracci me rappelait celui de Fabien. Même regard clair et mélancolique, même détermination tranquille.

Je m'approchai du cadre, le décrochai du mur et le posai sur la table après l'avoir retourné. Dans une enveloppe kraft fixée par du ruban adhésif, je trouvai les titres de propriété des terrains de Campanella.

34

Beretti attendait à une table excentrée de la terrasse d'*A Ragnola*, le Loup de mer, à peu près le seul établissement sélect du cordon lagunaire : poisson frais, crustacés et coquillages servis par des loufiats en veste blanche et nœud papillon sous le regard sévère de la taulière, une veuve autrefois intime de dix ministres de droite et se prétendant cousine éloignée de Charles Pasqua. L'endroit était discret mais suffisamment exposé pour que les hommes d'affaires du coin, les élus et quelques barons du béton s'y retrouvent volontiers pour se gaver de langoustes et décrypter les alliances et les retournements de veste qui se jouaient aux tables avant chaque élection. Je traversai la terrasse sans prêter attention au maître d'hôtel qui tenta de s'interposer avec toute la déférence requise par les circonstances et la haute opinion qu'il se faisait de ses fonctions. Puis je m'assis en face de Beretti.

La veille, j'avais fait l'aller-retour vers la rive sud du golfe d'Ajaccio, où Marie-Thé m'attendait dans une paillote, coiffée d'une perruque et d'une casquette. Je lui avais expliqué toute l'histoire et elle avait écouté sans rien dire, sans me remercier lorsque je lui avais tendu l'enveloppe contenant les titres de propriété. D'une voix monocorde, elle avait détaillé ce qui l'avait attendue après nous avoir déposés, Pia et moi, sur le port de Bonifacio : le retour vers la montagne au-dessus de Propriano, les corps qu'elle avait dû traîner et le serment respecté, Nine et Lucie enterrées côte à côte, Joachim un peu plus loin, dans un coin qu'il avait aménagé en prévision de sa mort. La dépouille de LoRusso avait été brûlée pendant deux jours jusqu'à ce qu'il n'en reste qu'un tas d'ossements qu'elle avait broyé et dispersé aux quatre vents. Bientôt, quelqu'un s'interrogerait sur l'absence de Joachim et, sans aucune nouvelle, les gendarmes seraient prévenus. Ils découvriraient son Defender taché de sang, sa maison vide et des impacts de balles sur les bungalows en rondins qu'il avait construits de ses propres mains. On se demanderait quel drame avait bien pu se produire dans un endroit aussi éloigné de tout et on écrirait un nouveau chapitre de l'histoire des mystères criminels locaux. C'était aussi simple que ça, dans une île qui croulait sous les cadavres.

Marie-Thé avait pris contact avec une jeune avocate et, sur ses conseils, comptait se présenter au commissariat de Bastia dans les jours prochains, s'y constituer prisonnière et servir aux flics une histoire de cambrioleur et de séquestration assez alambiquée mais suffisamment ficelée pour que les poulets ne sachent pas quoi en faire. Si les choses se gâtaient, si un flic plus retors que les autres se mettait en tête de creuser, elle avait suffisamment confiance dans la raison d'État pour que l'affaire n'aille pas plus loin: personne n'avait intérêt à provoquer une crise internationale en ressortant du placard de vieilles histoires de barbouzes italiennes et de terroristes en fuite sur le territoire national.

«Plus tard, avait-elle dit, lorsque les choses se seront calmées, je ferai en sorte que les terrains reviennent à des jeunes bergers de la région de Campanella. Toutes les terres disponibles disparaissent les unes après les autres, ils n'ont plus rien pour leurs bêtes.» Une fois notre conversation terminée, une fourgonnette blanche était venue se garer sur le parking et Marie-Thé s'était levée.

«On se tient au courant pour la suite.»

Je m'en étais voulu de n'avoir pas assez de courage pour prononcer le nom de Pia.

*

Beretti faisait craquer des pattes de langoustes. Il m'avait proposé de partager son déjeuner mais je préférais encore avaler ma propre merde. Il portait une chemise en lin blanc aux manches retroussées sur ses bras velus, des bras d'ancien gros dont la chair plissait aux coudes.

«Vous avez tort, dit-il: les meilleures langoustes de Corse. Vous saviez que le 15 août, les pêcheurs de Bastia en engloutissaient des tonnes pour écouler leur stock? Personne n'en voulait parce que c'était un plat de pauvre.

— Je l'ignorais, répondis-je. Et je m'en branle. Je

suis venu vous dire que Leca mort, nous ne sommes plus en compte.

— Nous ne l'avons jamais été, voyons. Où êtes-vous allé chercher une idée pareille ? »

Je regardai sa face blême, son menton huileux. Ses doigts s'affairaient autour de la carapace de la langouste. Dans son dos, un souffle de vent gonflait des carrés d'étoffe suspendus à des parasols faits de palmes tressées. Une jeune femme très bronzée revenait de la plage en donnant la main à une petite fille.

Beretti reposa la langouste et passa lentement un rince-doigts parfumé au citron sur le dos de ses mains et entre ses doigts. Sa toilette accomplie, il se servit un verre de vin blanc.

« Une bière peut-être ? dit-il en faisant signe au serveur. Je crois savoir que vous ne détestez pas la Colomba... »

J'avais envie de saisir le petit couteau recourbé posé près de son assiette, plonger la lame dans sa gorge et le saigner à blanc. Lorsque le serveur revint avec une bouteille de Colomba au long col couvert de buée, je me mordis les lèvres.

« Saviez-vous, reprit Beretti, que M. Leca entendait se lancer dans le business des déchets avec César Orsini pour associé ? C'était cela ce fameux projet qui nous a tenus en haleine. On dit qu'il était sur le point de faire main basse sur des terrains très bien situés pour y implanter un centre d'enfouissement dernier cri. Une décharge publique, en d'autres termes. Certaines méchantes langues prétendent même qu'il n'était pas tout à fait étranger à la crise des déchets en cours, histoire de forcer la main à ses anciens camarades de lutte qui siègent aujourd'hui à l'assemblée. Encore quelques semaines de chaos et ils auraient accepté son projet.

— Ou l'auraient refusé.

— Ne soyez pas si stupide, répondit Beretti. Vous connaissez le système aussi bien que moi : ils auraient sauté sur l'occasion, trop heureux qu'on leur propose une solution clés en main. L'opinion aurait eu droit à une conférence de presse et quelques formules d'autocongratulation, Leca aurait poussé devant les caméras un ingénieur sorti de nulle part avec un CV long comme le bras et tout le monde se serait extasié. Maintenant qu'il n'est plus, vous verrez que la situation ne tardera pas à revenir à la normale. »

Il aspira une gorgée de vin blanc, reposa le verre devant lui.

« Cela dit, je ne pense pas que son assassinat ait quoi que ce soit à voir avec ce dossier.

— Pourquoi ?

— Parce que le plus souvent, les choses sont beaucoup plus simples qu'il n'y paraît. Avec ce trône d'empereur vacant, les prétendants se bousculent au portillon. Et Leca pouvait être l'un d'eux. Or, lisez les journaux : les jeunes d'aujourd'hui ne font plus dans le détail et ne respectent ni les réputations, ni l'histoire ancienne. Pour eux, c'est tout, tout de suite.

— Leca et deux gardes du corps aguerris, sans compter le fiston, ça fait beaucoup pour des apprentis caïds chargés de coke qui ne tirent pas toujours droit.

— Il suffit d'être motivé.

— Vous pensez vraiment me faire gober cette fable de guerre de succession ? Leca était un poisson trop gros pour ces types-là. Trop méfiant. Trop entouré. Ils l'auraient amené à négocier, lui auraient envoyé des messages par cadavres interposés : un ou deux demi-soldes, des gagne-petit, flingués sans risque pour l'amener à se retirer gentiment et les laisser faire leurs affaires. Ils ne l'auraient pas attaqué de front et encore moins buté trois autres personnes pour l'avoir lui seul.

— Et ? » demanda-t-il.

Je pris la bouteille de Colomba, la retournai au-dessus du plancher. Le maître d'hôtel se précipita, l'air catastrophé. Beretti me fixait. La bouteille vidée, je la laissai tomber par terre, où elle se brisa.

« Où sont passés vos chaperons ? dis-je. L'Eurasien et sa copine blonde ? »

Une lueur d'amusement passa dans le regard de Beretti.

« Appelés ailleurs à d'autres tâches. Par les temps qui courent, ils n'en manquent pas. Tout comme Leca ne manquait pas d'ennemis. »

Puis, d'un coup sec, il cassa une antenne de langouste, se mit à en suçoter la chair blanche tandis qu'un serveur accroupi près de notre table poussait dans une petite pelle verte les débris de la Colomba.

« Laissez-moi deviner, dis-je. Leca hors-jeu, il n'existe plus aucun projet de traitement des déchets. Mais je suis à peu près certain que le gouvernement a des amis très bien placés dans cette industrie, des amis qui seraient ravis de faire profiter notre île des bienfaits de leur technologie. J'ai jeté un petit coup d'œil à la liste des clients de la société de conseil que dirige votre épouse. On trouve quelques grands noms du luxe et surtout Hygie, une société spécialisée dans le traitement des déchets: quatre mille salariés, un siège à La Défense, des bureaux à Lille et Marseille, une affaire qui tourne. Il se trouve que plus de la moitié des parts de cette boîte appartient au frère du président de l'Assemblée nationale, que vous connaissez très bien depuis ses travaux à la tête de la commission parlementaire sur les services de renseignement.»

Rassasié, Beretti laissa tomber l'antenne de langouste dans son assiette.

«C'est une tragédie pour notre belle institution d'avoir perdu un enquêteur de votre niveau, dit-il.

— Quatre morts, espèce de pourriture.

— Ce sont des choses qui arrivent, capitaine, surtout dans notre île. Mais tout ça est désormais derrière nous, n'est-ce pas?»

Il reposa le verre vide et fit claquer sa langue en se renfonçant dans son siège.

«Cette île, tout de même... Quelle qualité de vie, n'est-ce pas?»

35

Fred et moi nous tenions côte à côte sur la plage de l'Arinella pratiquement déserte, un seau à champagne rempli de glaçons posé dans le sable entre nous. L'enceinte portable qu'il avait sortie de son sac diffusait *La Sirena nella notte*, de Clara Galante. Au loin, une traîne de nuages roses s'étirait au-dessus de l'île d'Elbe alors que le jour s'en allait.

Fred se resservit une coupe, y trempa les lèvres.

« Je t'ai déjà raconté, ce qui m'est arrivé au collège ? »

Je fis non de la tête.

« J'avais douze ans, en provenance directe du village. Ma mère était trop assommée de médicaments, elle ne pouvait plus s'occuper de moi. C'était au milieu des années 80, il y avait encore un internat et un oncle m'a emmené à Bastia pour m'y laisser et payer une année d'avance. Je pensais que c'était le pire jour de ma vie, quitter mon village et me retrouver seul dans un endroit où je ne connaissais personne. Je ne savais pas que des pires jours, il y en aurait beaucoup. »

Il but une nouvelle gorgée.

«Mon attitude se chargeait de dire ce que je n'osais avouer à personne. C'est comme ça, je suis devenu Le Pédé. Pas de prénom, pas de nom de famille, juste "Le Pédé". Les choses auraient été différentes si mon père avait été médecin mais il s'est tiré avant que ma mère accouche et elle, paix à son âme, elle était dépressive de naissance. Le Pédé s'est transformé en "Gros Pédé" puis en "Sale Pédé". Mais les ennuis ont vraiment commencé lorsqu'une bande de jeunes du lycée d'à côté a entendu parler de moi, le pédé sans père ni mère pour le défendre. Là, c'est devenu dur. Ils entraient dans la cour du collège en passant par la grille de derrière et ils me tombaient dessus. Je n'osais plus sortir de l'internat, je passais la récré dans les couloirs, à me planquer pour ne pas me faire repérer par les surveillants. Un jour, ces types m'ont frotté le visage avec une merde de chien qu'ils avaient ramassée dans un mouchoir en papier.»

Fred fixait l'horizon et débitait ses souvenirs d'une voix neutre, comme s'il racontait une histoire qui n'était pas la sienne.

«J'étais un élève moyen, je suis devenu le dernier de la classe. Aucun prof ne m'a jamais posé de questions, aucun surveillant ne m'a demandé pourquoi je fondais en larmes pour un oui ou un non. Un vendredi soir, juste avant les vacances d'hiver, il y a eu une fête au collège et les surveillants et les profs assistaient à un spectacle organisé par les troisième. La bande de mecs est entrée dans l'établissement, ils m'ont coincé dans les chiottes et deux d'entre eux m'ont forcé à les sucer devant les autres. J'étais terrifié. Quand ils ont terminé, ils m'ont frappé et frappé encore, très longtemps. Ils ont baissé mon pantalon et le plus grand, un beau gosse avec des belles fringues, a allumé une cigarette et m'a écrasé le bout de la clope sur les cuisses pendant qu'un autre m'empêchait de hurler en me plaquant sa main sur la bouche. *S'il te mord,* lui a dit un des mecs, *tu vas avoir le sida.* Sur le moment, c'est ce qui m'a le plus fait peur. Je ne savais même pas de quoi il parlait mais j'ai pensé que j'avais une maladie ou pire, qu'en mordant le type j'allais lui transmettre un virus qui le transformerait en pédé et qu'alors, il devrait subir les mêmes choses que moi. Et je refusais l'idée de le contaminer alors j'ai mordu mes lèvres plutôt que sa main, je les ai mordues au sang. »

Fred s'interrompit pour passer un doigt sur ses yeux. Il mit sa coupe de champagne dans le seau. Un couple passa devant nous, le type nous salua d'un sourire.

« Le soir même, continua Fred, mon cousin Jo est venu me récupérer pour me remonter au village le temps des vacances. Il a vu dans quel état ils m'avaient mis, il conduisait sans dire un mot pendant que je lui déballais toute l'histoire et je voyais ses doigts crispés autour du volant et je me demandais si lui aussi allait s'y mettre, s'il allait me traiter de pédé et me dire que c'était ma faute, comme ceux de l'internat: *C'est ta faute, Frédéric, c'est ta faute, sale pédé*. Ce soir-là, quand on est arrivés au village, il m'a demandé de l'attendre au bar pendant qu'il allait chercher les autres jeunes. Je l'ai supplié de ne rien dire mais il est revenu avec une dizaine de types. Il a fermé les portes et leur a expliqué. Tout. *Le petit,* il disait, *il aime pas les femmes, qu'est-ce que vous voulez y faire, c'est comme ça et pas autrement.* »

Fred étouffa un rire.

« *C'est comme ça et pas autrement.* On entendait les mouches voler. Les autres ne disaient rien, ils l'écoutaient les bras croisés, assis sur les chaises du bar. *Ça gêne quelqu'un ici ?* il a demandé. Ils se sont tous regardés sans comprendre et l'un d'eux, le fils de l'épicier, a levé le doigt : *En gros, il est plus ou moins pédé ?* Mon cousin a répondu que oui, j'étais homosexuel et les autres ont froncé les sourcils. *Il est pas pédé, alors ?* a demandé un autre type, avec une casquette de chasse à rabats. *C'est la même chose,* a dit mon cousin : *homosexuel, c'est le mot savant pour dire pédé.* Il y a eu un murmure d'approbation, tout le monde était rassuré d'avoir bien compris. *C'est qui, ceux-là qui l'harcèlent, au petit ?* a demandé le même bonhomme avec la casquette de chasse. *Des plus grands que lui,* a répondu mon cousin et là, il y a eu comme un grognement poussé par tous ces bonshommes en même temps. Mon cousin s'est tourné vers moi : *Montre,* il a dit. Et j'ai soulevé mon pull. *Tout,* il a dit. *Montre tout.* J'ai baissé mon pantalon et ils ont vu les marques de brûlures. *C'est bon,* a fait le fils de l'épicier, *on a compris, pas besoin de...* Et puis un grand tout maigre s'est levé et a dit : *On n'a qu'à descendre quand le petit retournera à l'école, après les vacances. Pour le moment, il faut qu'il se repose.* Et ils se sont tous redressés comme un seul homme, ils ont quitté le bar en me caressant les cheveux, en me donnant une petite tape sur la joue, je crois que je ne me suis jamais senti aussi bien de ma vie. Le gros à la casquette s'est penché vers moi en riant : *Ceux-là qui t'harcèlent, à cette heure, ils savent pas qu'est-ce qui va leur arriver.*

— Et il leur est arrivé quoi ?

— Une semaine plus tard, on est descendus en convoi du village, un 4×4, une camionnette avec une provision de bois pour l'hiver à l'arrière et au moins trois pickups. Ils étaient onze à s'entasser là-dedans. C'était le jour de la rentrée, j'étais terrorisé. Quand on est arrivés devant le collège, tous les élèves attendaient devant la grille et j'ai montré à Jo un groupe de cinq types qui dépassaient les autres d'une bonne tête. Ceux du village ont garé les voitures n'importe comment sur les places de l'arrêt de bus devant le collège. Les gens à la terrasse des bars étaient sidérés. Et... »

La pomme d'Adam de Fred fit trois allers-retours. Sa voix commençait à trembler.

« ... Et tous les gars du village sont descendus de leurs tas de boue avec leurs jeans crasseux et leurs doudounes kaki, leurs grosses godasses. Ils ont traversé la foule des collégiens, droit sur ces sales types. L'un d'eux m'a aperçu, il a parlé à l'oreille du meneur, celui qui m'avait forcé à le sucer avant de me cramer les cuisses. Il a fait une drôle de tête et, avant qu'ils n'aient pu réaliser, les gars du village leur sont tombés dessus. Mon cousin Jo a attrapé le grand par la capuche de son sweat et l'a jeté par terre. Les autres se sont déchaînés, ils les ont coincés tous les cinq pour les traîner jusqu'à une ruelle qui descend vers la rue Droite, à côté du cinéma. Et ils les ont massacrés. À coups de poing. À coups de pied. À coups de ceinture. Le gros avait toujours sa casquette de chasse de traviole sur la tête et il allait de l'un à l'autre pour être certain qu'il n'en raterait aucun, il prenait son élan et leur shootait dans la tête comme s'il tirait un penalty. Ça a duré deux ou trois minutes et une fois que les types baignaient dans leur sang et ne remuaient plus une oreille, mon cousin Jo s'est accroupi près du plus grand et lui a tiré les cheveux en arrière en le forçant à me regarder. Il lui a dit : *Si vous vous approchez encore de lui, on reviendra et on crèvera vos putes de mères, vos pères, vos frères et vos sœurs, et même le chien pour ceux qui en ont un.* Puis il lui a craché au visage et ils les ont laissés là, en plein milieu de la rue, et ils sont remontés dans leurs voitures déglinguées, le gros à la casquette m'a fait un clin d'œil et ils sont repartis au village comme ils en étaient venus. »

La nuit tombait. La mer clapotait doucement, juste devant nous.

« Pour eux, que je sois pédé n'avait aucune importance, dit Fred. Ce qui l'était, c'était que je sois un des leurs… Tu comprends ? Un jour, c'est peut-être ça qui sauvera cette île. »

Il reprit sa coupe dans le seau, y vida le fond de la bouteille de champagne.

« S'il reste encore quelque chose à sauver d'ici là », dit-il.

Le ciel était clair et tranquille, un temps à me faire éclater le cœur.